地の星　なでし子物語

伊吹有喜

ポプラ文庫

人物相関図

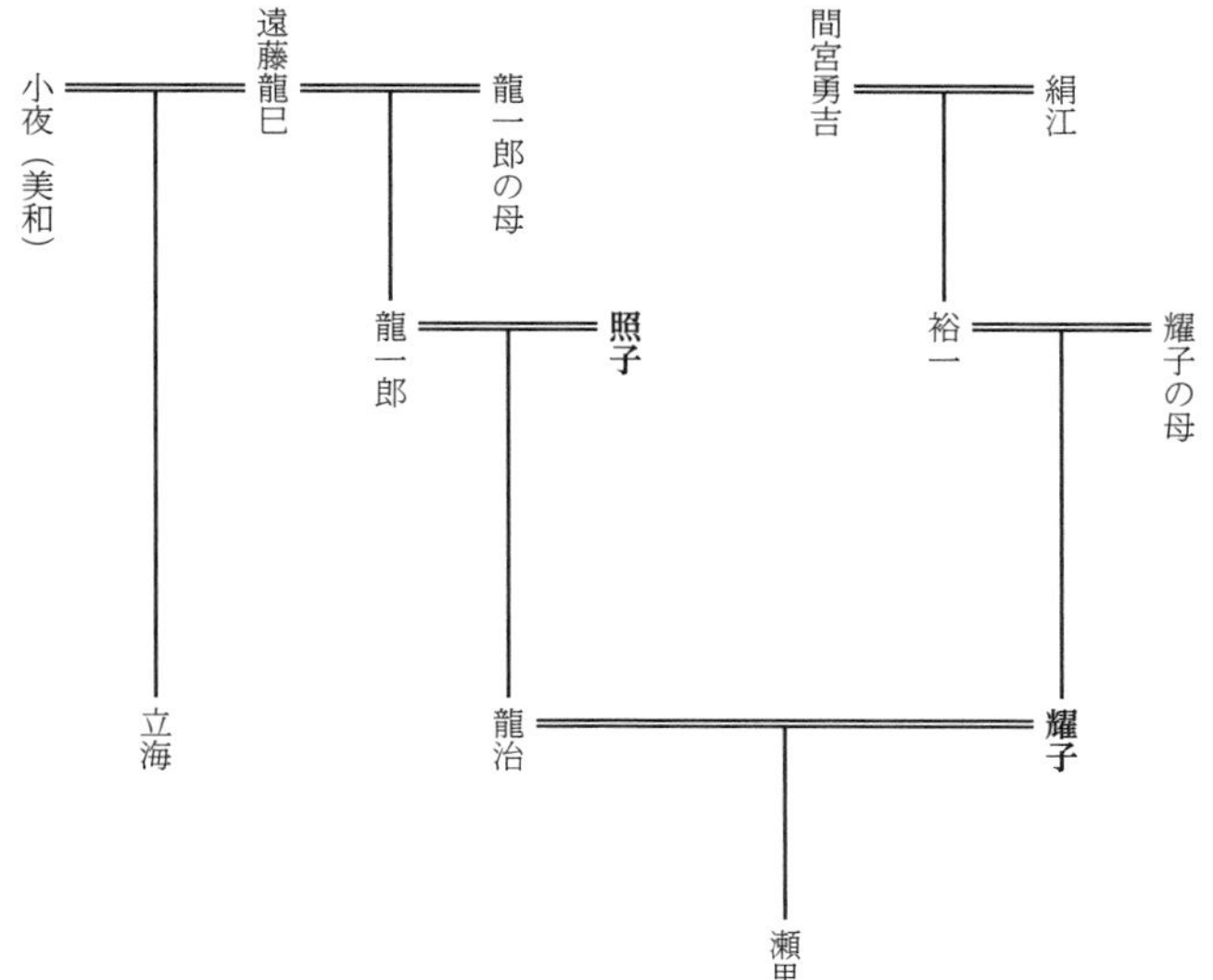

プロローグ

一九九八年　五月

十年前に結婚したとき、十八歳は大人だと思っていた。

二十八歳になった今、あの頃の自分が幼く思える。

五月の昼下がり、耀子は奥峰生の森で榊の若枝を切る。

静岡県・天竜川を遠州灘から車でさかのぼること二時間半から三時間。南アルプスへ続くやまなみのなかに峰生と呼ばれる集落がある。

清らかな水と豊かな森に恵まれたこの地域は、国内有数の上質な木材を産出する地としても名高い。なかでも峰生と奥峰生を中心に、長野の県境まで広がる広大な山林を所有する遠藤家の木材は良質で、遠藤一族は江戸の昔から山林業と養蚕業で栄えてきた。

一族は本家のほかに、『上屋敷』、『下屋敷』と呼ばれる二つの分家からなり、彼らは代々得た富を集落に惜しみなく投じ、地元に貢献してきた。その功績から、人々は遠藤本家の当主を『親父様』。本家の女主人のことを『おあんさん』と呼んでいる。

平成の現在では親父様という呼び方は消えた。しかしおあんさんという呼び名は、峰生にある遠藤本家の豪壮な邸宅、常夏荘の女主人を呼ぶときに今も使われている。

お母ちゃま、と呼ぶ声に、耀子は振り返る。

「見て。こんなにいっぱい摘めたよ！」

小道の奥から赤いナップサックを背負った娘の瀬里が駆けてくる。

「瀬里ちゃん、走っちゃだめ」

「大丈夫だよ」

そう言いながらも歩調をゆるめ、瀬里が近寄ってきた。今年で九歳、数えで十歳になるが、そう見えないほど小柄だ。

駆け寄ってきた瀬里が勢いをつけて背中を向けた。ナップサックに白い花が入っている。

「ねえ、お母ちゃま、サカキもこのバッグに入れなよ」

「枝は重いから、スクーターのカゴに入れるわ。瀬里ちゃんはお花だけでいいよ」

「いいってば、大丈夫だってば」

「無理よ。さあ行こう。お母ちゃまはそろそろお宮の会合に行かなくちゃ」

森を抜けて「奥峰生折り返し場」の停留所の裏に出ると、幼い頃と同じく岩間から水が噴き出て、小さな滝を作っていた。

その流れで手を洗っている瀬里を見守りながら、耀子はスクーターのエンジンをかける。

このあたりは道が細いので、路上駐車をすると他の車が通りづらくなってしまう。そこで、山に入るときはいつも車ではなく、スクーターに乗っている。

「瀬里ちゃん、行くよ」

瀬里が駆け寄ってきてヘルメットをかぶり、後部座席に乗った。

スクーターを道に出し、耀子は慎重に走らせ始める。背中に瀬里が頬を寄せた。

怖い？　と聞くと、「ううん」とのんびりした声がする。

「もっとスピード上げてよ、お母ちゃま。一人のときはもっと速いじゃない？」

「安全運転、安全運転」

カーブを曲がると、品川ナンバーの緑のミニクーパーが走っていた。山道に慣れていないのか、速度が遅い。

「瀬里ちゃん、ちょっと飛ばすから、しっかりつかまっていて」

「やった！　あのクルマ、ぬくの？」

「このカーブを曲がったら」

「ぬかすとき、サン、ニ、イチって、カウントダウンして」

「じゃあね、行くよ、サン、ニ、イチ」

ゼロ、という言葉とともにスピードを上げ、耀子は対向車線にスクーターを躍らせる。そのまま一気に車を追い越し、ひらりと元の車線に戻す。瀬里が歓声を上げた。

「うわ、あのクルマ、もう小さい。もっと速く、もっと速く！　お母ちゃま、もっと飛ばして」

山道を駆け下りると、瀬里が楽しげな声を上げた。

「空を飛んでるみたい……もっと速く！」

木立の間から峰生の集落が見えてきた。常夏荘まで、あと少しだ。

遠藤家の家紋である撫子の別名、常夏にちなんだ『常夏荘』は、峰生を見下ろす広大な丘の上にある。明治時代に米相場と絹の取引で巨万の富を築いた遠藤本家が八年の歳月をかけ、山城の跡に築いた建物群だ。

現在は使われていないが『表』と呼ばれる遠藤林業の元・本社と社員の保養施設、そして『裏』と呼ばれる当主たちの住居、住み込みで働いていた使用人たちの集合住宅などから構成された建物群は、明治期に作られた城のようだと耀子は思う。

広大なこの敷地は撫子紋入りの特注の瓦を載せた白壁が取り囲み、三つの入口がある。

正門は長屋門と呼ばれる、二階建ての蔵が門を挟んだ見上げるような造りで、冠婚葬祭と、当主と跡継ぎが使う際に開けられる。それ以外の家族や来訪者は通用門、使用人が使うのは裏門だ。

通用門の前にスクーターを停めると、耀子は瀬里を降ろした。

「瀬里ちゃん、お母ちゃまは駐車場にこれを置いたら、そのままお宮に行くから、お花は撫子の井戸に置いておいて」

「ガッテン、しょうちのすけーぃ」

花を背負った瀬里が坂道を下っていった。その姿に耀子は声をかける。

「待って待って。ちゃんと門から入る」

瀬里が振り返り、道の先にある崩れた塀を指差した。

「どうして？　井戸なら、ここから入ったほうが近いのに」

「塀が崩れたら危ないでしょう。瓦が落ちてきたら怪我するよ」

ハーイと、不服そうに言い、瀬里が通用門をくぐっていった。

大正時代に本家の人々が東京に拠点を移してからも、この常夏荘は長らく遠藤一族の繁栄の象徴であり、よりどころとなっていた。ところが平成十年になった今、昔は城壁のように美しかった常夏荘の塀はところどころ崩れて、修理できぬままになっている。塀の崩れはそのまま、この一族の凋落を表しているようだ。

先代のおあんさんの息子、遠藤龍治と結婚した翌年、彼の祖父であり、立海の父でもある、遠藤龍巳がゴルフを楽しんでいる最中に倒れた。一命は取り留めたが、言語機能に障害が残り、仕事の第一線には戻れない。そこで周囲の強い願いで、一度は退職して自分の好きな仕事をしていた龍治が遠藤家の中核をなす企業、遠藤地所へ戻った。

しかし時代はバブルと呼ばれた空前の好景気が崩壊していく最中で、不動産を中心に多角的な投資をしていた遠藤家の家業は手ひどい打撃を受けていたようだ。そのうえ、龍治が遠藤地所に戻った四ヶ月後に、龍巳が亡くなった。会社の立て直しとともに、プライベートでも莫大な相続税の工面をしなくてはならず、当時を思い返すと、龍治はほとんど休みなく働いていた。

そうした経済的な事情を、龍治は一切教えてくれなかった。女、子どもには家業、彼らの言うに『表』の事情を教えないのが、この家のしきたりだ。

榊を手にして、耀子は峰生神社に向かった。

寄り合い所の扉を開けると、峰生と奥峰生の集落の世話役たちがすでに席に着いていた。

「おあんさん、待っとったよ」

「申し訳ありません、遅れてしまいまして」

東京から峰生に戻ってきて約一年になるが、いまだに『おあんさん』と呼ばれるのに慣れない。特に現在は大奥様と呼ばれる照子（てるこ）にそう呼ばれると、身が縮む思いがする。

もっとも『おあんさん』とは、この神社や常夏荘の仏間でもある『庵（あん）』を管理するところから呼ばれるようになったそうだ。そのせいか、今年から娘の瀬里が神社の清掃などを手伝うようになってから、彼女は集落の人々から『こあんちゃん』と呼ばれている。

　腕時計を見た長老が軽く手を横に振った。

「いやあ、おあんさん、遅刻はしとらんて。そういう意味ではなくて、珍しい人が今日は奥峰生から来てる。親父さんの代わりに」

　席を見渡すと、年配者にまじって、日焼けした大柄な青年が座っていた。

「あ、ハムスケ君！」

「おっ？　わかってくれた？　みんな俺のこと、イチ兄やんと間違えるんだよ」

　子どもの頃、ハム兄弟と呼ばれていた六田公一（むったこういち）、六田公介（こうすけ）は、高校サッカーで活躍し、プロの世界に進んだ。しかし兄のハムイチは怪我で引退し、今はハムスケだけが活動をしている。

　世話役の一人が腕を組んで笑った。

「六田選手のところは一つ違いだし、二人とも顔が似てるから区別がつかん。昔はノッポの兄貴と、ふくよかな弟で見分けをつけていたのに」

「俺、今はイチ兄やんよりノッポなんですよ」

「でもどっちも子どもの頃はアクタレでなあ。泥鉄砲で悪さしてさ。おあんさんも泥水かけられたクチでしょう」

「おあんさん……マミヤンって昔は呼んでたけど、とにかく、ちっこくて可愛かったから。イチ兄やんも俺も気になってしょうがなくてね」

ハムスケの言葉に一同が笑い、話は峰生の世話役の孫娘のことに移った。

この会合はいつもこうした雑談が多く、肝心の議題に関する論議がなかなか進まない。結果はほとんど決まっているからだ。

峰生神社では四年に一度、旧暦の七夕に大祭が行われ、そのときは『明星の稚児』の先導のもとで稚児行列と『星の天女』を乗せた山車が集落を練り歩く。十四年前、『明星の稚児』に遠藤本家から十歳の立海が、『星の天女』に分家の下屋敷から十五歳の由香里(ゆかり)が選出された年は、マスコミの取材が押し寄せるほど華やかな祭礼が行われた。

「リュウカ君」こと立海と、のちに夫になる龍治と一緒に過ごした十四歳のあの夏は、きっと一生忘れない。

その祭の目玉とも言える山車が老朽化し、そろそろ大規模な修繕か新調が必要になっている。ところが、どちらの費用もない。これまでは大祭のたびに遠藤家の当主が多大な寄附をして祭の運営を支えていたが、龍巳が亡くなったことを機に、集落への援助も止めている。そのうえ過疎化が進んで、稚児行列をするにも子どもが集まらない。

そうした理由から、二年後の大祭は中止がほぼ決まっているようなものだ。それがなかなか決定されないのは、誰もが遠藤家に期待を抱いているからだ。

おあんさん、と呼ばれて、耀子は声がしたほうに顔を向ける。

世間話は終わり、話題は二年後の大祭になっていた。

「もし大祭を行えるなら、こあんちゃんが次の『明星の稚児』やけど。稚児の人数のことなら他の集落にも呼びかければ集まるかもしれんし」

隣に座っている男がうなずいた。

「いいねえ。こあんちゃんは女の子やで、その次の大祭は十五？　十六歳？　『星の天女』もやれる」

「可愛いやろうな……」

しみじみとした声が聞こえてきた。

「わしのなかでは本家の立海さんが歴代『明星の稚児』のナンバーワンやけど、こあんちゃんはそれを超えるかもしれん」

ずっと黙っていた、集落の長老が口を開いた。

「遠藤家のご一族から明星の稚児か天女が出た年でひとまず休止というのは、まことにきれいな形。常夏荘……いや、遠藤本家さんには、なんとか頑張ってもらえんやろか」

「主人とも話したのですが、先代がいた頃のようには、やはり難しいと……」

立坊（たつぼっ）ちゃんはどうなの、と席のはしから声が上がった。

「そもそも遠藤本家は今、誰が親父様なんや？　龍治さん、立海さん？」

声の主を見ると、下屋敷の遠い親戚だった。

「龍治さんが駄目と言うなら、立海さんに頼んだらどうやろう？　羽振りのいい上屋敷の当主が後見人やから、立海さんには余裕があるやろ。若いのにあの子には親父様の風格がある」

「それでも昔とは違いますから」

「まあ、そうやね。おあんさんが峰前(みねまえ)にパートに出てる時点で、お察しせにゃいかんね」

場にかすかに笑いがおこり、話はまた雑談に戻って会合は終わった。

人々が帰っていくなか、耀子は持ってきた榊のほこりを軽く水で流す。

その榊を奉納しようと歩いていくと、本殿の前にハムスケが立っていた。

「マミヤン……というか、おあんさん。これ、挨拶がわり。いつも親父が世話になってます」

「お世話になってるのはこちらこそ」

袋にはハムスケの家、六田燻製所のベーコンとハムが入っていた。礼を言うと、照れくさそうにハムスケが頭をかいた。

「変わったよなあ。昔は村八分だったオットンが今はこうしてお宮の世話役を務めさせてもらえるんだから」

ハム兄弟の父は今年から奥峰生の世話役になっている。昔はすりきれたジーパンを穿いた、よく笑う人だったが、今は作務衣を着た、もの静かな人だ。

「オットン、ギックリ腰でさ。今日は休むつもりだったらしいんだけど、寄り合いで会う人に是が非でも今日、返さなきゃいかんモンがあるって言うんで、俺がそれを持って代わりに来た」

「お宮に関する物？」

いや全然違う、とハムスケが笑うと、階段に腰掛けた。

「それを口実にマミヤンに会ってこいって気をきかせてくれたのかも。奥峰生に帰っても、同世代の奴らが誰もいなくてさ。みんな、町に出ちゃって」

ハムスケの隣に座ると、爽やかな初夏の風が吹いてきた。

「そうだね……誰も残っていない。うちも娘の健康のために、峰生に戻ってきたけれど」

「どこか悪いの？」

心配そうな顔でハムスケが聞く。きゅっと寄せた眉のあたりに、子どもの頃の面影がある。

「呼吸器系がね。喘息気味で。東京でいろいろ手を尽くしたんだけど、あまり良くならなくて。でも峰生の学校に転校してきたら、ほとんど発作が出なくなった」

「龍治さんとは別居？」

「別居というか、単身赴任というか……もう一年になるかな。仕事の合間に彼が峰生に来たり、私たちが東京に行ったり」

「仲がいいんだね。しかし意外やな。俺はてっきりマミヤンはキャリアウーマンになって、バリバリやるのかと思ってた」

高校時代は、自分自身もそれを夢見て疑わなかった。

手にした榊に耀子は目を落とす。

今が決して不幸なわけではない。それなのに時々自分は何をしているのかと考える。

ハムスケがあわてたように言った。

「まあ、俺にしてもイチ兄やんにしても似たようなもんだけど。いや、マミヤンのほうがまだ、いい。未来が開けてるよ。俺なんてさ……」

ハムスケが膝を軽く叩いた。

「もう終わりだ。引退するんよ。今年は一回も試合に出てない。去年も術後の経過が悪くて、似たようなもんだったし」

サッカーの実業団がプロのリーグとして発足したとき、有力な実業団の中心選手だったハムスケは、Jリーガーと呼ばれるプロの選手となった。

大きな試合でゴールを決めたハムスケが、チームメイトたちにもみくちゃにされたあと、観客の大歓声に応えているのをニュースで何度も見た。競技場の広いスタンドは彼のチームカラーのＴシャツを着た人々で一色に染めあげられ、たくさんの大きな旗が得点を讃えて上下に揺れたり、振られたりしていた。

その熱狂の中心にいつもハムスケはいた。しかしここ数年は故障と手術を繰り返し、最近は峰生の人々の間でも話題に出てこない。

ワールドカップ……とつぶやいて、ハムスケが階段にもたれた。

「今度のフランス大会？」

「俺ね、予選を病院で見てた。日本中で同じ時期にボールを蹴ってたガキどもが、みんな大人になって参加してるわけだよ。なのにどうして、あの場に俺と兄やんがいないんだ？　そう思ったら泣けてきて」

昨年、日本はサッカーのワールドカップに初出場を決め、来月六月にその大会がフランスで行われる。あまり興味がない自分も少しだけ予選をテレビで見た。

「イチ兄やんは仕事休んで見てたって。でもやっぱり俺と同じで、素直に見られんかったみたい」

ハムスケがため息をついた。

「ああ……マミヤン。大人って辛いな。俺、もっと楽しいかと思ってた。いろいろなことがこんがらがって。人生の頂点を十代で味わって、残りはもう何もない感じ」

「ハムスケ君、疲れてるんじゃない？　少しのんびりしたら？」

ごめん、とハムスケが階段から身を起こした。

「何言ってるんだろ、ごめんな。らしくねえな、愚痴なんて。でも、イチ兄やんには言えんし。妹の天香(てんか)はひきこもってるし。家に帰ってきても暗くてさ」

「天香ちゃんはどうかしたの？」

「名古屋に出て働いてたんだけど、いろいろあってな。もう奥峰生から一生、出たくないって言ってる。それで、家でもできる仕事ってことで、コーヒー豆の焙煎を始めたんだけど……やっていけるのかな」

ハムスケが腕時計を見た。

「おっと、もう帰らなきゃ。オットンの配達の手伝いをするんだった」

階段から立ち上がると、ハムスケが笑った。テレビのなかで見たのと同じ、明るい笑顔だ。

「じゃあね、マミヤン、元気でな」

「ハムスケ君も。皆さんによろしくね」

了解、と言って、ハムスケが去っていった。

瀬里に頼んだ花を取りに、耀子は常夏荘の芝生を歩く。

撫子の井戸と呼ばれている場所は、昔、自分が祖父と住んでいた長屋の庭にある。

使用人が住む共同風呂付きの集合住宅、『長屋』は何棟もあり、昭和の初めの頃はすべてに入居者がいたそうだが、耀子が祖父のもとに来たときは、この一棟しか使われていなかった。

小さな木戸を開けると、庭一面に撫子の花が揺れていた。

その向こうに廃屋になっている長屋がある。常夏荘の敷地にはこうした廃屋が多いのだが、壊すのに費用がかかるので放置されたままだ。

それでも夏の間は敷地のあちこちで白やピンクの撫子が咲き、廃屋群をやさしく包み込む。十四年前に奥峰生から持ち帰った苗が根付いて、種をこぼして増えていったおかげだ。

花のなかを歩いていくと、ポンプ式の井戸が出てきた。昔、幼い立海と金柑ジュースを作って飲んだ井戸だ。

井戸の脇に置かれた花を持ち、耀子は庵へと急ぐ。

常夏荘には昔、十日に一度、峰生の生花店が花を飾りに来た。その折に神社の榊の手配もしていたのだが、今はそうした経済的な余裕がないうえ、峰生にはもう生花店がない。集落で生花店を営んでいた老夫婦は三年前に廃業して、町に住む息子夫婦のもとに行ってしまった。

そこで現在は庭の花や、森で摘んできた花材を大奥様の照子と、昔からここで働いている鶴子（つるこ）が『対の屋』と呼ばれる邸宅に飾っている。しかし『庵』に花を供えるのは、耀子の役目だ。

木立の向こうに小さな建物が見えてきた。

常夏荘の仏間である『庵』は天井まで届く大きな仏壇がある部屋だが、その前の障子を閉めると、茶室になる。雨戸を開けると三方向がガラス戸になり、光があふれるたいそう明るい部屋だ。

庵に入ってあかりをつけ、耀子は水屋に花を置く。

雨戸を開けようとしたが、手を止め、ゆっくりと畳に横たわった。

ハムスケと話していたら、これまであまり考えないようにしていたことがいくつも心に浮き上がってきた。一番気になるのは龍治との関係だ。

ハムスケは仲がいいと言ってくれたが、本当のところはどうなのか。

そもそも夫婦とはどんな感じの結びつきなのだろうか。

十八のとき、まるで溺れるように――龍治の腕のなかで溶けていくような思いで――結婚した。暮らしが落ち着いたら、大学への進学を龍治はすすめてくれたが、出産と育児でそれはとても難しくなった。

そのかわりに語学やマナー、車の運転、美術や音楽、歴史などの教養を折に触れ、龍治は系統立てて教えてくれた。それは愛情深い教え方だったが、夫婦というより師弟のようだった。やがて瀬里が喘息の発作を起こすようになると、寝室を別にして、たびたび家を空けるようになった。そうかといって他に女性がいるわけでもない。

時々、自分の生き方について考える。これでよかったのだろうか。

自立、顔を上げて生きること。

自律、美しく生きること。

そう願ったはずなのに、それはできているのだろうか——。

目を閉じると、小さな神様の姿が浮かんだ。十八年前、十歳のときに、ここで出会った立海の姿だ。紫の着物に水色の被布(ひふ)をつけ、神様は暗がりのなかを走っていく。背守りの金色の糸がなびいて、流星のようだ。その光を追いかけていけば、何かが見つかる気がした。

走り出したいが、足が動かない。なぜか涙がこぼれた。

その涙がそっと拭われた感覚に、耀子は目を開ける。

小さな神様が顔をのぞきこんでいた。神様が顔を近づけてくると、被布の房飾りが頰に触れた。

お母ちゃま！　と声がする。そして両頰を指で押された。

「……瀬里ちゃん？」

「さっきからおこしてるのに、全然目ぇ開けてくれないんだもん」

瀬里ちゃんなの？　と再び聞くと、「うん」と返事が戻ってきた。その顔に、おそるおそる耀子はたずねる。

「もしかして……お母ちゃまは今、寝てたのかな？」

そうだよ、と言うように、瀬里が何度もうなずいている。それすらも夢のなかにいるようだ。なぜ、瀬里はあの頃の立海と同じ姿をしているのだろう？

「瀬里ちゃん、その……お着物はどうしたの？」

「鶴ちゃまが着せてくれた」

瀬里が立ち上がると、両腕を広げてくるりと回って見せた。紫色の長い袖がふわりと揺れて、蝶のようだ。

「王子様がくれたの」

「王子？　オージ？」

何度か口にしたあと、瀬里が大叔父と言っていることに気が付いた。

「大叔父様の立海さんに？　送ってくださったの？」

ううん、と瀬里がかぶりを振ると、長い袖が優雅に揺れる。

「持ってきてくれた、自分で」

いつ？　と聞いたら、今！　と勢いよく瀬里が答えた。

「対の屋にいるよ。おばあちゃまとお話し中。でね、お母ちゃまを呼びにきたの。大叔父様がお話をしたいって、とても大事なご用だって」

「今は手が離せないってお返事をして」

「忙しいって言うだろうけど、とにかく伝えてって、大叔父様が」

私、伝えたからね、と瀬里が走っていった。

「瀬里ちゃん、走っちゃだめ、息が……」

瀬里が扉に向かっていくと、ビーチサンダルをつっかけた。そして軽やかに走り出すと、両手を大きく広げた。

翼のように、紫の袖がひるがえる。

お母ちゃま、という声が青空に響いた。

「私、ちゃんと伝えたからね！」

扉に手を掛け、耀子はその姿を見送る。

常夏荘に、立海が来た。この十年間、会ったことも、話したこともないのに。

何かの終わりのようにも、始まりのようにも思え、しばらく動けなかった。

第一章

「親父様」こと、遠藤本家の先の当主、龍巳が亡くなる数日前、常夏荘の女主人に会いたがっているという連絡が東京から来た。急いで鶴子とともに上京すると、病室に入るなり、龍巳が絞り出すような声を上げた。

テ、ルコ、と。

龍巳が手を伸ばそうとしていたので、その手を取った。続けて龍巳は何かを言おうとしたが声にならず、口元に耳を寄せても聞き取れない。やがて龍巳はあきらめ、目を閉じた。その拍子に涙が男の頬を伝っていった。

常夏荘の庭を『母屋』と呼ばれる、当主の住居に向かって歩きながら、遠藤照子は思う。

あのとき、龍巳は長男の未亡人に何を言いたかったのだろう。

触れた手の感触からは許しを請われているようにも、何かを託されたような気もしている。

許しを請われていたのだとしたら、何に対してだろう？

託されたのだとしたら、何についてなのか――。

庭を突っ切ると、母屋の正面玄関が現れた。

常夏荘で遠藤本家の人々が暮らしていた屋敷は、この『母屋』と、広大な庭をへだてた向かいにある『対の屋』からなっている。対の屋は、結婚して独立した長男が住む邸宅で、現在は照子が嫁の耀子と孫の瀬里、お手伝いの鶴子とともに暮らしている。

母屋は来客をもてなす折に使われる洋館に、当主の家族が日常暮らす二階建ての和風建築が続いた豪奢なつくりだが、ここ数年間ずっと使われていない。

ステンドグラスがはめこまれた、洋館の二枚扉を照子は押し開ける。

扉の向こうには白と黒のタイルで幾何学的な模様が描かれたエントランスが続いていた。その先には吹き抜けの広いホールがあり、戦前はここでしばしばダンスパーティが開かれていたそうだ。そのホールにまばゆいほどの光が差し込んでいる。

見上げれば、普段は閉ざしている窓の鎧戸がすべて開けられていた。

その光はとても明るく、それゆえにあちこちに大きく張られた蜘蛛の巣や、ほこりが積もった絨毯がはっきりと見え、西洋の幽霊屋敷のようだ。

絨毯を見ると、階段に向かって足跡が残っていた。

ほこりよけにハンカチを軽く鼻に当て、照子はそのあとをたどって階段を上がる。

二階のドアを開けると、この部屋にも初夏の光が差し込んでいた。奥に置かれたグランドピアノのほこりがはらわれ、蓋が開けられた形跡がある。

なつかしい思いで、照子はあたりを見回す。

今から十八年前、昭和が五十五年を迎えた年、美しい家庭教師のもとで、二人の子どもがここで勉強をしていた。

東京から転地療養に来た小学一年生の立海と、当時、常夏荘の使用人だった祖父のもとで暮らしていた小学四年生の耀子だ。ともに学校に行けない事情を抱えた二人は「ヨウヨ」、「リュウカ君」と呼び合い、身を寄せ合うようにして秋からクリスマスまでの三ヶ月を過ごしていた。

その四年後、峰生神社の大祭で『明星の稚児』に選ばれた立海は常夏荘を再訪し、中学生になった耀子と夏休みを過ごしている。この二人にテニスと小型ハープの演奏を教えたのが、勤務先の遠藤地所で傷害事件に巻き込まれ、祖父の龍巳に常夏荘で謹慎を命じられた、照子の一人息子、龍治だ。

耀子の父親、間宮(まみや)裕一は遠藤家が設けている奨学金制度、遠藤育英会の援助で上京し、大学を出ている。彼は大学時代から龍治の家庭教師を務めており、やがて照子の亡き夫、龍一郎(りゅういちろう)が小型ハープの製造販売を手がける楽器会社をこの地、峰生で起ち上げようとしたとき、片腕となった人物でもある。そうした縁からあの夏、龍治は年下の叔父である立海とともに、耀子にも細やかな気遣いを見せていたが、それから四年後、彼女と結婚するとは思わなかった。

その婚礼の前日、米国留学中で、当初は参列予定がなかった立海が常夏荘に現れたこともよく覚えている。「ヨウヨ」のお祝いに駆けつけたのかと思ったが、立海はずっと無表情で、耀子とは一言も口を利かない。十四歳になった立海は耀子の背を追い越して声も低くなり、年齢よりも大人びて見えた。

何もかも昨日のことのように思い出せるのに、あの婚礼の日から十年たっている。高校卒業後、すぐに龍治の花嫁となった耀子は今年で二十八歳になる。小柄でほっそりとした清楚な姿は当時とあまり変わらず、歳月の経過を感じさせない。しかしこの母屋の傷みぶりを見ると、確実に長い時が過ぎたことがわかる。

ほこりだらけの部屋に残る足跡を、照子は注意深くたどっていく。それはグランドピアノのそばから、葉巻を収納していた棚の前に続き、消えていた。

葉巻の棚に両手を突き、照子は強く押す。回転扉のように棚が動き、その先には鉄の扉が現れた。その扉を抜けると、和風の建物の廊下に出た。

廊下の左手には再び扉があった。開け放されたその扉から光がこぼれている。

そっとのぞくと、小さな部屋の窓から、背の高い男が外を眺めていた。

「立海さん」

ゆっくりと立海が振り返った。黒い麻のジャケットと黒いジーンズ。左の手首には銀色の無骨な腕時計が巻かれている。

力のある大きな目に見つめられ、なぜか一瞬、頬に血が上った。

「捜しましたえ。こんなところにいはったんですか」

「こんなところって言い方はないよ」

「常夏荘は何年ぶりでしたやろ」

「さあね、奥峰生にはよく来ているんだけど」

「それなら立ち寄ってくださったらいいのに」

　何も言わずに立海が笑う。少女と見まごうような優しい顔立ちは清潔感へと変わり、男らしい風貌のなかに今も名残をとどめている。

「百畳敷にいはるのかと思ったのですよ」

　立海がジャケットの胸ポケットからメモを出した。

「百畳敷はもう見た。まだ充分に使えそうだね。それでも長屋は三割ぐらいがもう使えないな。特に味噌蔵のあたりの数棟がひどい」

　立海の手元を見ると、メモに常夏荘の見取り図が挟んであった。それぞれの建物の脇には小さな字でたくさんの書き込みがしてある。

「どうしはったんですか、急に。建物の様子など、今まで誰も気にかけなかったのに」

　答えずにメモを閉じ、おあんさんは来るかと立海がたずねた。

　一瞬、言葉の意味をはかりかねた。しかし、すぐに、おあんさんとは、今は耀子を指すことに気付き、照子は苦笑する。

「さきほど内線が来て、今日はこれから仕事に出るので、大事なご用とやらは、うちにまとめて聞いておいてほしい、いうことでした」

「本人に聞いてみてくださいな」

「仕事って何を？」

「照子、子どもみたいなことを言うね」

目をゆるませるようにして立海が笑う。その声も微笑み方も、亡き夫、龍一郎に似ていて、照子は目をそらす。

まあ、いいか、とつぶやき、窓辺に置かれた鍵の束を立海がつかんだ。

金色の輪にたくさんの鍵が連なったそれは、立海が相続した建物の鍵を集めたものだ。

不思議だね、と立海が手にした鍵の束を見る。

「子どもの頃、ここには鍵がかかっている扉がいっぱいあって。なかでもこの母屋は入れない場所だらけだった。いつか全部の鍵を開けてみたいと思っていたのに、すべてが開けられるようになると、何もかも狭くて小さく見えてくる」

「小さい言わはる？　この母屋が？」

「俺が……僕が、大きくなっただけかもしれないけど」

立海があたりを見回した。この四畳半の部屋は大正末期に遠藤本家の人々が東京に拠点を移すまで、跡継ぎの子どもが暮らした部屋だ。立海は幼い頃、母屋のこの部屋で三ヶ月ほど暮らしている。

立海が廊下を指差した。

「子どもの頃、万が一のときの避難通路があるって青井に教わったけど、当時は棚を押せなくてね。今日、初めて自力で通ってみた」

今、照子が通ってきた葉巻棚の奥の隠し扉は、強盗や暴漢などに押し入られた際の避難通路に作られたものだ。その昔、政治犯をかくまったときにも活躍したと、夫の龍一郎は言っていた。

「おいくつぐらいでしたやろ、立海さんが青井先生と滞在したはったときは」

「七歳かな。次に来たときは十歳ぐらい。でもあのときはこの家じゃない。龍治がガレージにいて、僕は対の屋に泊まっていた」

「よう覚えてます」

真っ赤なオープンカーと、ミネオ・ハープの音色。立海につきまとわれ、困惑していた龍治の顔。大人になった息子と長い時間をともに過ごしたのはあの夏だけだ。

「あのときも母屋はあまり使われていなかったけれど、ここまでは荒れていなかったね」

「当時は一週間に一度、洋館も、こちらの建物も、すべての鎧戸を開けて、掃除する人を頼んでましたさかい。今は……」

「そうか。今はいないんだね」

立海の隣に並ぶと、庭の向こうに長屋が見えた。あの周辺には今、一面に撫子の花が咲き始めている。耀子が持ちこんだ苗が根付いたからだ。

撫子の別名『常夏』と呼ばれていながら、常夏荘の庭にこの花は根付かなかった。

園芸を趣味にしている者として、花を咲かせる努力と工夫を重ねてきたものだ。

それを思えば今の状況を喜んでいいはずなのに、素直に喜べない。

花に裏切られた。そんな気がしている。

ゆっくりと鎧戸に手を伸ばし、立海が窓を閉めようとした。

「ここからの景色は変わらないね」

「そうですやろか?」

「何も変わっていないよ。空の広さも山の緑も」

長屋の敷地から、紫の着物を着た少女が出てきた。腕いっぱいに撫子を抱えて走っていく。

孫の瀬里だった。遠目に見ると、耀子の幼い頃にそっくりだ。

「何も変わっていない……」

鎧戸を閉めかけた立海がつぶやき、軽く窓の桟をつかんだ。

「変わったのは、僕らのほうか」


対の屋の客間に戻ると、鶴子が紅茶を淹れてくれた。

ティーカップを口に運びながら、照子は向かいに座る立海に目をやる。

立海は今日の昼過ぎに電話をよこし、今、奥峰生の遠藤林業にいるのだが、立ち寄ってもいいかと聞いてきた。大事な話があるので、その折には〝おあんさん〟も同席してほしいという。

何があったのだろう。

立海を見つめると、突然に来訪したことをあらためて詫びられた。

「それはよいのですけど……立海さん、どうかしはったん？　瀬里に着物をくださったということは、東京を出る前からここに立ち寄る心づもりがあったいうことでしょう。もっと早うに連絡してくれはったら、お食事の用意もしましたのに」

言ってはみたものの、常夏荘には今、料理人がいない。二十代から、この常夏荘で腕をふるっていた千恵(ちえ)は龍治と耀子が結婚した翌年、兄嫁の紹介で見合いをして、大阪で寿司割烹を営む男のもとへ嫁いでいった。千恵が去ったあと後任を探したが、思うような人材に恵まれず、やがて経済状況の悪化とともに、料理人を抱える余裕がなくなってしまった。

「キッチンには今は誰が入っているの？」

「誰もいやしません。立海さんこそ、お食事はどうしたはるんです？」

立海が育った東京の邸宅は、龍巳の他界後に取り壊し、高級マンションとなっている。立海はその最上階に一人で住んでおり、料理や家事をする人間が昔のように常駐していないのはおそらく同じだ。

「僕？　外で食べたり、適当に作ったり。いいんだよ、僕は慣れてるから。でも照子は違う」

「普段は鶴子とおあんさんが交互に。お客様がお越しやしたときは撫子屋に頼んでます」

「千恵の実家だね。千恵は元気でいるのかな？」

立海がなつかしそうな目をした。

大阪で暮らしていた千恵は三年前に離婚して、娘を連れて峰生に戻ってきた。ところが、実家の仕出し屋は兄嫁が仕切っていて居場所がない。今は山向こうの町、峰前でアパートを借りて娘と暮らしている。

瀬里より一歳下のその娘は、生まれつき片耳が不自由だ。千恵の夫は、母体が若くないせいだと千恵を責め、つらく当たったという。

峰生に帰ってきたとき、昔のように働かせてくれないかと千恵が相談に来た。しかし女手一つで子どもを育てていけるほどの給料が今は出せない。そう伝えると、「お手当なんて少しでいいって、本当は言いたいんですけど……」と千恵はうなだれた。その言葉を思い出すたび、自分には何の力もないことを実感する。

控えめにドアがノックされた。

焼き菓子を載せた皿とともに、鶴子が手籠に撫子の花を盛ったものを持ってきた。瀬里が着物のお礼にと花を摘み、鶴子と一緒に作ったのだという。

立海が礼を言うと、鶴子はうれしそうに去っていった。

撫子が生け込まれた籠を、立海が手にした。

「こんな小さな籠があるんだね、このサイズなら車のダッシュボードに飾れそうだ」

「ダッシュボードいうのがどこなのか知りませんけど、落ちやしませんか」

「両面テープで貼れば大丈夫だよ」

立海が傍らに置いた黒革のリュックから透明な袋を引っ張り出した。なかにはさまざまな幅のテープが入っている。

「どうしてそんなものを持ったはるんですか？」

立海がテープをちぎると、籠の裏に留めた。

「撮影のときに便利なんだよ。物を固定したり、写っちゃまずいものを隠したりするときに」

「撮影？　立海さんのお仕事は旅行のガイドブック作りやないんですか？」

「雑誌もやってるんだ。そっちは国内旅行を中心に。小さいところだから、なんでもやらせてもらえるんだよ」

米国の大学への進学を目指して中学から留学をしていた立海は、龍巳が倒れたのを機に、日本の学校に戻り、龍治と同じ大学へ進学した。

大学の卒業が近づいたとき、龍治は米国への再留学を勧め、立海の後見人であり、上屋敷の当主でもある遠藤辰昭（たつあき）は、大手広告代理店への就職を斡旋すると言った。

立海はどちらも選択せず、アルバイト先の出版社にそのまま就職を決めた。龍治と辰昭が説得にかかると、いずれは家業に加わるから、しばらく好きにやらせてほしいと突っぱねたそうだ。

立海が撫子の花に顔を寄せた。

「照子の孫は可愛いものを作るね」

「立海さんの甥の娘、大姪でもありますよ」

「その大姪の話だけど、さっき遠藤林業から相談を受けた。常夏荘の気持ち一つで歴史ある大祭が終わるか、終わらないかの騒ぎになっているって。しかも『明星の稚児』は、大姪がほぼ内定だって？」

「瀬里いう名前があんのえ」

立海が軽く目を閉じた。しかしすぐに撫子の花籠に視線を移した。

「いい思い出になるから、稚児のお役を拝命するといいよ。寄附……賛助の件なら、龍治だけではなく、僕も協力する。それに上屋敷の辰昭さんも用意があると言っていた」

上屋敷の当主、辰昭の名を立海の口から聞き、照子は黙る。

遠藤家では戦前から遠藤育英会という奨学金制度を持っている。抜きんでて優秀な男子の学生に給付するこの奨学金は返済不要だが、撫子会と呼ばれるＯＢ会への参加が条件だ。長い歳月の間に、奨学生たちは日本のあらゆる分野の中枢で活躍しており、年に二回のこの会は職域を超えた情報交換と人脈作りの場でもあった。

東京のホテルや常夏荘で、遠藤本家の主催で開かれていたその会は、龍巳の死後、しばらく開催されていない。それが今年から上屋敷の辰昭の主導で再開され、先日、東京で華々しく宴が行われた。噂では上屋敷の人々は将来、政界への進出を視野に入れており、撫子会はその際に後援会として機能させたいと考えているそうだ。

大祭に賛助をする用意があるというのは、祭のためというより、他の思惑があるのだろう。

撫子の花に、立海がそっと触れた。

「……この先、この家がどうなるのかわからないけれど、先祖が継いできたことを効率だけで切り捨ててはいけないと思う。できる限り、苦しくても支えていかなければ」

「大切な話いうのは、そのことですか？」

「違う。それよりももっと……大祭よりも先に考えるべき話だよ。常夏荘を売るという話が出ているんだけど、龍治から聞いている？」

「売る？　まさか上屋敷に？」

「まったく別のルート。常夏荘を買い取って、公園墓地として開発したい人がいるそうだ」

「墓地……公園墓地？」

「きれいな庭園や管理棟が整備された墓所さ。欧米でよく見られるんだけど」

「それで立海さんが建物などを調べに？」

立海が首を横に振った。

「今日は僕が個人的に、現状を把握しておきたかっただけ。常夏荘の権利関係は、かなり複雑なんだ。おそらく話はすぐには進まないよ」

「すっかり大人みたいなこと言わはって」

大人さ、と立海がかすかに笑い、「お金のこと……」と言いづらそうに口を開いた。

「こういうことを照子には言いたくないけど……。もし売りに出したら、たいそう大きな額が動く。いろいろなことが今より楽になるよ」

「楽になるいうのはどういうこと？　立海さん」

「何も心配をしなくていいってことさ」

心配できるほどの事情を伝えられたことがない。いつだって女と子どもには何も知らされない。

気が付けば立海は〝女と子ども〟の枠を抜け、向こう側の人間になっていた。

「僕は、まず照子の意見を聞きたい。ここで暮らしている人たちの意見を尊重したいよ」

瀬里の笑い声が聞こえてきて、立海が視線を窓の外に向けた。

洋服に着替えた瀬里が花壇に水をやっている。その瀬里と楽しげに話をしながら、すっかり腰が曲がった鶴子が白い石楠花を切っていた。

もし、常夏荘が人手に渡ったら、鶴子はどうするだろうか？　自分が死んだら、庵にまつられている朋輩たちと一緒にしてほしいと彼女はよく言っている。

「鶴子、年を取ったね……」

立海がつぶやくと、視線を照子に向けた。

「常夏荘を手放したら、照子はどうする？　東京で暮らす？　それとも別の場所で暮らす？」

「ここ以外のどこで暮らせと？」

「それなら……このまま常夏荘で暮らし続けたい？」

「それができるのなら」

ためらいながら、「そうだね」と立海が言った。

「照子や皆がそれを望むなら、僕は……」

立海のリュックから電話の音が鳴った。

「お電話？」

「そう、携帯電話。だけどここにはまだ電波が届かないんだ。今のはアラーム」

そろそろ行かなくては、と立海が立ち上がった。

車で名古屋に向かうという立海を見送るために、照子は瀬里と駐車場に向かった。夕焼けのなかに緑色の小さな車が停まっていた。磨き上げられた窓と車体に茜色の雲が映り込んでいる。

あっ、と車を見た瀬里が小さな声を上げた。

「どうしました、瀬里?」

瀬里の前では極力、京言葉を使わないようにと龍治に言われている。そのせいで、孫がいるときは、いつも慎重に言葉を選んでしまう。

瀬里が決まり悪そうな顔をして、首を横に振った。

「……なんでもないです」

立海が笑い、瀬里が彼を見上げた。昔、幼い立海と耀子が、同じように龍治を見上げていたことを思い出す。あのときは赤いスポーツカーが彼らとともにあった。

「立海さん、ずいぶん可愛らしい車ですね」

「イギリスの車だよ、ミニクーパー。古いせいか、スピードが出ないけど」

「大叔父様の?」

借り物だと立海が答えて、車の鍵を開けた。

「撮影用に借りたんだ。先輩のエディターは明日、タレントさんと一緒に新幹線で来るから、僕は前日入りでこいつを運んで、準備万端を整えておく役回り」

「立海さんも、大変ですね」

「でも楽しいよ。仕事が楽しいのは幸せなことだ……そんなことを昔、龍治が言ってたっけ」

「龍治って、お父様のこと？」

答えるかわりに微笑み、立海が撫子の小籠を助手席の前の棚に据え付けた。それが終わると、ポケットから小さなものを取り出し、左手にはめた。

平打ちの指輪だった。薬指に輝く白金の光を照子は眺める。

上屋敷の娘との婚約が整ったのだろうか。

辰昭の娘、沙也香(さやか)は立海より二つ年上だが、亡き龍巳も上屋敷の人々も、昔から二人の結婚を望んでおり、沙也香も立海を好いているという話だ。

瀬里が不思議そうに立海の手元をのぞきこむ。

「大叔父様は結婚してるの？」

「婚約指輪さ」

「誰と？」

立海が茜色の空を指差した。

「星の天女と」

「嘘ぉ」

嘘だよ、と言い、立海は黒いサングラスをかけた。

もう！　と瀬里が笑う。

立海が車のドアを閉め、運転席の窓を開けた。

「照子、売却の件、おあんさんとも話して、よく考えておいて」

「龍治は、どう言ってますの?」

「かなり前向き」

「立海さんはどう思っているのですか」

エンジン音が響くなか、「迷っている」という言葉が続いた。

「だから、来たんだ」

立海の車が走り出し、常夏荘の坂を下っていった。かすかに残る車の排気のなか、照子は目を閉じる。

遠藤家の象徴を売り渡し、子どもたちはどこへ行こうとしているのだろう?

龍巳の涙と、手の感触を思い出す。

詫びられたとして、託されたとして。

この先、自分に何ができるのだろうか――。

第二章

常夏荘の若いおあんさんが働きに出ると聞き、峰生の人々は驚いたそうだ。

おそらく遠藤林業でお飾り的な仕事をするのではないかと誰もが予想したらしい。ところがその職場が常夏荘の元料理人だった前川千恵の紹介で、峰生から一つ浜松方面に山を越えた、峰前という集落にあるスーパーだと知り、今度は嘆いたという。

遠藤家の分家『下屋敷』の由香里の母、聡子からの情報だ。

立海から常夏荘に関する大事な用事を聞くのを照子にまかせ、耀子は峰前のスーパーの更衣室で制服に着替える。

二ヶ月前、この店で働き始めて三日目に下屋敷の聡子が店に現れた。そして話があると言って、店の裏手に引っ立てていき、すぐにこの仕事をやめるようにと言った。

遠藤本家の象徴、峰生の常夏荘に君臨する女主人が、峰前の人々のために商品を売場へ並べたり、頭を下げてお金のやりとりをしたりするのは許せないという。

何も知らないようだから教えてあげる、と聡子が語ったところによると、峰生と峰前の集落は昔から犬猿の仲だった。峰生という地名は古くは峰尾だったが、『尾』

という文字が峰前の後塵を拝するようだと、遠藤家の人々が峰生と書いていたのが、明治時代に正式な地名に採用されたそうだ。

そんないきさつがある集落で働くなど、遠藤家のご先祖様が見たら嘆くと聡子はなじり、自分の意見は親族の総意だと考えるようにと言った。

聡子の話に口を挟むと、長くなる。黙ってその話を聞いた。すると話は聡子の娘、由香里の自慢話になっていった。

働きたいのなら、由香里のようにとまでは言わないが、仕事を選ぶように、と聡子は言っていた。東京の有名私大に進学した由香里は大学卒業後、あらゆる業界の一流企業から内定をもらったそうだ。しかし女性を積極的に登用するところ、地域社会に広く貢献できるところ、この二点を重視して就職先を決めたという。そして今は最先端のＧＭＳというものの分析のためにアメリカ、聡子の言葉を借りると、『ステイツ』に派遣されている。

どういう仕事なのかよくわからないが、地域社会に貢献なら、スーパーの仕事もそうではないか……。何か言えと言われたので、そう答えると、「峰前の衆に貢献しているだけでしょうが！」となじられた。

「照子様は何もおっしゃらないだろうから、親切心でわざわざここまで来て忠告してあげたのに。そんなのだから照子様にも嫌われるのよ」

嫌われているのだろうか――。

髪を束ねて結い上げながら、耀子はため息をつく。これから着る制服を見ると、もう一つ、ため息がこぼれた。

この店はもともとミネマエ・スーパーストアという名前だった。戦後、女手一つで峰前で青果商を営んでいた人が興した店だ。

ところが先月から、東京に本部を持つスーパーチェーンの傘下に入り、ラッキー峰前店と名前が変わった。それに伴い、白いブラウスとパステルピンクのスカートに制服も変更されている。可愛らしい色も気恥ずかしいが、生地が薄く、かがむとスカートに下着のラインがうっすらと浮き出てくるのも苦手だ。

制服に着替えたあと、耀子はピンクの衛生帽をかぶった。更衣室の扉にかかった大きな鏡で身だしなみをチェックして、店の奥にある青果、水産、精肉、総菜などの作業場が集まったバックヤードに向かう。

千恵とともに担当している総菜部門の作業場は、一番奥にある小部屋だ。

スイングドアを開けるとフライヤーに向かって、千恵が唐揚げを作っていた。

「おっ、耀子ちゃん、いいところに。陳列用にエビフライを並べてくれる?」

はい、と答え、耀子は千恵が揚げたエビフライを、バットと呼ばれるステンレス製の平皿に手早く並べる。

常夏荘で暮らし始めた十歳の頃から八年間、夕方はいつもコックの千恵の仕事を手伝っていた。こうして再び二人で働いていると、昔に戻ったかのようだ。

まいっちゃうね、と千恵がつぶやいた。

「今日はやけに油の匂いが強いよ」

「油が変わったせいでしょうか？」

チェーン店への加入と同時に、店のシステムも大きく変わった。

以前は個人経営のスーパーだったので、総菜に関するすべては主任である千恵の裁量にまかされ、素材を切るところから作っていた。

しかし先月から、すべてのチェーン店共通の、ある程度調理済みの食品がセンターから店に運ばれ、それを蒸したり、揚げたりすることが主な業務になった。油や調味料類も本部から支給されたものを使うが、それらは千恵がこれまで使っていたものより品質がやや劣る。

ため息をつき、千恵が衛生帽を指差す。

「油のせいもあるけど、今度の制服は匂いがこびりつくね。特に衛生帽が。生地が薄いせいかな。自分の匂いにむせそう」

「匂いもですけど、私、制服のデザインも苦手です」

「名札もいやだね」

千恵が「まえかわ」とひらがなで書かれた名札を指ではじいた。

「こんな幼稚園の子みたいな名札。しかもこのブラウスとエプロン。なんか薄くて、おっぱいの形が出やすいというか。ピッチピチの若い子ならともかく、デップデブの私にゃ恥ずかしすぎるよ」

千恵が額の上部にずれていった衛生帽を軽く引き下げた。

「まいったな。今日はひどく匂いが鼻につく。ひょっとしてあれかな？　ホルモンのせいかな」

「もつ系のお総菜、今日ありましたっけ？」

違う、違う、と千恵がフライヤーから唐揚げを引き上げた。

「女の人は毎月、月に一度のお客さんが来るじゃない？　それによってホルモンのバランスが変化するから、味覚や嗅覚も変わるっていう話。私は自分の味付けに、ぶれはないと信じてるけど、別れた亭主がことあるごとに言っていた。だから女は一流の料理人にはなれないんだって」

いやなこと思い出しちゃった、と千恵が寂しげに笑う。

油を切ったエビフライがバットに並んだ。きれいに洗ってあるトングを添え、耀子は千恵の背に声をかける。

「エビフライ、売場に出してきます」

「頼むよ、すぐに揚げたての唐揚げも行くからね」

「了解です」

売場に入ると、店内には数えるほどしか人がいなかった。この集落にあった山菜の加工工場が昨年に閉鎖されてから、峰前の人口はさらに激減し、この店も大きな打撃を受けている。

総菜売場の中央に、耀子はエビフライを置く。総菜の売れ行きを調べてみると、千恵が腕をふるっていた先月にくらべて、ずいぶん多くの商品が売れ残っている。

うしろから、「おい」と男の声がした。

あわてて振り返ると、白い調理服にゴム長を履いた男が立っている。

水産部門の大塚誠二という男だ。

来年、五十歳になるという大塚は、昔は峰前で鮮魚店を営んでいたという。今はこのスーパーで魚の切り身や刺身への加工といった、鮮魚関係のすべてを担当している。

「こら、新入り、お前は何をボサッと売場を見とるんだ」

「お総菜の売れ行きの様子を……」

「そんなの上のヤツらがやるだろうが。下っ端は下っ端の仕事をやってりゃいいんだよ、声！」

「声、ですか」

コエ、デスカ、と大塚が耀子の声色を真似た。

「峰生のおあんさんだか、きなこさんだか知らないが、峰前に来たらさ、お上品なこと言ってないで、しっかり仕事しろや、ほら、声だよ」

「声、声をどうしたらいいんでしょうか？」

大塚が軽く頭を掻いた。

「あーあ、さっきも日配のネーチャンにも言ったんやが、ちったぁアタマ使えや。あんたら、ものを売ろうって気はあんのか？　あるなら、声をもっと出せ」

大塚が柏手のように二回、手を打った。

「ハイハイ、お客様、エビフライ、アッツアツのフライが来たよー。プリップリでうまいよ、奥さん、どう？　一本、百円、五本でサービス、四百八十円だ」

声をかけられた老婦人が笑った。

「ツカちゃん、五本も食べきれないよ。息子夫婦が出てって、もう一人だからさ」

「冷めてもうまいよ。明日は甘辛く煮付けて、卵でとじてよ。エビタマ丼だ」

老婦人が手を横に振り、特売の卵はどこかと聞いた。

「十個、九十八円って今朝、チラシで見たんだけど、どこにあるの？　売り切れた？」

おーい、桜井(さくらい)、と大塚が声を上げた。

日配と呼ばれる、生鮮食品と総菜以外の食品を担当しているアルバイト、桜井ますみが走ってきた。小柄でほっそりとした二十六歳の女性で、絵やイラストを描くのが得意だ。この店の売場に置かれているポップはほとんど彼女が描いている。

「おい、日配のネーチャンよ。特売の卵はどこだ？」

大塚が怒鳴ると、「レジの近くに積んであります」とおどおどした様子で桜井が答えた。

「俺に言うんじゃなくて、お客様にお伝えしろや」

「レジのところに積んで……」

「言葉で言うんじゃなくて、ご案内しろ。さもなきゃお前が取ってこい。気が利かねえな。もうちょっとキビキビ動け」

老婦人がなだめるように大塚に笑いかけた。

「ツカちゃん。あんまり短気をおこすと、若い者に出ていかれるよ、あたしみたいにね」

桜井に案内され、老婦人が歩いていった。

ちっ、と大塚が舌打ちをする。

「あのネーチャンといい、あんたといい。もうちょっとここを使えよ、ここ」

大塚が頭を指差した。

「言われなきゃ、わかんねえのか。こんなの、ちょっと考えればわかることだろ?」

すみません、と耀子は頭を下げる。

「わかったんなら、さっそくやれや」

息を吸って、耀子は声を上げる。

「エビフライは、いかがでしょうか」

「声が小さい!」

隣に立って、大塚が腕を組む。昔、映画で見た、新兵を鍛える軍曹のようだ。

「エビフライはいかがでしょう？」

「それしか言えねえのか！　もっと、でかい声で」

「ホッカホカの……エビフライ」

声を張り上げたら、語尾がふるえてきた。

「聞こえねえぞ、きなこ」

「そんな名前ではありません」

一瞬、あっけにとられた顔をしたが、大塚がうっとうしそうに首筋を掻いた。

「あんたさ、一体、何しにここに来たの？」

バックヤードから大柄な青年が出てきて、大塚を呼んだ。

「大塚さん、店長が呼んでます。早く来てください」

小柳勇太（こやなぎゆうた）という名前のこの社員は、先月ラッキーチェーンの名古屋支社から来た二十四歳の青年だ。大学在学中は勉強よりもラグビーに明け暮れていたと自己紹介をしたので、従業員たちからラガーさんと呼ばれている。

「おう、すぐ行く」

「さっきもそう言ってましたよ」

「わかった、行く。しっかし、ラガー君よ。使えねえな、イマドキの主婦は。言ってもすぐに忘れるし。こら、きなこ、サボってないで、声出せ」

大きく息を吸って、耀子は声を上げる。

「エビフライ……」

いかがでしょうか、と続けた声がしぼんでいく。

あのう、と後ろから男の声がした。振り返ると、サングラスをかけた長身の男が立っていた。

「すみません、水はありますか」

「お水ですか？　ミネラルウォーターでしたら……」

男が軽く身体を前に傾けた。胸のあたりに視線が来ているようで、決まり悪い。

「えんどう、さん……」

男が名札を読み上げ、サングラスを外した。その顔を見て、耀子は息を呑む。

龍治とよく似た強い瞳が見下ろしている。

あれえ、と千恵の声がした。唐揚げをのせたバットを手にしている。

「ひょっとして、立坊ちゃん？」

「……千恵？　千恵かい？」

「そうですよ、千恵ですよ。よく覚えててくれて」

千恵が目を輝かせて、立海を見上げた。

「まあ、うれしい！　何年ぶりですか？　大きくなられて。それに、なーんて男らしい。何を食べてこんなに大きくなったんですか」

「おじゃこさ」

「おじゃこですか、やっぱりね。ご先祖さまの悲願達成だ」

「執念の賜物とも言うよ」

立海が売場を見回した。

「千恵も……ここで働いているの？」

「お総菜を作ってますよ、耀子ちゃんと一緒に」

立海が並んでいる総菜と、弁当を見た。

「千恵が作った弁当なら、おいしいのかな」

「そうだって言いたいんですけどね。諸般の事情で自信を持っておすすめはできないんですよ。パンはいかがです？」

「千恵が焼いたのかい？」

いえいえ、と千恵が寂しそうに笑い、手を大きく横に振った。

「工場から送られてきたものです。悪くないですよ、千恵のおすすめは小倉あんのサンドイッチ」

そう、と立海がうなずく。肯定でもなく否定でもないこの言葉を、龍治も照子もよく使う。

ゆるぎない自分を確立している人たちが語る言葉は簡潔で、過不足がない。それを感じるたびにいつも言葉が足りないか、逆に余計なことをしどろもどろに言ってしまう自分が悲しくなる。

千恵、と昔のように立海が呼びかけた。

「おあんさんと少し話をしたいのだけれど」

「おあんさん？　……あっ、耀子ちゃんと？」

「何のご用でしょう」

「大事な用があると僕は伝えたはずだけど。誰に許可をもらえばいい？」

店長？　あるいは社員さん？　と千恵が首をかしげたあと、バックヤードを見た。

「でもみんな今、奥で集まって話をしてますからね。いいんじゃないですか、ちょっとの間なら。休憩を早めに取ったということにして」

「千恵さん、私、まだ休憩を取るほど働いてない」

日配部門の桜井が、ためらいがちに近づいてきた。

「すみません、お話が聞こえてきて。もしよかったら、私がカバーします。十分や十五分なら問題ないですよ。タバキューとか言って、就業時間中に何度も煙草休憩してる人だっているんだから」

立海が桜井に視線を向けると、ゆっくりと彼女はうつむいていった。その頬が淡く桃色に染まっている。

ああ、タバキュー、と千恵が顔をしかめた。

「大塚さんね。立坊ちゃんの話は煙草より大事に違いない。耀子ちゃん、ほらほら行ってきて」

千恵にうながされ、耀子は衛生帽とエプロンを外す。布にしみついた油の匂いが髪から立ちのぼってきた。


立海のあとに続き、スーパーの裏手へ耀子は向かった。

外は日が落ち、あたりは暗くなっていた。

従業員用の駐輪場に出ると、飲み物の自動販売機があった。その隣に木のベンチがある。大人になった立海がベンチを手で指し示した。黙って耀子はそこに座る。

自動販売機の前に立った立海が何か飲むかとたずねた。

「いいえ、結構です」

立海がウーロン茶を買い、駐輪場の柵に浅く腰を掛けて向かい合った。

換気扇からバックヤードの熱風が流れてくる。暑いのか、立海が麻のジャケットを脱ぎ、傍らの柵にかけた。

ジャケットの下は黒いＶネックのカットソー一枚だった。広めの衿元からたくましい鎖骨がのぞいている。幼い頃は神々しいほど華奢で小柄だったのに、今は薄手の服の下から、身体の力強さが伝わってくる。

立海がウーロン茶の缶を開けると、一口飲んだ。

「驚いた。……名札が間宮じゃないから、他人のそら似かと思った」

立海が手にした缶に目を落とした。

「遠藤耀子……。僕らは今、同じ名字なんだね」

立海の男らしい、大きな手を耀子は眺める。十年前、龍治との婚礼の前夜、米国留学中の立海が長屋の庭に現れた。あのとき差し出されたこの手を、自分は取ることができなかった。

夜風が立海との間を吹き抜けていく。

彼は、何を考えているのだろう。目が合うと、先に立海が目をそらした。

「いろいろな事情があって、峰前の人たちは峰生というより遠藤家がきらいなんだ。別の仕事をするという選択は？」

「このあたりに働く場所はないんです」

「どうして働かなきゃいけないの？」

少しためらったあと、立海が小声で言った。

「お金が必要？」

単刀直入な言葉に、耀子は立海の目を見る。立海と金の話は似合わない。

失礼な聞き方をしたね、と立海がつぶやく。

「でも僕は率直なんだ、こういう話には。遠藤家気質っていうのかな。だから続けて聞くけど、龍治には言えない事情があって、資金を必要としているの？　大祭のこととか、常夏荘の修繕だとか」

「それも大事だけど、それだけじゃなく……」

「昔みたいに親父様と呼ばれはしないけれど、今は僕と龍治がその役割を分担している。彼に言えないことがあるなら、僕が聞くよ。もっとプライベートなこと?」

「うまく、言えないけど」

立海がうなずいた。そのうなずき方に幼い頃の面影が浮かんだ。

昔と同じように真剣に聞いてくれている。そう思ったら、考えがまとまらないまま、言葉が口に出た。

「これでいいのかって思って」

「何に対して?」

いろいろ……とつぶやき、耀子は次の言葉を探す。

「生きていく、力みたいなものが欲しいというか。娘は……瀬里は、峰生に来てから丈夫になったし、私がついていないときは鶴子さんや大奥様がいてくれる。そうしたら自分の非力さというか、自分は何も知らないことが身にしみてきて……」

立海が目を伏せた。その表情に、かつて『明星の稚児』として、大祭の華やかな行列を先導していた姿がよみがえる。

「私はいつも守られてきた。小さいときは祖父、それから」

小さな神様、と言いかけ、耀子は言葉を呑みこむ。

「祖父がいなくなったあとは龍治さんに……」

見上げると、立海の背後に星空が広がっていた。
星に願うかのように声が出た。

「でも、守られるだけじゃない、守る力が欲しい。この先、この家に何が起きても流されずに、自分の足で立っていられる力が欲しい。何があっても生き抜いていく、娘と一緒に。そんな、力みたいな、自信みたいなものが」

生き抜いていく力、と立海がつぶやいた。

「それが、ここにあるの？」

「わからない、まだ……。だけど少しでも自分の手でお金が稼げるというのは、そういう力につながる気が……するの」

伏せていた目を開け、立海がまっすぐに視線を向けてきた。

「常夏荘を売るって話が出ているんだ。そうしたら今とまた状況が変わってくるよ」

「売るって、誰に？」

「あの敷地を利用して、大規模な開発を行うという計画があるんだ」

「そうしたら、私たちはどこへ？」

立海は黙っている。

沈黙が苦しくてうつむくと、立海の指に輝いているものが目に入った。

左手の薬指に、プラチナの指輪がはまっている。その輝きを見つめると、立海も自分の指輪に目を落とした。

二人の間を風が吹き抜けていく。

指輪から目を離すと、立海が柵から腰を上げた。

「僕はもう、行くよ」


立海を見送るために駐車場へ行くと、店から千恵が出てきた。

手に店の小袋を持っている。

「立坊ちゃん、高速に乗る前に食べ物を買いに来たんじゃないの？　ハイ、どうぞ」

袋を受け取った立海がなつかしそうに笑った。

「昔、千恵がこうしてお弁当を持たせてくれたね」

「あのときは雪が降っていましたっけ。クリスマスが間近でね」

「思い出すよ、千恵のホットドッグ。あの特製弁当は今もときどき夢に出る」

千恵が立海の顔をしげしげと見上げた。

「もうほんとにご立派になられて。なんか泣けてきちゃった」

やだよう、と千恵が涙をぬぐうと、立海が緑色の小さな車の前に立った。

昼間に見かけたミニクーパーだ。

「あれま、ずいぶん可愛い車。立坊ちゃん、安全運転でね」

「僕は大丈夫だよ。だけどおあんさん」

立海におあんさんと呼びかけられるのに慣れず、返事をするのに数秒かかった。

「……はい」

背を向けたまま、立海が車のドアを開ける。

「スピードの出し過ぎには気をつけて」

遠ざかる車に手を振っていた千恵が、ティッシュを出して鼻をかんだ。

「ああ、いろいろ思い出しちゃう。あの頃は常夏荘で毎朝、粉をこねて、パンを焼いてたな、とか」

それが今は、と途方にくれたような声を千恵が出した。

「店で買ったパンと牛乳を渡すだなんてね……とはいえ、私、大阪にいたときは、パン工場で働いてたんですよ」

「パン工房みたいなところ？」

「まったくの工場です。ベルトコンベアのラインにいました。娘を連れて家を飛び出したんですけど、お金がなくてね。昼間は牛丼屋、夜は工場で働いていました。そんなときにふっと耀子ちゃんのお母さんのことを思ったり……、あっ、ごめん」

いいんです、と耀子は首を横に振る。

「でも、どうして母のことを？」

「ちっちゃな子どもを一人で置いて夜に働きに出るなんてって、思ってたのに、気が付いたら、同じことを自分もやっていて。ああ、わかっちゃいるけど、やむをえないときってのが人にはあるんだなって。結局、身体をこわしてこっちに帰ってきたんですけど」

わかっちゃいるけど、やむをえないとき。

千恵の言葉をかみしめながら、耀子は星空を見上げる。

母は今、どうしているのだろう。

許せはしないし、会いたいとも思わない。それでもときどき、瀬里を見ていると幼い頃の自分と母を思い出す。

千恵も夜空を見上げた。

「ああ、またパンを焼きたいな。パンだけじゃない。昔のように思う存分、腕をふるってみたい。でも、手のかかったものを売るには、どうしてもそれなりのお値段になっちゃうし」

素晴らしい料理を作る腕があっても、ふさわしい場所がなければ活かすことはできない。千恵ほどの技量があっても、世の中は生きづらいのだ。

千恵が大きな音をたてて、鼻をかんだ。

「こんなこと言ってもしょうがないね。どれ、張り切って、片付けでもやらまい」

「やらまい、やらまい」

二人で肩を並べて、バックヤードに向かう。ベテランのパートたちが数人、集まって話をしていた。

そのなかの一人が千恵に声をかけた。店長の話は知っているかという。

「へえ？　店長さんがどうかしたの？」

「来月一日から新店長が来るんだって。それが東京本部の腕っこきの超エリート」

「なんでそんな人がうちに？」

青果のパートが甲高い声で言った。

「ラッキーは社長さんが替わって、前の社長一派が、ぞくぞく島流しにされてるんだってさ」

島流しっていうより、ここは姥捨て山だよね、と誰かが言ったとき、店長の部屋から小柳が出てきて、掲示板に紙を貼った。

話をやめ、皆がその紙の前に集まる。

辞令が貼られていた。六月一日付で噂通りに東京から新店長が来るらしい。その名前を見て、千恵が「ありゃ」と声をもらした。

「まさか私らが知ってる、あの人じゃあるまいねえ」

同姓同名？　とつぶやきながら、耀子も辞令を見る。

新店長の名前は「遠藤由香里」。もし、千恵と自分が知っている人なら、それは峰生中学の一学年上にいた、下屋敷の由香里だ。

新店長が赴任して十日目。閉店十五分後に、出席できる人はなるべく店長室の前に集まってほしいと通達があった。

閉店後の片付けの手を止め、耀子は千恵とともに店長室へ向かう。

東京から送られてきた店長は、やはり下屋敷の聡子の娘、由香里だった。

小柳の話によると、彼はスーパーのラッキーグループの社員だが、由香里はラッキーの他にも、ファッションビルや高級輸入食材を売るチェーンストアを統括している本部会社の社員で、同じ正社員でも立場がはるかに上だそうだ。

店長室からチャコールグレーのパンツスーツを着た由香里が出てきた。

中学時代、ハワイ育ちのアイドルに似ていると言われ、本人もそれを意識して校則違反のパーマをかけていた由香里は、常夏荘で耀子が婚礼を挙げた折には前髪をとさかのように立てた髪型で参列していた。今は前髪を自然に横に流して、落ち着いた雰囲気だ。

「ごめんなさいね、遅い時間に集まってもらって」

由香里が腕時計を見て、「大塚さんは?」と小柳に聞いた。

「さっきまでいたんですけど……煙草を吸いにいっているのかもしれません」

「呼んできて」

「悪ぃ、悪ぃ」

大きな声がして、悠然と大塚が現れた。

「すまん、ちょっとクソしてて」

やだあ、と女性たちの間から声が出た。

「何がやだ、だ。出物、腫れ物、ところ嫌わずって言うだろうが。ねえ店長」

答えずに由香里が手にした書類を見た。

「じゃあ始めます。明日の朝礼でも話すけど、午後からのパートさんにも聞いてほしかったから、今、集まってもらいました。まずは取り急ぎ、現在の状況をお話しします。今のままでは近いうちに峰前店は閉店することになりそう……つまり私はこの店を畳むために来たわけです」

思わず千恵の顔を見ると、うすうす、そうではないかと思っていたらしい表情を浮かべていた。

女性たちの声が上がった。

（ちょっと、そんな冷静に言われても！）

（そうです、私たち、どうなるんですか）

「系列店に異動と言いたいですが、通える距離にはありませんし、そこにもこちらと同じようにパートさんがいます。つまり皆さんは職を失うということです」

静かなざわめきが広がった。

「困りますよね？」

由香里が冷静な口調で言う。峰生神社の大祭で星の天女に扮したときのように、高みから人々を見下ろしているかのような言い方だ。

当たり前です、とレジを担当する女性が叫んだ。

「何をそんな、他人事みたいに！」

私も困るんです、と相手の言葉尻に由香里が声をかぶせる。

「私は店を潰しに来たつもりはありません。皆さんも職場が消えては困るでしょう。だからそのために動きましょう」

（具体的にぃ、どうしたらぁ、いいんですかぁ？）

うしろのほうから甲高い声がした。

由香里が一瞬、微笑んだ。

「売り上げを上げましょう。惰性で働くの、やめませんか。明日も明後日もこの店があるわけじゃない。一日、一日を大切に」

ご託はいいから、と大塚がさえぎった。

「だからさ、どうしろっての？」

由香里が手元の書類を見た。

「まず煙草休憩を頻繁に取ったり、お客様がいないからといって売場で雑談したりするのはやめてください。それからいたんだ野菜や商品は早いうちに撤去を。これは当たり前の話でしょう」

早いうちに撤去って言われても……と小さな声がした。

（誰が判断するんですか？　どこまでが大丈夫なのか、大丈夫じゃないのかって、それってみんな基準、違うし）

「マニュアルを読んでください」

女性たちが顔を見合わせる。大塚が手を挙げた。

「店長。あのね、そんなのいちいち読んでる暇もないし、手も回らない。だって、そうでしょ。考えてもみなよ。ここはここで、長い歴史があんのよ。今さら急に大手スーパーみたいなやり方でって言われても、すぐにやれないって。第一、給料は全然上がってないのに、急にあれこれ、いろいろ要求されてもさ」

「聞こえていますから」

由香里が大塚に顔を向けた。

「むやみに怒鳴るのはやめてください。やたら声だけ張り上げても、何にもならないでしょう。それより集客の仕組みを考えたほうがよくないですか？」

ハア？　と大塚が馬鹿にしたように笑う。由香里が大塚を見据えた。

「特にあなた、大塚さん、店内でパートさんを怒鳴るのはやめてください。問題があるのならバックヤードで話せばいい。難しいようでしたら、私に相談してください」

大塚が軽く耳のあたりを掻いた。

「こういうのはさ、犬や子どものしつけと一緒で、その場でバシッと言わないと身につかねえんだよ」

「パートさんは犬や子どもと一緒だと言いたいんですか？」

「もののたとえでしょ。なんだよ、さっきから人の揚げ足とって。遠藤家の奴らは昔っから、そうだ。いつも気取りくさって、本音でものを言わない。きなこも馬鹿だし」

「きなこって何のこと？」

「常夏荘のおあんさんだか、きなこさんだか。総菜の新入りだよ」

由香里が書類に目を落とした。

「総菜の前に、大塚さんの水産部門ですけど、特に売り上げの落ち込みが激しいですね」

「だってね、集落に人が少ないんだもの。去年や一昨年とくらべて」

由香里が書類をめくった。

「それはわかっています。でも水産のコーナーは他の売場にくらべて、場所を取りすぎているような気が……」

わかっちゃねえな、と大塚が由香里の言葉をさえぎる。

「いいか、この店を今まで引っぱってきたのは、青果でも精肉でも総菜でもない。水産だよ。魚がこの店をずっと引っぱってきたんだ」

「でもデータでは……」

「いいか、遠藤店長」

威嚇するような目つきで大塚が声を張った。五十近い男がすごむと迫力がある。

「ここに来たら、いい魚がある。ここの刺身を食ったら、よその店で魚は買えない。そう言って山向こうの、それこそ峰生や奥峰生からだって、わざわざこの店に来るお客さんもいるわけだ。そういう客は舌も肥えてるからさ、野菜だって果物だっていいモンを買っていく。なあんもわかっちゃいないくせに、知ったことを言うな。だいたい、なんだよ」

大塚が由香里の足元を指差した。指先には黒のスエードのパンプスがある。

「そんな気取り腐ったクツを履いてきて。ゴム長履いて、毎日、氷水に手を浸ける仕事してから、ものを言いやがれ」

大塚を無視して、「まずは皆さん」と由香里が女性たちに呼びかけた。

「この店を潰さないために、もう少しそれぞれの意識を高めてください。私からの話は今はこれだけ。あとはよろしく」

由香里が話を締めくくると、皆がそれぞれの持ち場に戻っていった。

総菜部門の小部屋に戻ると、千恵が鼻をならした。

「話の内容はともかく、大塚さんって、腹立つわ。あの人を見てると別れた亭主を思い出す」

「私は……落ち込んできた」

「耀子ちゃん、ああいう男の言葉はまともに取っちゃダメダメ。自分以外の人間は全部馬鹿だって思ってるんだから」

そう言われても「きなこは馬鹿」と言った大塚の声が耳に残っている。子どもじみた言葉だが、面と向かってそう言われると、常夏荘で青井と出会う前の自分を思い出す。

子どもの頃、母も大塚と似た言葉を繰り返し、娘の自分に投げつけてきた。

立海の家庭教師だった青井と出会って以来、学校の勉強は頑張ってきた。しかし、人付き合いはいまだに得意ではないし、動作もそれほど速くない。対照的に、娘の瀬里は動作が機敏で、頭の回転が速い。それを見ていると、自分はやはり愚鈍なのだと思えてくる。

「私、ゴミ……捨ててきます」

お願いね、と千恵が言い、腕まくりをしてシンクを磨き出した。

台車にゴミ袋を載せて、耀子は店の外にあるゴミ置き場に向かう。

明日の回収を控えて、ゴミ置き場には袋がたくさん置いてあった。梅雨どきの蒸し暑さで袋からすえたような臭いがしみでてくる。

軽くむせながら、積まれたゴミを整理していると、由香里が従業員の通用口から出て、駐車場に向かっていくのが見えた。

「行ったか?」

男の声がして、耀子はゴミ集積所から顔を出す。駐輪場の自販機のまわりに大塚と女性たちが集まっていた。こちらに背を向け、みんな、由香里の車が停まっている方向を見ている。

(行った、行った!)

(何を偉そうに、あの女!)

ベテランのレジの女性の声に続いて、青果のパートが忌々(いまいま)しそうに言った。

(潰れたら困りますよね、って、困るに決まってるよ!)

(だからって何ができるんだか、私たちに)

(で、ボイコットって、どうすんの?)

太い声がした。これは精肉部門のベテランの女性だ。

デカイ声で言うなよ、と大塚が制した。

「峰生の奴らに聞こえるじゃないか」

〝峰生の奴ら〟の勘定に千恵が入るのかどうか知らないが、自分は確実に入っている。

集積所から出られず、耀子は身を小さくした。

(ねえ、ツカさん。ボイコットってのは一日、ずる休みするってこと?)

「そんなことしたら、俺たちもタダじゃ済まねえ。そうじゃなくてさ。一時間、いや一時間半? それぐらいの時間、ほぼ同時に、みんなが持ち場を離れるぐらいで充分だ。それぞれ理由をつけて持ち場を離れたら、偶然にそれが重なったんだって、言い訳もつくし」

（いつ？　何時頃から一時間？）

「朝なんてよくないか？」

朝？　と高めの声が聞き返すと、別の女の声がした。

（品出しとか困るじゃない？）

「困ってもいいだろうよ、朝なんて、そんなに客は来ないし。一時間ぐらいボイコットして、あの店長が困ってオロオロした頃に、みんなで帰ってくればいい」

（そんなにうまくいく？）

不安そうな声に、大塚が鼻を鳴らした。

「いくに決まってるだろ。島流しされた先で、早くも従業員に総スカンをくらったって本部にわかったら、店長だって旗色悪いだろ。何があっても黙っているさ」

そりゃそうだね、と誰かが相づちを打った。

「いいか、みんな、たまたま同じ時間に、困ったことが勃発したんだ。ただそれだけだ。じゃあ、もう少し話を詰めようじゃないか」

あ、ごめん、と明るい声がした。

（ツカさん、あたしらはもう、これで。明日の準備があるし）

「明日の準備なんて、どうでもいいだろ」

（明日、サボるわけじゃないんでしょ。だったら、とりあえずは、やっとかなきゃ。またね）

複数の人物の足音がして、何人かがバックヤードに戻り、残りが従業員の駐車場に向かう気配がした。

大塚の煙草の煙が流れてきた。ゴミと煙草の臭気でむせそうになるのを、必死で耀子は抑える。

しばらく我慢していると煙はやみ、口笛を吹きながら大塚が建物に戻っていった。その音が遠ざかるのを待ってから、耀子も屋内に戻る。

総菜部門の部屋に戻ると、片付けはほとんど終わっていた。

「ごめんね、千恵さん、遅くなって……」

「どうしたのかと思った。何かあったの？」

「ゴミを整理してたら、みんなが朝、仕事をボイコットするなんて話をしてて」

「穏やかじゃないね」

千恵が笑うと、軽く手を振った。

「でもそれはきっとナイナイ」

「告げ口するみたいで言いにくいけど、結構、話がはずんでましたよ」

「そんなことをしたら、センターから商品を運んできたドライバーさんが困るもの。外部の人を困らせたら、自分たちも無傷じゃすまないよ」

「そうか……それは、そうだ」

「おおかた大塚さんが言い出しっぺでしょ。私もちらっとそんな話を聞いたけど、ここの女性陣はそんな話には乗らないよ。あの人がみんなの手の上で転がされてるだけ。だって男はいざとなりゃ浜松の工場でもどこにでも働きにいけるけど、この店でパートをしている女は、子どもが小さかったり、病人を抱えていたり。みんな遠くへ働きにいけない人たちばっかだ」

シンクに残る水滴をきれいに拭き上げた千恵が、軽く額をぬぐった。

「はい、終了。耀子ちゃん、器具の確認しよう」

使い終えた調理器具を所定の場所に戻したことを確認して、耀子も答える。

「ＯＫです。すべてあります」

じゃあ帰ろ、帰ろ、と千恵が笑って歩き出した。

女子更衣室に入ると、衛生帽を脱いで、千恵が軽くその臭いをかいだ。

「うわ、今日も油くさい。……でもね、耀子ちゃん。コソッと言うけど、私もちょっとだけ、そのボイコット？」

ボイコットという言葉だけ、千恵が声をひそめた。

「ちょぼーっとだけ気持ちはわかる。だって、こんな気恥ずかしい制服を着せられたうえ、売り上げ落ちてるって言われても。言ってはなんだけど、ラッキーになる前は、総菜、もっと売れてたからね」

そうですよね、と耀子はうなずく。千恵がすべてを作っていた頃の総菜なら、売れ残りを買って常夏荘に持ち帰りもしたが、今の商品は持ち帰ろうという気になれない。きっと、業績が悪いのはラッキーにも原因がある。

他の部門でも、似たようなことを思っているのかもしれない。

翌日、朝食を終えたあと、早めに耀子は職場に急いだ。しかし不穏な気配はなく、いつもどおりにみんな出勤してきた。その翌日も、午前八時から十六時までの勤務だったので、朝早く職場に急いだ。しかし、なにごともなかった。

三日目の夕方、千恵の言うとおりだと思いながら、一日の仕事を終え、耀子は天竜川の上流に向かって車を走らせる。

夏至が近づくにつれ、日が長くなった。降り続いた雨は正午過ぎにやみ、十六時を過ぎた今は空が明るい。どこまでも続く美しい森のなかを、いくつものカーブを抜けて車を走らせると、峰生に着いた。

車のスピードを落として集落を通り抜け、耀子は常夏荘の坂を上る。通用門を通りかかると、門の前に瀬里が立っていた。

停まれと言いたげに大きく両手を振っている。

車の窓を開けると、「鶴ちゃま」と門の内側に瀬里が声をかけた。

「お母ちゃまが戻ってきたよぉ」

「どうしたの、瀬里ちゃん。何かあったの？」

瀬里が軽く首をかしげた。

「よくわかんないけど、鶴ちゃまが門の前でお母ちゃまをつかまえろって」

「つかまえるようにって、おっしゃったの？」

「もっときれいな言葉で言った。ええっと、お呼び？　ん？　お引きとめ？」

足をかばうようにして、門から鶴子がゆっくりと出てきた。

「鶴子さん、何かあったんですか？　まさか、大奥様に何か？」

鶴子が軽く首を振り、近寄ってきた。

「違いますよ、千恵ちゃんからお電話が。もし差し支えなかったら、おあんさんに戻ってきてほしいと」

川下にある山の方向を、鶴子が指し示した。

「お店に戻る？　なんでだろう？　でもお夕飯のお支度が……」

鶴子がなつかしそうな顔で微笑んだ。

「あんなに切羽詰まった千恵ちゃんの声を、久しぶりに聞きました。あれは相当、困っているんでしょう。大奥様には伝えておきますから」

鶴子が声をひそめた。

「いいから、大丈夫ですよ。お店に戻ってあげて。千恵ちゃんによろしく」

鶴子に礼を言い、耀子は来た道へ再び、車を走らせる。

従業員駐車場に車を停め、急いで店に入った。

更衣室に向かおうとして、耀子は足を止める。客足が増える夕方にそなえ、今はあらゆる部門の人々がバックヤードで売場に補充する品などの準備をする時間だ。

しかし目の前の空間はがらんとして、バックヤードには誰の姿もない。

総菜部門の小部屋に向かうと、ここにも人がいない。作業台の上には蒲焼きのたれが入った大きなポリ容器と平皿が置かれており、平皿にはうっすらと液が注がれている。どうやら千恵はたれを注いでいる最中に呼ばれて、出ていったようだ。

『料理は段取り』と日頃から言っている千恵が、こんな中途半端な状態で持ち場を離れることは珍しい。

何が起きたのかわからぬまま、耀子は急いで更衣室に向かった。

制服に着替えて更衣室を出ると、社員の小柳が走ってきた。いつもはポロシャツを着ているが、今日は男性用の水色のエプロンをかけている。

遠藤さん、と小柳が軽く手を挙げた。

「ああ、助かった。よかったあ。いきなりだけど、遠藤さんはレジを打てたっけ?」

「以前のタイプのものなら、やったことがありますけど……」

ミネマエ・スーパーストアが閉店するとき、お客様感謝祭というイベントが開かれ、駐車場の一角にテントを立てて、焼き鳥と五平餅を格安で売ったことがある。

そのとき千恵に教わって、少しだけレジを担当したが、最近、導入されたばかりのバーコードを読み取るタイプのレジは扱ったことがない。

　小柳が軽く頭を搔いた。

「そうか、ＰＯＳレジはまだやったことないか」

「何かあったんですか？」

　わからない、と小柳が肩を落とした。たくましい青年が肩を落とすと、たいそう心細げだ。

「気が付いたら、みんなが消えてた。連絡すると、自宅に戻っている人が何人もいて……。家が大変だとか、子どもや年寄りが心配だから帰ったとか、みんな口々に言ってる。何があったんですかって聞いたら、それどころじゃないって切られて。遠藤さんは一回、家に帰ったんだよね」

「仕事が終わったので……」

「もちろん、それは知ってます。何か聞きましたか。このあたりで大きな災害でもあったとか」

「それなら峰前だけではなく、峰生にも、奥峰生にも防災放送が入ります。家に戻りましたけど、誰も何も聞いていません」

　エプロン姿の小柳を見ながら、おそらく『ボイコット』だと耀子は思う。今日は店長の由香里が公休で、正社員は小柳、一人だけだ。

「小柳さん、レジは今、誰が打っているんですか？」

「さっきまで前川さんと僕が」

千恵さんが？　と聞いたら小柳がうなずいた。

「でも僕も前川さんも慣れてないし、今の時間、値引き商品が多いもんで、そっちの入力にも手間取って」

「それならレジの使い方、私に教えてください。そしたら私もそちらに」

いや、と小柳が軽く手を挙げた。

「レジの経験がないなら、今から覚えるより、もっと効率よいことをやってもらおう。遠藤さんは総菜をやって。特売の鰻の蒲焼き、売場に出てる分が、全部はけたんだよ」

「もう、ですか？」

チラシに出したからね、と小柳が腕時計を見た。

「それに昼のテレビ番組で蒲焼きはボケ防止に効くって特集があったから、今日は蒲焼き目当ての客がやたら多い。だからそっちの補充をお願いできる？」

「もちろんです、すぐやります」

小柳が軽く手を合わせた。

「頼みます。携帯に電話したら、店長も来るって言ってたんで、そうしたら……あっ、店長」

売場へつながるスイングドアが開き、由香里がバックヤードに入ってきた。袖無しの茶色い麻のシャツに濃紺のシガレット・パンツ姿で、パンツと同じ色の革のドライビング・シューズを素足に履いている。軽く波打たせた髪には、カチューシャのようにサングラスを載せており、ドライブでもしていた様子だ。

店長、と小柳が声をかけると、歩みを止めずに由香里がたずねた。

「売場の様子は見ました。今、いるのは何人？」

「僕も含めて三人です」

「君と前川さんと遠藤さんということね」

ハイ、と直立不動のような姿勢で小柳が言った。

「それなら小柳君はレジに戻って。列が長すぎる。お待たせしているお客様を前川さんと二人でさばいて」

売場に向かおうとした小柳に「待って」と声をかけ、由香里が足を止めた。

「思い出した。今日は六時に十五人分のおつくりの盛り合わせを取りに来るお客様がいらしたはず。そちらは準備できてるの？」

あっ、と軽く声をもらして、小柳が水産部門のコーナーを見た。

「冷蔵庫を確認します」

「急いで」

小柳が水産部門の大型冷蔵庫に駆け寄り、扉を開けた。

「……それらしきものはありません」

「別のところにあるのかしら」

探してみます、と小柳が他の部門の冷蔵庫を開け始めた。それを見て、耀子も他の冷蔵庫を開けてなかを見る。

「大塚さんはどこよ？　彼もサボタージュ組？」

サボタージュ？　と小柳が由香里を見た。

「どういう意味ですか、店長」

「言葉のとおりよ」

軽く由香里が笑った。

「それとも何？　君はパートさんたちの家で、ほぼ同時多発的に事件が起きたとでも？」

「僕は山で何かが起きたのかと。地滑りとか……」

「峰生も峰前も平穏無事。平和じゃないのはここだけ。いいわ、もう探さなくて。トイレは見た？」

小柳が一瞬、ぽかんとした顔をした。

「トイレに盛り合わせがあるってことですか？」

「馬鹿にしてるの？　それとも馬鹿？　大塚さんはトイレにいるんじゃないかって話よ。男子トイレは捜した？」

いえ、と言って小柳がトイレに向かおうとした。

「いい。先にレジに行って。お客様最優先、急いで！」

はい、と勢いよく答え、フィールドに向かう選手のように、小柳が売場へ出ていく。

サングラスをシャツの胸ポケットに入れると、由香里がこちらを見た。

「どうしてあなたはサボタージュ組に入らなかったわけ？　親戚のよしみ？」

違うか、と由香里がつぶやいた。

「……忘れてた。小柳君から聞いたわ。一度、常夏荘に帰って戻ってきたんだっけ。やっぱり親戚のよしみ？」

「別に、そういうわけではないです」

「相変わらず気取った言い方ね。ありがと、おあんさん。悪いけど、男子トイレを見てきてくれる？　どうせあの人、個室で煙草吸ってるんでしょう」

「いたら、どうしますか？」

「ドアを蹴破って、ひきずり出せと言ったら、やってくれるわけ？」

「やれとおっしゃるなら、努力してみますけど」

「言うじゃない。昔はじとーっと、人形みたいに黙ってただけなのに」

由香里が店長室へ向かって歩き出した。

「彼がいたら私に声をかけて。いなかったら特売品を作る。ローカルでもテレビの影響ってすごいわね。みんなが蒲焼き、蒲焼きって言ってるわ」

健康に良いという食べ物を紹介するそのテレビ番組は人気があり、半月前はヨーグルトが、その前は納豆が飛ぶように売れていた。今度は蒲焼きかと思いながら、耀子は男子トイレへ走る。

ラッキーの本部はその放映を事前に知っていたのだ。蒲焼きはふだん、水産部門が扱っているのだが、今回は総菜部門の特売品として、センターから大量に送られてきていた。少しでも早く作業にかかって、売場に並べたい。

男子トイレのドアを押し開け、耀子はなかをのぞく。

由香里が予想したとおり、個室のドアが閉まって、煙草の臭いがこもっていた。あのう、と声をかけると、「ハア?」と驚いたような声がした。

「なんだ、ここは男用だぞ」

「大塚さん、ですよね」

「だったら、なんだ?」

「どうかなさったんですか?」

「クソをたれてるだけだ」

「お店が大変なんです。みんながいなくなって」

知らねえよ、と、軽く笑うような気配がした。

「あのう……本当に大変で、千恵……前川さんがレジを打ってるんです。それから小柳さんも」

「店長は？」

「お休みでしたけど、今、お店に来ました」

来たか、と、面白がるような声がした。

「なんて言ってる？」

「トイレにいるだろうから、見てきてくれって。それから心配しています……お客様が夕方取りにいらっしゃる盛り合わせはどこにありますか」

「まだ作ってねえ」

ふーっと息を吐く音がして、煙草の臭いが強くなった。

「大塚さん。本当に……もよおしていらっしゃるんですか」

「やだね、峰生の奴らはいつも気取ってて。気分も悪いし、腹も痛え。痛えけど、あの店長がどうしてもって頭を下げてさ、こっちの要求を呑んでくれるなら、なんとかしてやらんでもない」

「他の人たちも？　みんな、帰ってきてくれるんですか？」

個室のなかから、ライターの火を点ける音がした。煙の臭いがして、「他の奴ら？」と大塚が興味なさそうに言う。

「知らねえよ。肉も野菜も今日明日、すぐ腐るってモンでもなかろ。でも魚は違う。今日、売り切らなかったら、ずいぶんな損が出るぞ」

でかいなあ、と大塚が再び笑っている気配がした。

「十五人分の刺身がパー。こりゃでかい。今日はとびっきりの高級魚ばっかだしな」

誰かがトイレに入ってきた。振り返ると、由香里だった。顔のまわりに波打っていた髪が、きっちりと後ろで束ねられている。

由香里が腕を組み、個室の前に立った。

「なんなの？　あんた」

はあ？　と驚いたような声がした。

「一分待つわ。即刻出てきて手を洗って。さもなきゃ首を洗う準備をしておくことね」

はあ？　と今度は威嚇するような声がした。

「あんたこそなんだ？　俺ぁ、腹の具合が悪いんだよ」

下痢？　と由香里が聞いた。

えっ、と戸惑うような声がした。

「まあ……。ま、そんなところだ」

「そう。下痢では仕方がないわ」

由香里が男子トイレから出ていった。あわてて耀子はあとを追う。

「由香……あの、店長」

何？　と由香里が足を止めた。

「あのう、大塚さんは、なんとかしないこともないと」

「私が頭を下げれば、なんとかしてやるとでも言ったんでしょ」

「それに近いことですけど……」

「たとえ嘘でも、下痢をしている人間に生鮮食品を扱わせるわけにはいかないわ。担当部門で損を出したくないのなら、あちらこそ詫びを入れて出てくることね」

「でも、今回の魚はとびっきり高級なものばかりだって。まだ作ってないそうです。六時に取りにこられるのなら、早くしなければ」

由香里が腕時計に目を落として、歩き出した。

「三分経過。あいつ、出てこないわね。いい、別のプランを考える。あなたは総菜の……」

耀子ちゃーん、と総菜部門の小部屋のほうから千恵の声がした。

「耀子ちゃん、どこー？」

ここです、と言うと、身体をゆするようにして、千恵が駆けてきた。

「なんだ、そっちにいたの。蒲焼きはまだ？　ありゃ由香里さん……店長まで」

「レジはどうしたの？」

「バイトの桜井さんが休みのところ、小柳さんの頼みで出てきてくれたんでタッチ交代。蒲焼き待ちのお客さんが多いんで、戻ってきました。さあさあ、目玉商品を早いところ出しちまいましょう」

「蒲焼きも大事なんだけど……」

由香里が水産部門の冷蔵庫を開けた。

「魚……魚はあるのね」

どうしたの？　とたずねた千恵に、耀子はことのあらましを説明する。

十五人前のおつくりねえ、と千恵がつぶやく。冷蔵庫のなかを眺めていた由香里が千恵に声をかけた。

「今日の盛り合わせは、どの魚を予定していたんだろう。千恵……前川さんなら、わかる？」

「千恵でいいですよ、店長」

水産部門のホワイトボードに貼られたメモを千恵が眺め、一枚をはがすと、由香里の隣に並んだ。メモと冷蔵庫を代わる代わる見ながら、千恵が冷蔵庫の一角を指差す。

「あそこにまとめてある魚ですね」

冷蔵庫の扉を閉め、由香里が千恵を見た。

「ねえ、千恵さん。この魚、あなたの実家でおつくりにしてもらえないかな？」

「うちの実家で？」

そう、と由香里がうなずく。

「峰生の撫子屋さんで。仕出し屋さんだから、刺身はお手のものでしょう。お願いできない？　そうしたらこの魚を間宮……じゃなくて遠藤さん」

ややこしいな、と由香里が顔をしかめた。

「もういいや。おあんさんが千恵さんの実家に魚を運んでくれない？」

「六時には戻ってこられないかも」

すでに時間は五時半に近い。峰生に行くだけで六時近くになり、そこから出来上がった刺身を持ち帰ってくるようでは到底、客が取りにくる六時には間に合わない。

由香里が腕時計を見た。

「お客様には少し遅れる旨を私からお伝えするわ。撫子屋さんが引き受けてくれるなら、そのお刺身を持ってお客様のところに直行して。取りにきてもらう代わりに配達すれば、時間や気持ちのロスも少なくなるはず」

ええっとですね、と隣の千恵が言いづらそうな顔をした。

「何？　千恵さん。頼みづらい？　それなら私から撫子屋さんにお願いするけど。もちろんお礼ははずむわ」

そうではなく、と千恵が軽く首を横に振る。

「何も実家の兄貴に頼まなくとも、私がやりますけど」

できるの？　と由香里が鋭く言うと、「一応」と千恵がうなずいた。

「一応ってどういう意味よ」

「あの、大丈夫です。ふぐの免許だって持ってます。でも男の人が引いたおつくりじゃないといやだっていうなら、話はまた別で」

「性別なんて関係ない。作れるんでしょ」

もちろんです、と千恵が力強く答える。

「やれますとも」

「二人とも作業にかかって、大至急！」

由香里が腕時計を見て、店長室に向かっていった。

千恵が腕まくりをし、「蒲焼きをお願い」と言った。その声にうなずき、耀子は総菜部門の作業場に戻る。

配送センターから届いた蒲焼きは、すでに調理済みだ。温めたものにタレを再びからめればすぐに店頭に出せる。

手早く調理をして二十人分ができた時点でひとまず売場に運んだ。

レジの方向を見ると、列ができていた。その列に向け、耀子は声をかける。

「お待たせしました。テレビで話題の、蒲焼きができあがりました。おいしい、おいしーい蒲焼きです！」

並んでいた人々が振り向き、列を離れて歩いてくるのが見えた。他の品物を見ていた人々も続々と総菜売場に集まってくる。その数の多さに、耀子は急いでバックヤードに戻った。

再びすべての蒲焼きを調理して、トレイにきれいに並べる。

そのトレイを持って、総菜売場に向かうと、普段は整然としている商品の陳列が、あちこちで乱れているのが目に入った。整えたい思いを抑えて、総菜売場へ足を速める。蒲焼きのトレイを売場に置くと、店内放送で業務連絡が入った。

小柳の声で、手がすいている人がいたら、レジに来てほしいと言っている。

レジへ向かうと、女性客の大声と、桜井があやまる声が聞こえてきた。割引のシールがついた商品がまったく割り引かれていなかったと客が怒っている。

隣のレジを担当している小柳が精算をしながら、桜井に返金方法を指示している。しかしあせった桜井が別のスイッチを押してしまったらしく、機械から白紙のレシートが延々と流れ始めた。

「違う、違うよ、桜井さん、とりあえずそれ止めて！」

「止めるって、どこを押せばいいんですか、これ？　やだ、止まらない」

返金を請求している女性客がうんざりした顔で言った。

「もういいから、細かい手続きは。お金だけ早く返して。百八十五円」

桜井がその額を手渡すと、腹立たしそうに客は店を出ていった。その間にも白紙のレシートが延々と流れ出ている。

「落ち着いて！　落ち着いて、桜井さん」

担当しているレジをひとまず止め、小柳が桜井のもとへ行った。

小柳さん、と耀子は声をかける。

振り向いた小柳が落胆した顔になった。レジを打てない人間に来られても……という表情だ。

ちょっと！　と列のうしろから女性客の声がした。

「お兄さん、戻ってきて。早くしてよ！　子どもが塾から帰ってきちゃうじゃないの！」

小柳の代わりにレジに入り、耀子は再び声をかける。

「小柳さん、やり方を教えてください。バーコードを読み取るだけでも進めておきますから」

まいったな、と小柳が途方にくれた顔をした。

「ありがたいけど、かえって混乱しそう……まずは遠藤さん、接客してくれるなら衛生帽を取って」

グズグズするな、と初老の男が声を荒らげたとき、コツコツとヒールの音がした。由香里だった。

ドライビング・シューズをかかとの低いパンプスに履き替え、パステルピンクの制服を着た由香里が歩いてくる。他の従業員と同じく、エプロンの胸には「えんどう」という名札も付いていた。

小柳に元のレジに戻るように言うと、由香里が列に一礼した。

「お待たせしまして、たいへん申し訳ございません。店長の遠藤です。お買い忘れの品など、ございませんでしょうか」

もう、ねえよ！　と客の声がした。その声の方角に由香里が軽く頭を下げた。

「おわびといたしまして、ささやかですが、お買い物総額の五パーセント割引クーポンを、これからレジにて特別配布させていただきます。来週からご利用いただける、期間限定クーポンではございますが、どうぞ皆様、ご利用くださいませ」

よく通る声でにこやかに告げたあと、由香里が小声で桜井に言った。

「ここは私がやるから、桜井さんは店内の陳列を整えて。おあんさんは千恵さんのフォロー」

「おつくりの配達ですか？」

違う、と答えながら、由香里がレジの機械を素早く操作した。

「総菜の仕事が増えたの。詳細は千恵さんに聞いて」

明るい声で由香里が客に声をかけた。

「さあ、お待たせしました。どうぞ！」

憤然とした顔の客が、由香里の前に立った。

笑顔で挨拶をしたあと、流れるような手つきで由香里が商品のバーコードを読み取らせて精算を始めた。たいそう素早いのに、精算の前後には客に笑顔で一礼までしている。

瞬く間に三人の精算を済ませた由香里がこちらを見た。

桜井とともに由香里に見入っていたことに気が付き、あわてて耀子はその場を離れる。

バックヤードに戻ると、千恵が水産部門の一角で黙々と作業をしていた。

「おっ、耀子ちゃん」

千恵が丸めていた背中を伸ばして、軽く腰を叩いた。

「待ってたよ！　そしたらね、六時二十分までに茶碗蒸し十五人分、エビフライ三十本。唐揚げ三十個、ポテトサラダ十五人分。フライと唐揚げとポテサラは、それぞれ五人分ずつ三つのお皿にわけて、パーティ仕様に」

「六時二十分までに、パーティ仕様、大皿三つ」

エプロンのポケットからメモを出し、千恵の指示を復唱しながら耀子は書き付ける。

「フライと唐揚げの材料はもう運んどいたからね、エビの下ごしらえをお願い」

「どこかで宴会でも？」

違う違う、と、千恵がきゅうりで飾り物を作りながら言った。

「由香里さんってば、やり手。三十分遅れる代わりに配達するって連絡ついでに、そこの家からおつくり以外の料理の注文も取っちゃった」

へえ、と声をもらし、耀子は千恵が作った刺身の盛り合わせを見る。大塚が作った品をじっくりと見たことはないが、千恵の盛り合わせは、きゅうりやにんじんの細工が彩りよく飾られ、たいそう豪華だ。

「素敵な宴会になりそうですね」

「私も久々に腕が鳴るよ」

「じゃあ私もしっかり揚げ物を……」

千恵が顔をしかめたのを見て、耀子はその視線の先を追う。

男子トイレの方角から大塚が現れた。不審げにあたりを見回しながら、通路を歩いてくる。目が合ったと同時に大塚が「おい」と怒鳴り、走ってきた。

「こらぁ、総菜屋。こんなところで何してんだよ。なんだ、これ。誰に許可とって魚を出した」

「店長です」

あのアマ、と大塚がうなった。

きゅうりの飾り物を作る手を休めず、千恵が軽く首を振る。

「しょうがないでしょうが、あんたがボイコットしたんだから」

「なんだぁ、女のくせに調子こいたこと言ってると、ぶっさらうぞ」

「ぶっさらう？　面白いじゃないの。出刃を握っている女にもの言うときは言葉を選ぶんだね」

「なんだ、いい気になりやがって」

大塚が千恵に向かっていく。その間に割って入り、耀子は大塚を押し戻す。

「大塚さん、手を洗いましたか？　指の消毒は？　まだなら今すぐトイレに戻ってください」

「どけ、きなこ。俺に触るな」

大声で怒鳴られると、足がすくむ。足がすくむと「何をやらせてもグズ」と罵った母の顔が浮かぶ。しかし千恵と、完成間近の刺身の盛り合わせに手を出されてはたまらない。

いざとなったら、体当たりをしてでも止めてやる。そう決めて、大塚の前に立ち、くぼんだ小さな目を耀子は見据える。

「なんだよ、その目は」

大塚が一歩引き下がった。その背後を決まり悪そうに精肉と青果部門のパートの女性が歩いていく。売場に続くスイングドアが開き、由香里と小柳が戻ってきた。

「あら、大塚さん」

おかしな話、と由香里が大塚に目を向ける。

「ぞくぞくと売場に従業員が戻ってきたわ。時間を示し合わせていたかのように。あなたの下痢も止まったの？」

「はあ？　なんのことやら」

「はあはあ言ってないで、便が止まったのなら家に帰って。お大事に」

大塚が衛生帽をむしりとると、男子更衣室に向かっていった。

何かあったら内線を、と小柳に言い、由香里が店長室に入っていく。

ひゃあ、と千恵が声をもらした。

「由香里さん、ほんと、やり手だ……」

料理を盛った大皿や茶碗蒸しをビニール風呂敷で包んで車の助手席と後部座席に載せ、耀子は峰前の山道を慎重に走る。

注文をした石崎(いしざき)という客は峰前の中心地から小山を一つ越えたところに住んでおり、そこはしいたけなどの栽培がさかんな土地だ。

峰生と同様に峰前も山を越えた先にいくつもの集落がある。そしてどこも共通して過疎化が進んでいる。そうしたなかで十五人分というたくさんの料理の注文があったのは、都会に出ていった石崎家の子どもたちが孫を連れて遊びにくるからだ。

小さな山のせいか車はすぐに峠を越え、ゆるやかに道が下り始めた。

夕陽に染まった集落を眺めながら、耀子は軽く息をつく。

なんて長い一日だったのだろう。

しかし店ではまだ混乱が続いていた。

配達に出る前、衛生帽やマスクを置きに更衣室に向かうと、男子更衣室の前で青果と精肉部門のベテランのパートの女性が大塚を問い詰めていた。

大塚は決めた時間が来るまで、皆に店を離れるようにと言っていたらしい。ところが自分だけはそれを破り、店内にいたのがばれたようだ。二人の女性に詰め寄られた大塚は「あんたら、何もわかってない」と首を振っていた。そして仕事をボイコットした理由を店長や社員に伝える人間がいなければ、ストライキをした意味がないだろうよ、と薄笑いをした。

ストライキ、という言葉の重みに、女性たちが不安そうな顔をした。それを見た大塚が「本当になーんもわかっちゃない」と馬鹿にしたように言う。そして、こちらをにらみ、「なんだよ、きなこ」とすごんだ。

奥の更衣室に行きたいのだと伝えると、大塚が舌打ちをして廊下を歩いていった。話は終わっていないと言って、女性たちが大塚を追っていく。

あのあと、どうなったのだろう。

大塚のものの言い方は不愉快だが、その言葉のなかには正しいこともあり、反論ができない。そのうえ髪を短く刈り込んだ年長者が声を荒らげると威圧感があり、大塚に強く出られると、ときには男性社員の小柳でさえ従ってしまう。

威圧されるから、服従してしまうのだろうか。

服従するから、よけいに威圧してくるのだろうか。

大人になったら、いやがらせやいじめは無くなると思っていた。ところが、大人になっても変わらず、それらは目の前にある。しかも自分を取り巻く世界や人間関係がさらに複雑になり、子どもの頃より割り切れない思いや苛立ちが強くこみあげる。

考えすぎだろうか。

ハンドルをゆるやかに切りながら、耀子はカーブを曲がる。

考えすぎて身動きが取れなくなるのが、自分の悪い癖だ。

ため息をつくと、香ばしい揚げ物の匂いが鼻をくすぐった。その匂いに由香里のことを思う。現場のことを何も知らないエリートだとみんなは言っていた。しかし由香里が打つレジはたいそう速く、次々と下す判断も行動も的確だ。

そのうえ千恵によると、由香里は客にパーティ仕様の料理の盛り合わせを提案した際、松竹梅の三つの違う価格のものを紹介していたのだという。

客がまんなかの『竹』コースを注文したので、茶碗蒸しとポテトサラダ以外は、売場の上質な精肉やエビを使い、千恵の味付けで仕上げた料理を入れた大皿となった。揚げる油も上質なものになり、料金は店頭で販売している総菜を盛り合わせた『梅』コースより大皿一つにつき六百円ずつ高い。

刺身の仕上がりが遅くなることを逆手に、新たな注文を取り付け、しかも即座に三つの価格帯の大皿の提案をしたことに耀子は軽く驚く。

都会の大きな店ではこうした依頼が多いのだろうか。それとも由香里はとっさに思いついたのだろうか——。

カーブが連続していた道がまっすぐになり、坂がなだらかになると、集落が現れた。車を路肩に停め、耀子は地図を見る。

由香里から渡された地図では、石崎の家は前庭に大きな柿の木が立っているのが目印だ。

地図から顔を上げると、右手方向に大きな木が見えた。近づいていくと、大きな松の枝がかぶさった門が見えてきた。その前には軽自動車なら四台ほど停められそうな駐車スペースもある。

その一角に車を停め、耀子は刺身の大皿を包んだ風呂敷を手にする。

「石崎」と表札が上がった門をくぐり、玄関の呼び鈴を押した。しかし返事がない。門に戻って、耀子は再び表札の名前と番地を確認する。間違ってはいないことを確認したとき、「待ってぇ」と年配の女の声がした。

「帰らんといて。お宅、ミネマエ・スーパーの人?」

「はい、今はラッキーって名前の店ですけど」

待って、と再び声だけが響いた。

「鍵、開いてるから、なかへ入って」

大皿を持って再び玄関に向かい、耀子は引き戸を開ける。

「あのう……ラッキー峰前店から、お料理のお届けにまいりました」

ああ、と今度は男の声がした。

「わかっとる。わかっとるけど、ちょっと待って。今、二階だから。ラッキーさん、電気、自分でつけて。下駄箱の近くにスイッチがあるから」

下駄箱の近くをさぐり、耀子は電気のスイッチをそっと押す。

あたりがぱっと明るくなり、目の前に広い三和土（たたき）が現れた。天然木を使った上がりかまちの向こうには、ラタンの屏風が立っている。

不規則な足音が聞こえて、屏風の陰から白髪の老人が出てきた。

「ごめん、ごめん。お待たせして。膝を痛めたもんで、階段がなかなか降りられん。あーれ、がーんこ大きな皿だな」

「車に積んである分もありますから、すぐにそちらも持ってまいります。まずは、おつくり……こちらに置いてもよろしいですか？」

石崎が廊下の奥を見た。

「悪いけど、ラッキーさん、奥まで運んでもらえんかな？」

皿を持ち、耀子は家のなかに上がる。よく磨かれた廊下を歩いていくと、台所に出た。

白髪の小柄な女がダイニングテーブルに座っていた。同じく白髪の石崎と並ぶと、まさに『共白髪』な夫婦だ。

「ばあさん、お前はもう横になっとれ。みんなが来るまで」

「そういうわけにはいかん。なんも用意できとらんし」

テーブルに大皿を置くと、石崎の妻が情けなさそうにそれを眺めた。

「よかった。助かったやあ。布団干したのを運んでたら、グキーッと腰、やってしまって。これはもう、今日は台所に立てんなと思ったから」

「残りのお料理もすぐに持ってまいります」

「ああ、ありがたい。おじいさん、ちょっと風呂敷を開けて見せて」

石崎が包んであるビニール風呂敷を取ると、妻が歓声を上げた。

「これまた、がんこ豪華なおつくりだ」

しかしまいったな、と石崎がつぶやいた。

「早く机を出さねば……一番先に着いた子どもらに頼むか」

「どこかにテーブルを出されるんですか」

石崎が台所の向かいの大部屋を指差した。

「あっちの部屋に座卓を二つ運んで、みんなでご飯を食べようかと、ばあさんと言うとったんやが……」

十五人で食事をする座卓となると大きなものに違いなく、たしかに石崎一人だけでは運びにくそうだ。

「お手伝いしましょうか」

一瞬、考えたあと、「頼めるかね」と申し訳なさそうに石崎が言った。

ごめんね、と妻が頭を下げた。

「何から何まで。腰さえよかったら、私がやるんやけど」

大丈夫です、と答え、耀子は石崎と座卓を運ぶ。

座卓は脚に彫刻がされた豪華なもので、若い自分が持ち上げても結構な重量だ。腰を痛めるほどだから、おそらく布団も重かったに違いない。小柄な老夫婦が二人で助け合い、朝から子どもや孫を迎える支度をしていたのだと思うと、なぜか優しかった祖父のことを思い出した。

運び終えた座卓に、刺身の大皿二つと料理の大皿を三つ、耀子は並べる。

豪華だ、と石崎が目を細めた。

「刺身が大波小波のように盛りつけてあるんだ。大根のつまが白波か」

ほう、と感心したような声をもらし、石崎がきゅうりとにんじんの細工をつまんだ。

「これは鶴と亀か。ずいぶんしゃれとるな。いつも頼んでるのと違うぞ。あんたら料金、間違えとらせんか？」

代金を受け取りながら、「大丈夫です」と答えると、石崎が笑った。

「料理のほうもずいぶん華やかだ。店の名が変わったら、売るもんも変わったんかね」

「よかったら、これからもよろしくお願いします。グラスや小皿のご用意もお手伝いしましょうか」

歩くのが不自由な二人を手伝い、耀子は十五人分の食卓の準備を整える。

峰前の店に戻ると、『蛍の光』が流れていた。閉店の時間だ。

総菜部門の小部屋に行き、石崎夫妻が喜んでいたことを耀子は千恵に伝えた。由香里にもその旨を報告しようと廊下に出ると、背後から声をかけられた。

振り返ると、更衣室から青果部門のパートが顔を出していた。配達前に大塚を問い詰めていたベテランのパートだ。

「遠藤さん、これから店長のところに行くの？　だったらその前に、こっち、こっち。ちょっと来てよ」

「先に店長のところへ……」

精肉部門のベテランが更衣室から出てきて、腕をつかんだ。

「だからそれそれ、それについてさ」

更衣室に入ると、パートの女性たちが六人ほど集まっていた。

「待ってたのよ、遠藤さん。ここに座って」

「私、急いでいるので……」

すぐにすむから、と両肩を押され、仕方なく耀子は丸椅子に座る。

「遠藤さん、あのね、私は子どもが熱を出したって連絡が来たから早退したの。でもたいしたことがなかったから、すぐに戻ってきた。私は、小柳さんに一応、許可取ったけど」

私も、と甲高い声がした。

「急に具合が悪くなって」

「うちは年寄り。年寄りが転んでね。ごめん、迷惑かけちゃって」

「私に言われても……」

耀子が口ごもると、精肉部門のベテランが腕を組んだ。

「あんただから言ってるんだよ。遠藤本家は下屋敷の数倍偉いんだろうが」

「偉いとか偉くないとか、そんなのありません」

偉いだろう、と誰かが言った。

「うちのばあさんが言ってた。常夏荘の『おあんさん』ってのは、遠藤一族の女の大将だって」

「大昔の話です」

なんでもいいから、と精肉部門のベテランが言った。

「あんた、遠藤店長にうまくあたしたちのこと、取りなしてよ。あの人、下屋敷の子だろ？　本当に本当に偶然、みんな、いろいろ重なっただけなんだって」

「大塚さんの下痢も？」

女性たちが顔を見合わせた。

ごめん、と小さな声がした。

「本当のことを言うとね、ちょっとあの人に乗せられたって感じ」

「あの男、自分だけ、のうのうと店にいて！」

「でも最終的には、みんなすぐに帰ってきたわけだし」

「おあんさん、お願い。私たちを代表して、あやまってきて」

どうして自分があやまらなくてはいけないのか。苛立ちながら、耀子は女性たちを見回す。

「あやまるってことは、皆さんが悪かったと思っていると店長に伝えればいいんですか？」

女性たちがうなずいた。

「でも店長にそうお伝えしたら、偶然にトラブルが重なったのではなく、ボイコット……ストライキ？　それを認めたことになるかもしれないけど、いいんですか？」

「ストライキなんて、そんな大袈裟なことしたつもりないし……」

峰生の衆は冷たい、と精肉部門のパートが子どものように、口を尖らせる。

「千恵さんにも頼んだら、自分は口下手だからうまく言えないって逃げられたし」

断るのが面倒になってきて、耀子は立ち上がる。

「私も千恵さんと一緒で、うまく言えないですけど、つまり、お店のことを大事に思う気持ちはあるんだって店長に伝えればいいんですか？」

それそれ、いいね、と皆が口々に言い、うなずいた。

「さすが峰生農林の大秀才」

苦い気持ちがこみあげ、耀子は黙って更衣室を出る。

店長室に向かうと、緊張してきた。ドアの前で呼吸を整えてから、静かにノックをする。

「どうぞ」と不機嫌そうな由香里の声がした。

ラッキー峰前店の店長室は、ミネマエ・スーパーストアの時代には社長室も兼ねており、十二畳近くの広さがある。

この部屋に入ったのはパートの面接に来たとき以来だ。その折には創業者の孫でもある店長兼社長は、応接セットの横に敷いた人工芝の上でゴルフのパットの練習をしていた。大型テレビにはゲーム機器、デスクのうしろには、金色の熱帯魚が泳ぐ大きな水槽が置かれており、店長室というより趣味の部屋だった。

今は人工芝もゲーム機器も撤去されているが、水を抜いた大きな水槽がデスクの隣の床に置かれている。薄汚れたガラスの棺のようで、寒々しい。

配達が無事に終わった旨を報告すると、「お疲れ様でした」と由香里が抑揚のない声で言った。

報告に続き、パートの人々から託された言葉を伝えようとして、耀子は迷う。

あのう、と言いかけたら、ほぼ同時に「まったく」と由香里の声がした。

「なんなのよ、ここは」

由香里が傍らの大きな水槽を見た。

「薄気味悪い水槽を取りにこいと言っても、ミネマエの社長は取りにこないし。来ないなら捨てると言ったら、勝手なことをするなと怒りだすし。従業員は従業員で突然消えるし。あの人たちの要求は何だったの？」

「要求、ですか？」

「賃上げ？　それとも職場環境の改善かな？」

どうなんでしょう、と言ったあと、答えになっていないことに気付いて耀子は言葉を続ける。

「もちろんお給料が上がればうれしいですけど、それ以前に、みんな、戸惑って、不服が……くすぶっていた気がします。元々、小さなお店だから。急に、大手のやり方を持ってきても」

「それで対話もなく、いきなり実力行使？　ストライキなんて初めて見た」

そんな、と言って、耀子は慌てる。

「おおげさなものじゃないと思います。みんな、たまたま偶然、いろいろなことが重なっただけで。ストライキをしようとか思ったわけじゃない気が」

「じゃあ何なの？」

「お子さんが熱を出したり、お年寄りの具合が悪くなったり」

「本気でそれ、信じてる？」

鋭い目を向けられ、耀子は黙る。由香里がデスクの上の書類を集めて、引き出しに入れた。

「子どもやお年寄りのことを言われると何も言えないけど、そのおかげでしわ寄せを受ける人もいるってことを考えてほしいわ」

「でも誰だって、子どもを持ったり、介護をしたりする可能性はあるわけで」

「だから何も言えないって言ったでしょ。私みたいな独り者の女には」

座れば、と由香里がソファを指し示した。

「私、今日は休みだし。仕事中ならともかく、プライベートのときに本家のおあんさんを立たせて話を聞くほど、えらくはないわ」

「おあんさんと言われても、私は立派な家の出でもないし」

由香里が軽く右手の指先を見た。マニキュア禁止の職場だが、今日は淡いピンクに爪が彩られている。しかしその爪の先は無残に色が剝げていた。

「でもおあんさんには変わりない。本家の龍治さんの奥様なんだから。なんで働くの？」

いきなり質問されて一瞬、戸惑ったが、心を落ち着かせて耀子は答える。

「娘が大きくなってきて……娘は前は身体が弱かったんですけど、健康状態も落ち着いてきたし。大奥様や鶴子さんも様子を見てくれるので」

「龍治さんから電話が来た」

爪から目を離して、由香里が視線を向けてきた。

「私のほうから、もうそろそろ、店をやめるように言ってほしいって頼まれた……。だけど立海さんからも電話が来て、彼のほうは『どうぞよろしく』だって。この店以上に、どうなっているのよ、あなたのところも」

すみません、と耀子は頭を下げる。

「本当にすみません。だけど自分のことは自分で決めます」

「いやだ、むかつく」

「むかつくって……それはどういう意味ですか?」

言葉どおりよ、と由香里が笑った。

「親戚同士になったからストレートに言うけど、私、昔から間宮耀子が大嫌いだった」

「子どもみたいなことを」

「そういう意味では昔から間宮は大人よね。感情、まったく外に出さないし。お互い、とりつくろっても無駄でしょ。小学生の頃から知ってる仲なんだから」

「知ってるって感じはしませんけど」

あなたはね、と落ち着きはらった声がした。

「私は子どもの頃から、ずっと間宮を見てた、うらやましくてしょうがなくて」

「うらやましい? 私が?」

「私の憧れの常夏荘の真ん中で暮らしてて。照子おばさまと毎日会って、立海さんに大事にされて。むかつくったらありゃしない。それなのにいつも自分だけが悲劇の真っ只中にいます、みたいな顔してさ」

「そんな顔してません」

「そう見えたの。あなたの顔って幸薄そうだから」

「そんなことを言われても」

思わず言い返して、耀子は我に返る。気が付いたら反射的に言葉が出ていた。

「そりゃあ間宮の家庭の事情は複雑だったかもしれないけど」

でもね、と由香里が眉間にしわをよせる。

「今、あなたの夫は龍治さんじゃないの。あれほどの人に望まれて、結婚して、子どもを授かって、このうえ何が不満？　何が気に入らなくてパートをしてるのよ？自分探し？　おとなしく奥様をしていればいいじゃないの」

困るのよね、と由香里が畳みかけた。

「社会勉強のために働きに来られては」

わかってます、と言ったら、「わかってない」と由香里が冷たい目を向けた。

「全国模試で十位、二十位以内に何度も入るなんて、そんな子、私が通ってた進学校だってあまりいない。農林高校が大騒ぎだって、なぜか母から私の下宿先に連絡が来たわ。それなのにあっさり大学進学をやめて結婚して。執着ないのね」

「ないはずないでしょ」

思った以上に大きな声が出た。

「じゃあ後悔してるの？」

「後悔は、してないけど」

ここへ来る直前、パートの誰かに「峰生農林の大秀才」と言われて、いやな気分になった。なぜだかわからなかったが、由香里を前にして、その理由がわかった。もし大学に行っていたら、今の自分はどうしていただろうか。

十四歳の夏、天竜川の果てにある海を見た。それ以来、あの海の向こうに渡ってみたい、そこで働いてみたいという夢を持つようになった。夢を持ち続けて進学し、自活の道を歩んでいたら、どうなっていただろう。

息苦しくなるような思いが押し寄せ、耀子は足元を見る。

でもそうしていたら、瀬里はこの世にいない。そして……。

龍治のことを思うと、不安と寂しさと恋しさが同時に浮かぶ。

結婚して十年になるが、今も龍治の声を聞いたり、身体に触れたりすると、鼓動が少し速くなる。寝室をともにしていた頃は、隣で眠っている龍治を見て、幾度も不思議に思った。

名前のとおり、天に棲まう龍のように思っている人が隣で眠っている。その思いが強すぎて、子どもをもうけるほどの仲になっても、常に遠慮をしてしまう。

由香里がデスクの上にある缶コーヒーのプルトップを引き、二つの湯呑みに注いだ。

「ちょっと言い過ぎたかな。峰中の後輩に八つ当たりした感じ。コーヒー、どうぞ」

峰生中学を峰中と短くして呼ぶ言い方に、なつかしさを感じて、耀子は湯呑みを受け取り、ソファに座る。由香里が向かいに腰掛けた。

「お詫びと言ってはなんだけど、おあんさんになった間宮耀子に忠告するわ。娘さん、瀬里ちゃんだっけ。体調が良くなったのなら東京に戻れば？　将来を考えると、絶対それがいいって」

「でも、東京で具合が悪くなったのは、ストレスが……原因ではないかって。その一つが学校だとか、それから……」

内心思っているもう一つの理由は人には言いづらい。しかし由香里の言葉は辛辣だが、頼もしい。なぜか心にわだかまっている思いを口にしていた。

「夫婦仲、うちは少し変わっているみたいで。そこが娘にも影響しているのかと……思ったり」

「どう変わってるの？　金銭感覚がおかしいとか、変態じみてるとか、争いが絶えないとか？　どれも驚くことない、それ、うちの親族の標準装備だから」

「ケンカするぐらいなら、まだいいというか。そこまで距離が近くなくて」

年の差が大きいからでしょ、とあっさりと由香里が言う。

「それに夫婦仲なんてどこも変。うちの親も変。龍治さんに言わせれば、あの照子おばさまだっておかしいって言うわよ」

自分は両親がいなかったので、夫婦の関係がよくわからない。しかし由香里のその言葉を聞いていると、たしかにどういう関係が正しいのか、理想的なのか、わからなくなってきた。

「本家の事情に立ち入る気はないけど、それでも東京に戻れって私は言うよ」

でも……と耀子は瀬里の姿を思う。

「娘は、峰生に来てからよく笑うようになりました。身体を動かすことも怖がらなくなった。お友だちもできたし。今はまだ峰生にいたほうがいい。そのためにも仕事は必要で」

お金が必要なんです、と言うと、由香里が意外そうな顔をした。

「おあんさんと呼ばれても、昔みたいに奥様でいられる余裕はありません。常夏荘は今、崩れた塀も直せないでいる。優雅に暮らしていられる時代は終わったんです」

「なりふり構わないことを言うのね。うちの母が聞いたら嘆くわ」

「嘆かれても構いません、事実だから。私ができることも、パートの収入も、ささやかかもしれませんが、まず、働きたい。自分の力で収入を得たいんです」

由香里が湯呑みを持ち、デスクへ戻っていった。

「それなら言うけど。私はやる気のない連中と共倒れする気はさらさらない。このままでは引き下がれないわ。ここで有無も言わせぬ実績を挙げて東京へ戻るか、それなりの場所へ転職するつもり」

由香里がドアのほうに軽く顔を向けた。

ドアの上部にはめこまれた曇りガラスに、人影がちらちらと映っている。

「何を話しているのか、気にしている人たちが外にいるけど、彼女たちにも言っておいて。この先もここで働きたいなら、本気を見せろって」

「どうやって見せたらいいんですか？」

「そうね……売り上げを上げるアイディアなり改善点なり、真剣に考えて持ってきて。これから一週間後に。一つか二つじゃだめよ、百個持ってきて」

「百個？　そんなに？」

「一人でとは言わないわ。みんなで考えて、あなたがまとめて持ってきてよ。それができたら、今回の件、関係者の処分はしないし、あなたにここをやめろとも言わない。生半可な気持ちじゃないって言うなら、根性見せてよね」

デスクの上の電話が鳴り、由香里が手を伸ばした。

「いい？　外の連中に伝えておいて」

由香里が電話の受話器を取って話を始めた。それを機に耀子は部屋を出る。

すぐに心配そうな顔をした女性たちに取り囲まれた。

（ねえ、店長、なんて言ってた？　私たち、クビ？）

（待ちくたびれたぁ）

誰かが軽く耀子の背中を叩き、そのまま背中を押した。

更衣室から、柿の種の袋を手にしたふくよかな女が顔を出し、手招いた。

「こっち、こっち。早く、お菓子もあるから」

女性たちに背中を押されるようにして、耀子は更衣室に入る。手ぇ出して、と言われて左手を出したら、柿の種を置かれた。

柿の種をよこした女が「なんて言ってた」と真剣な顔をした。

「根性、見せろって」

「どういうこと？」

「この店を大事にする気持ちがあるなら、根性を見せろということで、これから一週間のうちに売り上げを上げるアイディアや改善点を百個、みんなで出せって。そうしたらおとがめはないそうです」

「バッカバカしい」

精肉部門の古参のパートが鼻をならした。

「子どもの宿題じゃあるまいし。私、イチ抜けた。真面目に取り合うことないよ。遠藤店長は強気だけど、パートのみんなが明日から来なくなったら困るやろ？」

ねえ、と古参のパートがまわりを見回し、あとに続く者を募るような顔をした。

「あれ？　どうしたの？　みんな。さっきの勢いは？」

「『イチぬーけた』って、みんなで抜けて、全員、『ハイ、ドウゾ』ってやめさせられたら、どうするの？　ねえ、どうしたらいい？　おあんさん」

そうや、と柿の種を持った女がうなずいた。

「ここは、おあんさんがまとめてよ」

「まとめるって、私一人で改善点とアイディアを百個出してまとめろと言うんですか」

ちゃう、ちゃう、と柿の種の女が首を横に振った。

「おあんさんが音頭取って仕切って。とりあえず意見集めて……あれ？　それからどうしよう？」

「皆さんで集まって、話し合いますか？」

女たちが顔を見合わせる。ささやくような声が聴こえてきた。

（私ら、休憩時間も違うし、いっぺんに集まるなんて、おあんさん、無理無理無理）

「では、仕事が終わったあとに、どこかで集まるとか」

（無理、みんな家庭持ちなんだから）

腹立たしさを感じて、耀子は柿の種をつまんで口に入れる。自分はストライキに参加していないし、千恵と一緒にその埋め合わせをした側なのに、どうして彼女たちの意見の取りまとめをさせられるのか。百個の改善点とアイディアを出すのは大変だが、こんなに面倒なことを言われるのなら、腹をくくって、自分一人で考えを出したほうが気が楽だ。しかしそれを見透かして、由香里はみんなの意見をまとめるように言ったのかもしれない。

根性を見せろ、と言った由香里の声を思い出すと、顔が自然と上がった。

「あのう、皆さん」

女たちがこちらを一斉に見た。

「みんなで話し合う日程はともかく、まずはあの、考えられる改善点とアイディアを……まず二十個ぐらい考えて、紙に書いて、明後日までに私にください」

「二十個も？　何、書けばいいの？」

とりあえず、と言ってから、耀子は考える。

「……なんでもいいですから。勤務中は私語を慎むとか、マニュアルをしっかり読むとか。いつも、笑顔でお客様にご挨拶、とか。そんなことでいいですから、とにかく思ったことを書いてみることにして」

「でも、売り上げを上げるアイディアなんて、あたしらがパッパと浮かぶはずないやん。そういうのは社員や店長や、上の人が考えることでしょ、そんだけ分の給料、取ってるんだから」

「そうかもしれないですけど、それはそれで……」

「柿の種、食べる？」

いいです、と菓子の袋を押し戻し、耀子は声を張る。

「売り上げを上げるアイディアって、実現可能かどうかは別で……この店にあったらいいな、って思うことを書いたらいいんじゃないかって思います。夢みたいなお店。皆さんが、お金がたくさんあって、自分のスーパーを作るなら、どんなお店を作るかってことを。まずは、あの……アイディアを出して、それからみんなで考えませんか？」

くだらない、と古参のパートが部屋を出ていった。その姿を皆が目で追い、一瞬、場が静かになった。

あたし、やるよぉ、と小さな声がした。

(仕事がなくなるのは困るから。それに夢の店を考えるって、ちっとばかしオモシロクね？)

あたしもやる、と声が上がった。

(頭、使うの苦手だけど)

(とりあえずみんな帰って、考えよ。ありがと、峰生のおあんさん)

皆が帰り支度を始めたので、耀子は更衣室を出る。

総菜部門の小部屋に戻ると、丸椅子に腰掛けた千恵がうつむいていた。

シンクもコンロのまわりもきれいに磨き上げられている。総菜部門の片付けは、ゴミ捨て以外はすでに終わっていた。

「ごめんなさい、千恵さん。遅くなって」

千恵が目のあたりをぬぐいながら、顔を上げた。

「千恵さん、何？　どうして泣いてるの？」

「何も、何も」

千恵がキッチンペーパーを一枚取ると、顔をぬぐった。

「はあ、やだやだ、なんだかねえ……。さっき、由香里さんがここに来て。おつくりを届けたお客さんから電話が来たんだって」

クレームの電話だろうか。身を硬くして、耀子は千恵の言葉を待つ。

千恵がキッチンペーパーで鼻のあたりを拭いた。

「みんな、おつくりを見て、大喜びだったたって。そんで配達の人にも、すごく良くしてもらったたって、電話でお礼を言われたんだって。それを由香里さんが教えてくれて、今日はありがとうって、頭を下げていってね」

千恵が泣きながら、笑っている。

「うれしくて、しびれた。ほんと久しぶりに思いっきり働いた感じがした」

「よかった、いいことで……」

ゴミをまとめながら、耀子も笑う。

「クレームかと思っちゃいました。ゴミ、捨ててきますね」

千恵が軽くうなずくと、しみじみと言った。

「今日はなんだか上がったり下がったりで、疲れたね」

ゴミを外へ運んでいくと、由香里の黒い車が従業員駐車場を出ていくのが見えた。
不思議だ、と耀子は由香里の車を見送る。
嫌いだ、むかつく、とまで言われたのに、初めて由香里をとても近くに感じた。

第三章

今は亡き夫、龍一郎の書斎のドアが軽やかに四回ノックされた。

お入りなさい、と照子は優しく声をかける。

白衿がついた紺色のワンピースを着た瀬里が部屋に入ってきた。手には撫子を鞠のように束ねた小さなブーケを持っている。

丁寧な物腰で瀬里が挨拶をし、花束を差し出した。礼を言って受け取り、照子はテーブルの向かいの席を指し示す。

作法通りに椅子の左側に立って右手で椅子を引くと、瀬里が静かに座った。

『秘密のお茶会』の始まりだ。

去年の春、瀬里と耀子が常夏荘で暮らし始めたとき、瀬里が興味を持ったのが、庭の花々と祖母がこしらえているハーブティーだった。しかし最初の半年は喘息の発作におびえているのか、庭で遊ぶことはほとんどなかった。ところが秋になって常夏荘にバラが咲き、木々の葉が赤や黄金色に色付き始めると、鮮やかな色に誘われるようにして庭に出るようになった。

続いて訪れた冬は、例年なら瀬里にとって激しく咳き込み、辛い思いをする季節だった。ところが峰生の空気が良かったのか、たいした発作もなく無事に冬を越し、二度目の春を迎えた今年、瀬里は積極的に庭に出て、花の世話をしている。

六月に入ってからは、梅雨の合間をぬって、ハーブティーの原料になる花や葉の収穫や乾燥を熱心に手伝ってくれたので、薄紅葵（うすべにあおい）のお茶をたくさん作ることができた。

常夏荘の庭で採れるさまざまなハーブで茶やボディオイルを作るのは照子の趣味だ。しかし子どもにはまだ効能が強い気がして、瀬里にはめったに与えていない。それでも薄紅葵のお茶は欧州ではマロウという名前で親しまれているハーブティーで、喉の粘膜などに優しい。

薄く淹れればおそらく問題はない。そう思って、できあがったハーブのお茶を飲んでみるかと瀬里を誘うと、たいそう喜んだ。そしてためらいがちに、もしできるなら、『秘密のお茶会』に自分も参加してみたいという。

『秘密のお茶会』とは何かとたずねると、雨が降ったときにハーブを乾かす、ウィンター・ガーデンがある秘密の部屋で、月に一度、照子がお茶を飲んでいる会のことだと言った。

それは常夏荘の仏間でもある『庵』に毎朝、供物を捧げる役目を耀子に譲って以来、照子が行っている習慣だ。夫、龍一郎の月命日の午後は、彼の書斎で茶を淹れ、ウィンター・ガーデンと呼ばれる、天井も壁も透明なガラスで覆われたテラスで静かな時を過ごしている。

その折には身支度を念入りに整え、二人分のお茶の支度を鶴子や耀子に頼んでいた。瀬里は誰とお茶を飲んでいるのか、不思議に思っていたのかもしれない。

そこで、『秘密のお茶会』という名前は面白いが、秘密というほどでもなく、瀬里の祖父をしのんで、月に一度、お茶を飲んでいるだけだと伝えた。すると、あの部屋は祖父のものだったのかと瀬里が興味を示した。時折、照子から鍵を借りて、ハーブを乾かしにいくとき、大きな机や地球儀、クジャクの羽などの置物がたいそう気になっていたのだという。

そこで月命日の今日、二人で作ったハーブティーを、この書斎で楽しむ席を設けることにした。

瀬里が嬉しそうに話をしている。

今日は『秘密のお茶会』に行くのだと母の耀子に話したら、仕事に行く前に、よそいきのワンピースを着るようにと出してくれたのだという。小さな花束は今朝、瀬里が摘んだもので『おじいちゃまへ』だそうだ。

その言葉を聞いたら、思わず微笑んでいた。女の子とは、なんと甘やかな生き物なのだろう。

傍らに用意してあったガラスの茶器に照子は手を伸ばす。

氷を入れた透明なポットに、薄紅葵を乾かしたものを三匙入れ、静かに水を注ぐと、瀬里が不思議そうな顔をした。

「ねえ、おばあちゃま。お湯じゃなくてもいいの？」

「お湯より時間がかかりますけど、水でも淹れられるのです。水でゆっくり出したほうが、色が優しく出ますね」

青いインクを落としたかのように、ゆっくりと花の色素が水に溶け出していく。

瀬里がガラスのポットに顔を寄せた。

「このハーブ、外国ではなんていうんだっけ」

「マロウです」

「マロウの花びらは紫なのに、お水が空色になってきたよ」

「色が濃くなると青紫っぽくなりますよ」

瀬里がしだいに色付いていく水を眺めた。

「マロウのお茶の色って、この前の着物の色みたい。……ねぇ、おばあちゃま、立海大叔父様はおばあちゃまのことを、照子と呼ぶのね」

そうよ、と答えたら、「呼び捨て？」と瀬里が目を丸くした。

「昔からそうですよ」

立海が幼い頃、どうして呼び捨てなのかと聞いたことがある。戻ってきたのは「だってテルコはテルコなんだもん」という返事だった。

あの頃、立海は六、七歳。今の瀬里より幼かった。

「立海オージ様は……」

王子と聞こえて、聞き返すと瀬里が恥ずかしそうに笑う。

「だって大叔父様って言いにくいんだもん。立海オージ様はおじいちゃまの弟なんでしょ。立海オージ様は瀬里のお父様よりあとに生まれたってこと？」

そうですよ、と答えたあと、どこまで瀬里に説明したらいいのか、照子は悩む。いずれ事情を知るときが来るが、他人からの無責任な噂話で知る前に、きちんと説明しておきたい。しかし立海のことを語ろうとすると、立海の母は曾祖父の愛人であったことを話さなければいけない。

ねえ、おばあちゃま、と瀬里が身を乗り出してきた。

「私も立海オージ様や聡子おばさまみたいに呼びたい。テルコちゃまって呼んでもいい？」

なりません、と答えたら、「どうして」と瀬里が聞いた。

「どうしてって……私のことをおばあちゃまと呼べるのは、世界中で瀬里、一人しかいないのに、どうしてそう呼んでくれないの？」

「ええ？　んー。こっそり呼んでもダメ？　ここにお招きしてくれたときだけ、テルコちゃまって呼ぶの」

「どうしてそう呼びたいの？」

「大人になった気がするから」

「急いで大人にならなくてもよいのですよ」

大人になりたい、と瀬里が強い目で言った。

「お母様は泣かないように」

お母様は泣いてるの、と聞いたら、「泣いてる」と瀬里が答えて、うつむく。

「ときどき。こっそり。わからないと思ってるけど、わかるの」

おずおずと瀬里が顔を上げた。

「お母ちゃまが泣くと、かなしい。笑うとすごくいい気分。お母ちゃま、ふわーっと笑うでしょ。あれ見ると気分がふわーっとするの」

耀子の笑顔について、似た言葉を立海から聞いたことがある。昔は立海にしか向けなかった柔らかな笑顔を、瀬里が生まれて以来、耀子は普段の暮らしのなかでも浮かべるようになった。大きな瞳があたたかそうに揺れて、とても優しげだ。

「お母様はどうして泣いてるの？」

「わかんない……けど、この間、絵の教室をやめたときとか。一昨日もピアノのことで……」

耀子は娘に習い事をさせようといろいろ試みているが、どれも瀬里は長続きしない。今年の春、瀬里がバレエに興味を示したので、耀子はバレエ教室を探して浜松の近くまで車で送り迎えをしていた。しかし一ヶ月もたたないうちにタイツの感触がいやだと瀬里が言い出し、結局やめてしまった。

続いて先月、耀子は絵画教室へ瀬里を連れていった。しかし入ってすぐに、入れ墨ごっこなるものを瀬里は友だちと編み出し、レッスン中に大騒ぎをした。一ヶ月たった時点で、他の生徒の迷惑になると言われ、教室に来るのを断られてしまった。

そして一昨日は奥峰生のピアノ教室から瀬里が二週続けてレッスンに現れず、今月の月謝も滞納しているという連絡を照子が受けた。パートから帰ってきた耀子にその旨を伝えると、月謝を滞納していると言われたことに衝撃を受けていた。すぐに彼女が瀬里を問い詰めたところ、奥峰生にナマズを釣りにいっていたそうだ。月謝として渡していたお金は手つかずで、レッスン用のバッグに入っていた。

一昨日のそのことを思い出したのか、瀬里が居心地悪そうにうつむく。

「お母様が泣いているのを、どうして瀬里はわかるの?」

「鼻がうすーく赤くなるから。お顔を洗っても、わかるよ」

「そう、お鼻がね」

マロウの花の色が完全に水に溶け、ガラスのポットが青紫色に染まった。できあがったお茶をグラスに注ぎ、照子は瀬里にすすめる。

一口、飲んだ瀬里が軽く首をかしげた。

マロウの茶の青紫は神秘的で美しいが、味は淡泊だ。しかしそれゆえに自由に味付けができて、飲みやすい。レモンの蜂蜜漬けを収めた白い陶器のふたを照子は開ける。

「このお茶は、色を楽しむお茶とも言われてる。グラスにレモンを落としてごらん」

銀のトングを使って、瀬里が輪切りのレモンをグラスにそっと落とす。その瞬間、酸に反応して、青紫のお茶が赤く染まっていった。

瀬里が驚いた顔をして、それから笑った。

「わあ、びっくりした！　おばあちゃま」

こんな素直な反応が海の向こうでもたくさんあったのだろう。マロウのお茶の別名はサプライズ・ティーと言う。

赤く染まったグラスを見ていると、泣くと鼻が赤くなるという耀子のことが気になった。

「瀬里はお稽古事が嫌いなのですか？」

きらいじゃないけど、と瀬里がうつむいた。

「私……おけいこしたいものがある。ピアノよりハープのほうが好き」

ハープ？　と照子は聞き返す。

瀬里がうなずき、窓際に目をやる。その視線の先に、亡き夫、龍一郎がこの地で産業を興そうとして、結局、果たせなかった会社「ミネオ楽器」のハープの置物があった。

「あんな感じのちっちゃいハープ。ひざに置いて鳴らすの。お父様はとても上手。でも教えてって言っても、まずはピアノをやらなきゃダメだって教えてくれない。お母ちゃまも一曲だけ弾けるよ。押し入れに一個、入ってる。ちっちゃいハープが」

ピアノは嫌い、と瀬里が不満そうに言う。

「だって外へ持っていけないもの。でもちっちゃなハープは持っていけるよ。お母ちゃまは持っていっちゃダメって言うけど、外で鳴らしてみたいな」

「鳴らしてみる？」

えっ？　と瀬里が聞き返した。

「外ではなく、お家のなかでなら良いでしょう」

ゆっくりと立ち上がり、照子はウィンター・ガーデンの窓を開ける。

ガラス張りの温室のようなこのウィンター・ガーデンは、すべての窓を開けると、庭にせり出したバルコニーのようになる。

掃き出し窓を開けると、やわらかな風が入ってきた。

眼下には常夏荘の芝生の庭が広がっている。ガーデンという言葉が示すとおり、室内にありながら、ここは庭の一部だ。

雨上がりの庭から、甘くて清らかなクチナシの香りが漂ってくる。

「持っていらっしゃいな、瀬里。お母様のハープを」

「そこ、まどが開くんだ……」

瀬里が驚いた顔で立ち上がり、嬉しそうな顔で部屋を出ていった。すぐに戻ってきたその背には、緑のキルティング地で作られたリュックサックが負われている。

瀬里がリュックからミネオ・ハープを出した。

長い歳月を経て、明るかったハープの木の色合いは飴色に変わっている。しかし耀子の手入れが良いのか、うっすらと艶を帯びていた。

バルコニーの手すりに小さな楽器を置き、瀬里がかきならした。その音に導かれるように風がやわらかに吹き、瀬里の髪を揺らしている。

瀬里が細い指をハープの糸に何度もすべらせると、そのたびにきらきらとした音色が小さな手のなかからこぼれでた。風に乗るその響きに、慈しむような思いで照子は耳をかたむける。

お日さまの音みたい、とつぶやいて瀬里が振り返った。

「ああ、おばあちゃま、常夏荘って本当にきれいね。私、世界で一番ここが好き。峰生が大好き」

光と風のなかで、瀬里が大切そうにハープを抱えた。

龍一郎が生きていたら、孫娘の言葉にどう答えただろう？

僕が世界で一番好きな場所。そう語って眺めた地で、幼い孫が同じことを言っている。

「瀬里は、ハープを習いたいのですか？」

「うん。私、弾いてみたい」

「ハープの先生は遠いところにお住まいだろうから、長い時間をかけて、そこまで通わなければいけません。それに、お父様が反対していらっしゃるのを押し切ってまで習うのなら、簡単にやめてはなりません」

「やめない、これは絶対やめません」

まっすぐな目で瀬里が見た。その眼差しのなかに、なつかしい人たちの面影がある。

わかりました、と照子はつぶやき、瀬里と並んで庭を見る。

龍治の家庭のことには、一切口を出さないつもりだ。しかし今回だけは、龍治に連絡をしようと心を決めた。

常夏荘の売却について、龍治は何も伝えてこない。現状を息子の口からきちんと説明もしてもらいたい――。


二階の自分の部屋で夕食を済ませたあと、照子は電話の前に座った。瀬里が小型ハープを習いたがっている件とともに、常夏荘の売却話をどう切り出そうかと迷いながら、龍治の番号を押す。

東京の家にかけたが留守だった。しかし十分後に鶴子から内線が回ってきた。龍治からだという。電話が龍治に替わると、挨拶もなく、何かあったのかと聞かれた。

「何かないと、電話をしてはいけないのですか」

(今日は……妙に突っかかる言い方をするんですね)

「気のせいでしょう」

龍治が笑う気配がした。その気配が冷ややかで、照子は口をつぐむ。

息子の龍治との溝は埋まらず、孫が生まれてもその幅は年々広がっていく。

今さらどうしようもないが、最近、それが無性に寂しい。

冷ややかな気配が薄れて、「なんでしょうか」とあらたまった声がした。

（もしかして、常夏荘の売却の話ですか。麻布が何か言っていましたか）

昔は幼い立海のことを親しみをこめて『小さな叔父さん』と呼んでいたが、今は立海の自宅がある地名を取って、『麻布』と龍治は呼んでいる。一族の分家たちがかつて住んでいた地名から下屋敷、上屋敷、と呼ばれるのと同じことだが、『麻布』と龍治が口にすると、ずいぶん距離を感じる。

「立海さんは、どうするか考えているところだとおっしゃってた。どうして言ってくれなかったのですか」

秘密にしていたわけではないと龍治が言い、もう少し話がまとまってから伝えるつもりだったのだと続けた。

「話をまとめてから伝えられたのでは、私に選ぶ道はないということではありませんか？」

そんなつもりではないと、落ち着き払った声がする。

「では、私がいやだと言えば、この話は流れるとでも？」

それはわかりませんが、と言ったあと、小さな声がした。

(あなたが承知してくれないと、進まない話です)

なぜかと照子は硬い声でたずねる。少し間を置いたのち、公園墓地を訪れた人々の食堂や休息所、管理事務所として『対の屋』を中心に開発をする意向があると龍治は告げた。

悪いようにはしないと、龍治が言っている。

(それに……こう言っては差し障りがあるかもしれませんが、もともと墓所のような場所ではないですか。静養だと言って、父があなたと常夏荘に引きこもったとき、僕は漠然と、父はもう二度と東京に生きては戻ってこないのだと思い、おびえたものです)

そろそろ……と龍治がつぶやいた。

(呪縛から解き放ってほしい)

「呪縛とは?」

龍治は答えず、相談がそのことなら、そろそろ電話を切ると言った。

「話は終わっていません。瀬里についての相談があるのです」

(瀬里に何か?)

「ハープを習いたいと言っています」

無理です、と冷たい返事が戻ってきた。

（ハープは弦の張りが強い。子どもの指では、音がまともに鳴りませんよ）

「でもミネオ・ハープは鳴りますよ」

（あれは……クラシックのハープとは違う。アイリッシュ・ハープやケルティック・ハープと呼ばれる民族楽器をベースにしたものです。特にミネオ・ハープは子どもや、楽器に慣れていない人でも楽しめるように作ってありますから、それは瀬里でも鳴らせますよ）

「ミネオ・ハープの先生はどこにいるのですか」

いません、と龍治がすぐに答えた。

「それならあなたが教えなさいな。月に一度、峰生に来て瀬里に教えなさい」

瀬里に電話を替わるようにと龍治が頼んだ。

替わりません、と照子は答える。

「瀬里にあきらめるように言うおつもり？　クラシックの先生は子どもを教えないのですか。子どもを指導している人もなかにはいるでしょう。探してください」

鳴りづらいというクラシックのハープが弾けるようになれば、おそらく簡単なミネオ・ハープも弾ける。

人の進化を育むのは『夢』だと、楽器会社を作ろうとしたとき、龍一郎は言っていた。その夢を豊かに育むのは詩や音楽といった芸術だと。小さなハープを弾きたいという瀬里の夢がかなったら、そこから生まれる音楽がさらに新たな夢を生み出すかもしれない。

仮にハープの教師が見つかっても、常夏荘から通えるところにはいない、と龍治が言った。

(東京か名古屋、大阪……大都市に行かなくては)

取りつくしまもない龍治の言葉を聞いていると、無力感がこみあげてくる。遠くてもかまわない、と言おうとした瞬間、その意味の京言葉が唇からこぼれ出た。その途端、急に解き放たれた心地がして、照子は声に力をこめる。

「東京でも関西でも、うちが連れていきますよって」

あなたが？ と龍治が戸惑ったように言った。

「その呼び方もやめよし。どないしてもうちのこと、母と呼びたないなら、おばあさんとでも呼びなさい」

とにかく、と照子は息を継ぐ。

「先生を探してください。そやないと常夏荘を売るいう話は一切聞かしません。対の屋はうちがあなたのお父様から継いだもんえ。勝手に話を決めることは許しません」

今月中に、と言ったら、今月中？ とあきれたような声が戻ってきた。

「そうです。今月中に瀬里の先生を見つけてくださいな」

(あと二週間じゃないですか。耀子に替わってください)

「替わりません。おやすみなさい」

一方的に言って受話器を置いたあと、照子は軽く胸を押さえる。

興奮しているのか、鼓動が速い。こんな強い口調で龍治に自分の希望を伝えたのは初めてだ。

手のひらに伝わる胸の鼓動に、照子は目を閉じた。

第四章

ラッキー峰前店の改善点と売り上げ増加に関するアイディアを百個提出すれば、ストライキに関わった人々に処分を下さない――。由香里のその提案をパートの皆に伝え、とりあえず一人、二十個ずつのアイディアを耀子は募った。

ところがまったく意見が集まらない。そこで休憩や昼食の時間を利用して、話を聞いてまわったが、やはり百には届かなかった。

仕方なく、定休日に有志で集まらないかと、閉店後の更衣室でおそるおそる提案してみた。しかし飲食店にせよ、誰かの家に集まるにせよ、大勢で話し合える場所などないと皆が言う。

できない理由ばかりを口々に言いたてられて、苛立った。それならば自分が管理している、峰生神社の寄り合い所か常夏荘の『庵』に来るかと聞くと、急に峰前の人々の態度が変わり、積極的になった。

庭がきれいなんだって？　洋館もあるんだって？　塀しか見たことない。百畳の宴会場があるって本当？　子どもも連れていってもいい？　と皆に口々に聞かれ、そんなに常夏荘に関心を持たれていたのかと驚いた。

そこで照子に許可をもらって、パートの皆に『庵』に集まってもらったところ、大半の人々が出席してくれた。そこでようやく百のアイディアが集まった。

六月の中旬、龍治から譲られたワードプロセッサを使い、読みやすくレイアウトして印刷したものを耀子は店長に提出した。

ワープロで打ってきたんだ、と感心した顔をすると、由香里が書類を受け取った。そして耀子にソファをすすめると目を通し始めた。

紙をめくる音に緊張しながら、読み終えるのを待つ。

由香里が小さなため息をついた。

「何、これ。どれも使いものにならないわね……というか、ひどい」

デスクの上に置いたペットボトルの中身を由香里がマグカップに移す。Contrexと書かれたミネラルウォーターだ。

「『仕事の前は手を洗う』。当たり前じゃないの。『私語は慎む』。何を今さら。『みんな仲良く』。学級目標？　こんなの百個も読まされる身にもなってよ」

「すみません……。でも煮詰めていったら、面白いアイディアもあると感じました。たとえばカフェコーナーを作るとか、手作りのお菓子や木工品を売るとか」

由香里が書類を机に置いた。

「煮詰める以前にね、お菓子を作って売る。カフェを作る。趣味の木工品を売る。これって店のためというより、自分たちがやりたいことでしょ」

「自分たちの手で理想のスーパーを作るなら、ということで意見を集めましたから」

「理想のスーパー。それは間違ってない」

形良く整えられた爪で、由香里が書類を軽くはじいた。

「でもね、だったらなおさら、お客様の目線で考えないと。自分たちがやりたいことではなく、どうしたら地域のお客様に貢献できるか。まず、そこから考えてもらわないと」

少しは頼りになるかと思ったのに、と由香里がつぶやいている。

「まあ、いいわ。約束通り、ストライキの件は水に流す。そう伝えて」

「ありがとうございます」

立ち上がって礼を言うと、「いいわよ」と由香里が言った。

「別におあんさんがお礼を言うことでもない。ストライキに参加したわけでもないんだから。手をわずらわせたわね、お疲れ様」

由香里が机の上にある別の書類を手にした。

それを見て店長室を出たが、廊下に出た途端、後悔した。

どうしたらお客様の役に立つか。そこから考えるとは、思いもつかなかった。

それ以来、ここ数日、どうするべきだったのかと考えている。

バックヤードで照り焼きを作りながら、今日も耀子は物思いにふける。

百個という数字にとらわれて、数を集めることを優先したのがまずかった。もっとアイディアを練り上げていったほうがよかったのかもしれない。煮詰めれば面白いアイディアもある。そう感じたのなら、煮詰めていけばよかったのだ。

少しは頼りになるかと思ったのに――。

由香里の言葉が悔しい。

本気を見せろ、根性を見せろと言われて、提出したものが『どれも使いものにならない』。これがお前の本気か、と問われたようだ。

違う、と耀子は照り焼きをひっくりかえす。

もっと何かできる気がする。いや、やるんだ。

照り焼きを売場に出したあと、耀子は休憩室で昼食を取ることにした。

従業員の休憩室は、更衣室の隣にある畳敷きの六畳間で、中央には卓袱(ちゃぶ)台が置かれ、食事やお茶を飲めるようになっている。

耀子が弁当を食べていると、暗い顔をした女が入ってきた。

「あ、天香ちゃんもお昼？　早いね、今日、午後からでしょ」

「お店に……慣れなきゃ、です。そう思って、早めに」

気弱そうに笑い、天香が卓袱台の向かいに座った。

先月のストライキのあと、水産部門の大塚と精肉部門のパートが一人辞めた。大塚が抜けた水産部門は千恵が兼任し、それにともない、総菜部門に新しいパートとしてハム兄弟こと、サッカー選手の六田公介と公一の妹、六田天香が加わることになった。

一人のパートの求人に四人の応募があったなかから、天香が選ばれた決め手は、祖父の精肉店や父の燻製工房を手伝っていることから、精肉も総菜の仕事も両方できるということだった。そんな即戦力を期待された天香だが、内気で声が小さい。子どもの頃から引っ込み思案だったが、今も人と話すのが苦手なようだ。

天香がトートバッグから水筒の形をした小さな魔法瓶を出した。部屋の隅にある共用の茶器セットから湯呑みを二つ取ると、水筒の中身を注ぐ。

香ばしい豆の香りが立ちのぼった。

「あの、どうぞ、これ。マミヤン……あっ、遠藤……おあんさん」

「マミヤンでいいよ、天香ちゃん」

なつかしい呼び方に心がなごむ。間宮という旧姓からマミヤン、立坊ちゃんを縮めてタツボンというあだ名を付けたのは、天香の二番目の兄、ハムスケだ。

首を横に振ったあと、「おあんさんがいい」と天香が小さくうなずいた。

「おあんさんって……似合う。マミヤンさんに」

そうかな？　とつぶやいたら、天香がまたうなずいた。

十歳の頃、六田家のクリスマス会で初めて会ったとき、天香はまだ幼稚園児で、みかん色のセーターを着て、オットンと呼ばれる父に軽々と抱き上げられていた。

今も天香はかなり小柄で、ベリーショートの髪型が全身をさらにコンパクトに見せている。テンカスと呼ばれて泣いていた悩みの種のそばかすは消え、代わりに肌は白く、陶器のように滑らかになっていた。

あの……と天香が何度もまばたきをして、うつむく。

「コーヒー。これ、水出しのアイスコーヒーです、おあんさん」

湯呑みのコーヒーを一口飲み、耀子は微笑む。豆の香ばしさが奥ゆかしく薫るコーヒーだ。

「飲みやすい……。これ、麦茶みたいに飲めそうだね」

天香が照れくさそうに微笑み、魔法瓶を撫でた。

「夏用に豆をブレンドして、焙煎して……。缶のウーロン茶みたいに、パンにも、ご飯にも合わせて飲めるようにって思ったんやけど……」

天香が情けなさそうな顔をした。

「イチ兄やんが、缶のウーロン茶みたいなコーヒーやったら、最初からウーロン茶を自販機で買えばええやんって」

「ハムイチ君……変わらないね」

「イチ兄やんは全然変わらん。でも、兄やんの言うとおりかもって気持ちもあって……」

父が手作りのソーセージやハムを、都会の飲食店に卸しているように、自分も自家焙煎のコーヒー豆を店舗に卸したいと思ったが、なかなかうまくいかないと、天香が小声で言った。

「このコーヒー、すごくおいしいよ」

天香が軽く頭を下げ、峰生の夏、とつぶやいた。そういう名前のブレンドらしい。

「お兄ちゃんたちは元気？」

「イチ兄やんは元気です。スケ兄やんは……大丈夫かなって思う」

「ハムスケ君、足の具合が悪いの？」

「歩けることは歩けるんだけど……」

休憩室のドアが勢いよく開き、天香の言葉をかき消した。口をつぐんだ天香が、居心地悪そうな顔になる。

チワッス、と声がした。生活雑貨部門の、大山直子（おおやまなおこ）だ。

続いて「お邪魔します」としとやかな声がした。日配部門の桜井だった。二人とも店で売っているパンとジュースを手にしている。

「おう」と大山が天香に声をかけた。

「テンカフン、久しぶりぃ。店慣れた？」

テンカフンと呼ばれ、傍目にわかるほど天香がびくついた。

天花粉？　と桜井が聞くと、同級生なのだと大山が天香を見る。

「峰生農林高校の。アタシら、おあんさんの後輩っす」

「おあんさんではなく、遠藤と呼んでください」

弁当のハンバーグに箸をのばしながら、耀子は大山に頼む。峰生の人々に「おあんさん」と呼ばれるのは慣れてきたが、別の集落の人に言われると落ち着かない。

「えーっ、だって店長も遠藤だから、ややこしい。おあんさんでいいじゃないですか、で」

アタシぃ、と大山が勢いよく言った。

「チョコでヨロシクぅ。おあんさんは大山さんって呼ぶけど、それってアタシじゃないみたい。チョコって呼んでください」

「チョコさん。……どうしてチョコなんですか」

チョコの明るい茶色の髪に耀子は目をやる。たしかに他のパートは大山のことをチョコと呼んでいた。

「それはっすね、直子をチョクコと読んで、チョクコ、チョッコ、チョコで、チョコです。間宮先輩のことは聞いてます。峰農でバシッと決めてて、それをかわれて遠藤本家にお嫁入りって、あのガッコの女どもの夢伝説ですから。な、テンカフン」

天香が立ち上がり、部屋を出ていった。チョコが顔をしかめる。

「相変わらず、人付き合い悪ぃな」

「テンカフンって呼び名が悪いんだと思うの」

クリームパンを二つに割りながら、桜井がチョコに言う。

「名前の下にフンって付けられるのはいやかもよ」

そうっすかね？　とチョコが同意を求めるような顔でこちらを見た。

「アタシ、あだ名で呼ばれるほうが好きですけどね。これ、メロウの三代目が付けてくれたあだ名で。イダテン・チョコって呼ばれて、このあたりじゃ昔、けっこう名ぁ通ってたんです」

「メロウって、なんですか？」

「えっ、おあんさん、知らないの？　メロウってのは、女ばっかの走り屋。漢字で女郎って書くんですけど、けっこう気合い入った、ビッとした集団で。でも、あれっすよね、おあんさんもかなり攻めてますよね。このあたりの峠」

「攻めてるつもりはないですけど。なんでそう思うんですか」

不審に思いながら、耀子は弁当の隅にある柴漬けに箸をのばす。

「いや、こないだ峠で一服つけてるときに、馬鹿っ速なバイクが走っていったのを見て。うしろに超カワイイ娘さんを乗っけて、チャラいミニクーパーをぶち抜いてました」

しびれたぁ、とチョコが笑っている。

「遠藤家の人たちってビッとしてる。店長のクルマも足回り、ガッと固めてるし。こないだ『根性見せろ』って言ったのといい、ゼット……フェアレディZに乗ってんのといい、店長にはおんなじニオイを感じる」

同じ匂いがするとチョコに言われているのを知ったら、由香里はどんな顔をするだろう。しかしたしかに由香里の車の車高は低く、タイヤやホイールにもこだわりがありそうだ。

その遠藤店長ですけど、と桜井がクリームパンを食べながら言う。

「この間の『百のアイディア』のこと、なんておっしゃってました？」

ストライキに参加していなかったのに、桜井は一番熱心に百個のアイディアについて考え、峰前の人々との間も取り持ってくれた。彼女の実家は養鶏場で、去年までは豊橋の印刷会社でパンフレットやチラシのデザインをしていたが、家の事情で峰前に戻ってきたのだという。

夢見るように、桜井は微笑んだ。

「おあんさん、売り上げ倍増のアイディアって、採用されたら、実際にやれるんですよね」

「どうでしょう、それはわからないけど」

「私、お菓子作りとか好きで。そういうの、作って売れたらいいな、と思ってたんです。店長、私のアイディアについて、なんか言ってました？」

ハイ、アタシも、とチヨコが手を挙げた。

「喫茶店より安い、みんなのタマリバみたいなのを作りたいってアイディア出したけど、店長はなんて？」

「あの……特に何も」

「なんだ、ガッカリ。ちょっと考えてくんないかな。このあたり茶店（サテン）もないし」

「検討してくれないかと、二人で店長に頼んでみたらどう？」

うちわであおぐように、チョコは手を横に振った。

「無理っす。ビッとしすぎて、あの店長、怖い」

同感です、と桜井がチョコの隣でうなずいている。

この二人の提案は「手作りの菓子やパンを作って売る」と「カフェコーナーを作る」という言葉に換えて百個のアイディアのなかに入れた。

しかし由香里が求めていたのは、こうした内容ではなかった。

休憩室のドアが軽くノックされた。

ドアが開くと、由香里が顔を出した。桜井とチョコが驚いた顔をして、席を詰め、由香里のために卓袱台の一角を空けた。

「いいの、休憩に来たわけじゃないから。遠藤さんにこれ、お願い。この間の件について」

由香里が書類を差し出すと、チョコと桜井が期待に満ちた顔をした。しかし、受け取った書類の内容は、ティッシュや洗剤、トイレットペーパーといった日用品の項目が書かれたものだった。

「石崎さんの配達、品物が追加になったのよ。全部とりそろえて配達して」

由香里がドアを閉め、ヒールの靴音高く去っていった。

なんだぁ、とチョコと桜井がへなへなと姿勢を崩した。

「期待しちゃったよ。この間の件とか言うからさぁ」

「わくわくしたよね。やらせてくれるのかって」

「私、配達に行ってきます」

チョコと桜井に挨拶をして、耀子は休憩室を出る。

由香里に頼まれた配達の品は弁当と少しの日用品だったが、追加の品物はトイレットペーパーやティッシュなど、かさばる商品がずいぶん多い。急いでそれらを集めて、車に積まなくてはいけない。

品物を集めて軽自動車に積み込むと、配達の時間が迫っていた。


峰前の集落に向かう山道を走っていると、夏の気配を感じた。梅雨明けはまだ先だが、今日は晴れており、日差しが強い。

これから配達に向かうのは、先日、十五人前の刺身と総菜を届けた、峰前の石崎家だ。

あの料理を届けた三日後、帰省していた石崎の息子がラッキー峰前店を訪れた。そして店長の由香里に、母親の腰が良くなるまで、火曜日と木曜日に夕飯の弁当を届けがてら、両親が電話で注文した日用品を配達してくれないかと頼んだ。

石崎家では夫が膝を痛めて以来、車の運転が難しく、日用品の買い出しは妻が担当していた。しかし今は夫婦がともに車を使えない状況で、重たいものやかさばるものの買い物に不自由している。石崎の息子は由香里と相談のうえ、配達料として一回五百円を三ヶ月分、まとめて払って東京へ戻っていった。

配達料とともに、総菜や日用品も確実に売れる。由香里の言う売り上げを上げるアイディアには、こうした発想を求められていたのかもしれない。

車のアクセルを踏みながら、耀子は考える。

お客様の目線で考え、地域に貢献できる。そこから発想した新しいアイディア……。百個のアイディアは無理でも、せめて何か一つ、実用化できるものを再提出したい。

ところが何の考えも浮かばない。みるみるうちに大きな柿の木が見えてきて、石崎家に着いてしまった。広い駐車スペースに車を停め、耀子は石崎家の呼び鈴を押す。

玄関脇の小窓が開き、石崎の声がした。

「待ってたよ、ラッキーさん。入って、入って」

品物を運ぼうとすると、石崎がその前に会計をしてくれと言った。

精算を終えてレシートを渡し、耀子は駐車場に戻る。車から品物を出していると、石崎が足を軽くひきずりながら、門から出てきた。右手には金色に輝くトランペットを持っている。

「ラッキーさん、ちょっとそのまま、そこにいてな」

石崎が手にした楽器を唇に当てる。『春が来た』のメロディが流れてきた。緑の森に囲まれた集落に、トランペットの音が高らかに響いていく。その音色は天竜の山々に反響して、澄み渡った青空へ昇っていった。

音を追って見上げた空から視線を戻すと、乳母車やカートを押した人々がぞくぞくと集まってきた。

「おーい、こっちだあ」

門の脇に置かれた石に腰掛け、石崎が手を振る。

「じゃあラッキーさん、品物をみんなに渡してやって」

「お台所に運ばなくていいんですか」

石崎がトランペットを膝に置いて笑った。

「いやあ、それも頼むけど、わしらの分だけじゃ、買い物が少なくて悪いんで、他にも近所のジイちゃん、バアちゃんの分もまとめて注文したんだ」

石崎がポケットからメモを出すと、レシートを見ながら、集まってきた人々に声をかけた。

「ええっと。じゃあ、塩田(しおた)さんからな」

ハーイ、と塩田と呼ばれた老女が乳母車を押してきた。

「塩田さんは弁当一個、トイレットペーパー十二ロール、特売ティッシュ五箱パック。シンちゃん、出番だ」

ハイヨ、とシンちゃんと呼ばれた老人が、手を挙げた。

いくよ、と石崎が言った。

「願いましては、五百円なり、三百五十八円なり、二百九十八円、それに消費税を入れまして、お代は？」

シンちゃんと呼ばれた男が計算結果を言った。老女が石崎のところに来てお金を渡している。

「驚いた？　ラッキーさん。シンちゃんはそろばんの先生をしてたんだよ」

「暗算でパッと計算できてしまうんですか？」

ボケ防止にちょうどええよ、とシンちゃんが笑っている。

「それでは私がお品物をお渡しします」

「そうそう、ラッキーさんは商品をみんなの乳母車やら、カートやらに入れてくれると助かる」

塩田という老女が注文した品物を、耀子は乳母車のなかに入れる。

「はい、次、田中さんね」

石崎が言うと、カートを押した老人が現れた。

見回すと、あたりは小さな市場のようになり、集まった人々は楽しげに世間話をしている。

この集落にこれほど多くの高齢者がいたのかと耀子は驚く。峰生も過疎化が進み、住民の平均年齢が高いが、峰前も同じだ。

軽自動車いっぱいに積んだ品物は、またたく間に人々に行き渡った。

最後に会計をした老女のカートに、耀子は洗剤を三箱と十二ロールのトイレットペーパーを入れる。

ありがとね、と老女が丁寧に頭を下げた。

「洗濯石けんは重いでねえ、配達してもらって助かるやあ」

「おうちまでお持ちしましょうか」

老女がカートを押しながら笑った。

「これくらいは運動、運動。あ、そうや」

老女がカートに下げたビニール袋から桃を出した。

「これ、一個あげる。さっき、もらったもんやけど、冷やして食べな」

押しつけるようにして桃を渡すと、老女はカートを押していった。

甘い香りがする桃を手にしたとき、子どもの頃、立海と一緒に川で冷やした桃を食べたことを思い出した。あのとき千恵は、「おやつは川でドンブラコ」という謎かけのような言葉をイラストに添えていた。その響きが妙になつかしく、石崎家に品物を運びながら、耀子は心のなかでその言葉を繰り返す。

ドンブラコ、ドンブラコ……。

石崎家のテーブルに品物を置いたとき、思わず手が止まった。
桃の実と一緒にアイディアが一つ、心に流れついてきた。

七月の初め、石崎家に配達に行った十日後の夕方、早番の仕事が終わった耀子は店長室に向かった。手にした封筒には、先日、浮かんだアイディアを印字した紙が入っている。

扉をノックすると、「どうぞ」という声がした。なかに入ると、由香里はラップトップ型のパソコンに向かっていた。

「すみません、お仕事中に」

「あなたも仕事中でしょ」

「今日はもうあがりです」

キーボードを打つ手を止めた由香里に、耀子は封筒を差し出す。

「この間、提出した百のアイディアの追加です。お時間があるときにお目通しいただけたら」

ふーん、と由香里が軽く応えた。小馬鹿にされているような、親しみをもたれているような返事だ。

「すぐに読むわ。そこに座って」

「お時間はいいんですか？」

「そちらこそいいの？　夕食の用意とか」

「今日は鶴子さんが準備してくれるんです」

　そう、とうなずくと、由香里がデスクの引き出しから、ピーナッツがぎっしりと詰まった棒状のチョコレート菓子を出した。空腹のときに食べるのがおすすめと、テレビでよく宣伝している菓子だ。

「私はちょうど休憩しようと思ってたところ。食べながら読んでいい？　お腹がすいて」

「お茶を淹れてきましょうか」

「コーヒー。うんと濃いのをブラックで。煙草もいい？」

「煙草を吸われるんですか？」

「最近ね。アメリカに行ってから、しばらくやめてたんだけど」

　由香里が煙草に火を点け、銀色のライターをデスクに軽く放り投げる。

「ここにいると、やりきれないじゃない？　いろいろと」

「そうでもないです」

「相変わらず優等生ね。やっぱり私、間宮耀子がきらい。休憩中だから、ざっくばらんに話すけど。……いいわよ、あなたも店長じゃなく、私のこと由香里って呼んで」

メンソールの香りがする煙をふうっと吐いたあと、由香里は文書を読み始めた。軽くあしらわれるかと思ったのに、真剣な表情で文字を追っているのを見て、耀子は給湯室に向かう。

煙草を吸う女は苦手だ。特にメンソールの香りは十代の頃、母にだまされた――というより、売られた記憶に結びつき、苦手というより苦痛だ。しかし、由香里の煙草はそれほど不愉快ではない。

コーヒーを淹れ、耀子は店長室に戻る。煙草を片手に由香里が左手で計算機を叩いていた。

デスクにコーヒーを置きながら、左利きなんだ、と耀子は由香里を眺める。

龍治は普段は右手を使っているが、実は左右のどちらの手でも文字を書いたり、箸を使ったりすることができる。元々は左利きだ。

親戚同士、やはり似ている、と思っていると、由香里が計算機を叩く手を止めた。なるほど……と小さな声がして、由香里が顔を上げた。

「さっきのアイディア、もう読んだわ。送迎と配達。思いついた理由は察しがつくけど、どうしてこの二案を出してきたの？」

「たまたまあるところで昔話を思い出して……」

昔話？　と由香里が不審そうな顔をした。

「桃太郎なんですけど。おじいさんは山へ柴刈りに、おばあさんは川に洗濯に行ったら、桃が流れてきたという……」

灰皿に押しつけるようにして、由香里が煙草を消した。苛立たしげな仕草だ。

ふざけたと思われている。弱気になったが、耀子は言葉を続ける。

「そのときにお買い物って二つの顔があるって思ったんです。一つは柴刈り。お店という山に入って、焚きつけにする『柴』を集めて持ち帰る。そこには『楽しさ』があると思うんです」

「もう一つは、桃？」

そうです、と耀子はうなずく。

「家の前の川に出たら桃が流れてきた。おばあさんはおいしそうな桃が流れてきたと大喜び。これは『便利さ』です。だから……ご年配の方に『柴』と『桃』を届ける。そう考えて送迎と配達の二種類の案を考えました」

「つまり買い物の『楽しさ』と『便利さ』を届けたいってことね。ざっくりでいいから、説明して」

前回、由香里にアイディアを提出した折に反省したことを、今回は一つひとつ改善してきた。

一番気に掛けたことは、浮かんだアイディアについてよく考え、自分なりに検討してみることだ。そこで高校時代に、自由研究を発表したときの要領でレポートと資料を作ってきた。

「あの……では資料の1って書いた紙を見てください。すみません、円グラフが手書きで」

由香里が該当の資料を手にした。そこにはこの数日、早番の仕事帰りに村役場に行って調べてきた、峰生、奥峰生、峰前の七十歳以上の人数と、〇歳から百歳まで十年単位で区切った年代別の人口の割合を円グラフにしたものが書かれている。

由香里がしみじみとした表情で資料を見た。

「お年寄りが多いのは知っているけど、こんなに大きな割合を占めているとはね。若い人たちがまったくいないじゃない。円グラフで見ると衝撃的」

「その下に書きそえたのは……私は峰生神社のお世話役の仕事で、毎朝、境内や、寄り合い所に行くんですけど、そこにいらっしゃるご年配の方からいろいろ聞いたお話です」

由香里がその箇所を見た。

「皆さん、年齢が上がるにつれ、車の運転がときどき怖いとおっしゃっています。でも車がないと生活できない。だから具合が悪くなって車が運転できなくなると、本当に困るとおっしゃっていました。……そういう場合、どうしているかというと、ご近所の人に乗せてもらったり、お子さんやお孫さんといった身内に来てもらったりする人が多かったです」

「そうでしょうね。バスは一日、数本だし」

「そこには書いてないんですけど、身内や近所の人に乗せてもらって、どのお店に行くのかという話もうかがいました。峰生と奥峰生に限っては……」

浜松方面へ二つ山を越えた先にあるショッピングセンターの名前を耀子は挙げる。

あの店、強いわね、と由香里がしみじみとした口調で言った。

「実はうちの母もあの店に行くのよ。建物も大きいし、品揃えも豊富だから」

「だけど身内や近所の人の車に乗せてもらうのが、申し訳ないって人もたくさんいます。それが理由で住み慣れた家を離れて、町に住むお子さんの所に行くことになったり」

家族と一緒に暮らせるのは幸せなことだ。そう思ったが、必ずしもそうではないようだ。子どもや孫と暮らせるのは嬉しいが、やはり子ども夫婦との同居は気を遣うし、何よりも長年住み慣れた土地を離れて、知人や友人がいない場所にすみかを移すのは寂しいものだという。

手短にその話をすると、由香里がうなずいた。

由香里の家の近所でも、最近、その手の話題が多いそうだ。

だから、と耀子は言葉に弾みをつける。

「車を運転するのが億劫になってきたご高齢の方にお買い物の『楽しさ』と『便利さ』をお届けできたら。そうしたら、その円グラフの大半を占めるご高齢者は全部、ラッキー峰前店に来てくれると思うんです」

「そんな簡単な話じゃないでしょ」

苦笑しながらも、由香里が資料を見直した。

「でも、たしかに今は全部、あっちの店に持っていかれてるわけだから、そのうちの半分でもラッキーに来てもらえれば、売り上げは上がるわね」

「それでまず『桃』ですけど、石崎さんのところに配達に行っているのをもとに考えました。今の石崎さんの配達料は一回五百円です」

三ヶ月分、前払いでね、と由香里がうなずいた。

「お宮で聞いてみたら、配達料五百円は高く感じるけれど、百円から三百円なら、利用してもいいって思う人が割といました。そこで配達料三百円か、お弁当を二個、注文してくださった方に限り、三千円以上のお買い物の注文で配達をします」

「三千円以上ってのは、お客様はどうやってわかるの？　あ、どこかに書いてあったか」

これだ、由香里が文書を手にした。

「お客様は『雑貨や日用品の値段を書いたカタログのようなもの』と日々の『特売チラシ』を見て、電話かファクシミリで店に注文……」

カタログ？　と由香里が考えこむような声を漏らした。

その様子にあわてて、耀子は口を開く。

「カタログっていっても、そんなに立派なものではなくて、ワープロでプリントアウトしたものでもいいというか……そういうことはあとで決めていけばいいと思います。ただ……桃が川から流れてきたように、お客様が必要な物を、道という川を使って流したらどうだろう。そんなご提案です」

「物を流す。まさに物流ね」

ブツリュウ？　と聞き返すと、由香里が手にした書類を見返した。

「いいの、プレゼンを続けて」

プレゼンとはなんだろう。再び聞き返したくなったが、耀子は話を先へ進める。

「あのう、では『柴』ですけど、資料の2を見てください」

由香里がその書類を手にした。

「『桃』が配達なら、『柴』は送迎です。峰前、峰生、奥峰生の集落に日替わりで、午前と午後にシャトル便というか……ワゴン車で無料の送迎をします。集落の公民館と店を結ぶ便です」

「その車はどこから手配するつもり？」

「生活雑貨のチョコさん……大山直子さんがお友だちのワゴン車を借りてきてくれます」

「走り屋の子ね」

「ご存じなんですか？」

「女郎（メロウ）にいた子でしょ。暴走族ってほどじゃないけど、このあたりのバイク好きと車好きが集まる会よ」

「チョコさんが由香里さんの車を褒めてました」

「ビッとしてるって？」

由香里が二本目の煙草に火を点け、面白そうに笑った。

「そんな感じの褒め言葉です」

相変わらずな奴ら、と煙を吐きながら由香里が笑った。

「あの子たちの間で最高の褒め言葉だから、悪い気分ではないわ。でも彼女が『ダチ』から借りてくるワゴン車は、お年寄りが見たら腰を抜かすデザインだと思う」

由香里は「ま、いいか」と言ったあと、「よくはないか」とつぶやいた。

「ごめん、脱線した。『柴』の話を続けて」

緊張しているのか、軽く手が汗ばんできた。しかしその緊張はどこか心地よく、耀子は軽く声を張る。

「午前と午後にお迎えに行く便には、その集落の人たちが注文したお弁当と日用品、『桃』を積んでいきます。その『桃』を配達して空になった車に、今度はお店で買い物をしたい『柴』のお客様を乗せて戻ってくるんです。一時間半が経過したら、お客様を今度は集落へお送りします」

「一時間半もうちの店にいられるかしら」

「書いてないんですけど、『柴』のお客様がいる間は駐車場の一角にカフェというか、軽食を取れるコーナーを設けたらどうかって、これは従業員のみんなのアイディアです」

今回の件について休憩時間の合間に、桜井やチョコ、千恵や天香に相談をもちかけてみた。そのなかでもっとも話がはずんだのは軽食コーナーについてだった。

「軽食。コーヒーとサンドイッチみたいなものかな」

「駐車場の脇なら煙を気にしなくていいから、いい匂いがするものを作ろうって話が出ています」

「いい匂い？　パンとかクッキーが焼き上がる香りとか？」

「イメージは縁日です。夏は焼きそば、秋はサンマの塩焼き、冬はおでん。焼き鳥は通年売ります。おいしい焼き鳥があったら、男の人ならきっとお酒も飲みたくなる。車で来たら無理だけど、送迎車で来ている人たちはお酒も楽しめます……って、これは千恵さんのアイディアです」

ひきこもりがちな高齢者が、毎回、送迎車に乗って店に来たくなるような軽食で、ガッチリとハートをつかもうと千恵は張り切り、「メニューはまかせて」と言っていた。昼からお酒が飲めるのは、長年働いてきた高齢者の特権だから、男も女も楽しめるように安くておいしいツマミや菓子、弁当なども作って売ってみたいと笑っていた。

「軌道に乗ってきたら、手作りのパンやカップケーキ、コーヒーのコーナーを置くのもいいんじゃないかって」

「夢いっぱいって感じね」

冷静な由香里の声に耀子は我に返る。話をしているうちに、店先の賑わいを想像して、楽しい気持ちになっていた。

煙草をふかしながら、由香里が左手で計算機を叩き出した。出た数字を見て少し考えると、煙草を消し、代わりにペンを持った。

再び計算機を叩き始めた由香里の指先を耀子は眺める。

数式のようなものがあるのだろうか。それはどんな数式で、何が割り出せるのだろう？　計算機の数値を見ていた由香里が顔を上げた。

「珍しそうに見ないでよ」

「何の計算ですか？」

「原価計算とかいろいろ」

「由香里さんは大学でそういうことを勉強してきたんですか？」

「大学では別のことをやってた」

由香里が紙に何かを書き、また計算機を叩いた。

「経済を勉強したっていうなら、立海さんが正統派ね。彼はあの学校の看板学部、経済学部のご出身だもの。龍治さんは法学部だっけ」

「そうです」

「本家の男二人が優雅な将校なら、私は叩き上げの女軍曹よ」

悪くはないけど、とつぶやいて、由香里がペンを置いた。

「さて……利益がきちんと出るのか微妙なところ」

利用者の数による？　と、独り言のような声がした。

「ただ、問題なのは、それに割ける人員？　いや、それは」

「あのう、よかったら説明してくれませんか」

ばつの悪そうな表情が由香里の顔に浮かんだ。しかしすぐに落ち着いた声がした。

「人員というのは、もし配達をするとしたら、電話やファクシミリで来る注文を管理して、その品物をそろえる人が必要ってこと。実際に配達する人も何人か欲しい。あなた一人じゃ無理でしょ」

「それは他の人に聞いてみました。もしこれが実現するなら、桜井さんとチョコさんが休憩をやりくりして配達に参加してくれるって。私たちが配達に出ている間のサポートは天香ちゃんや千恵さん、他の人たちもしてくれます」

「休憩の時間は休憩を取ってもらわないと困る。休みなしで働くことが前提では、長く続かないから」

たしかに、そのとおりだ。ただ、休憩室でこの話をしていたとき、他のパートたちもとても前向きだった。

「でも、いざとなったら、なんとかなる。そんな気がします。みんな、協力的です。だってお店がつぶれて、職場がなくなるのが一番困るもの」

「それなら人員は当面、やりくりをするとして、次のネックは車」

「車ですか?」

由香里がうなずいた。

「実は都会ではそういう配達をやっている店舗もあるのね。その場合、配達用の社用車があるの。でもここみたいな過疎地の店にはとても回してくれない」

「私たちの車を使うというのは、どうでしょう」

「今は配達にあなたの車を使って、その分の実費を支給って形にしてるけど、本来は良くない。それに注文が増えたら、軽自動車では荷物を積み込めないしね。もう一つ問題なのは送迎車」

「それはチョコさんのお友だちから借りられます。その車で配達も可能です」

改造車じゃないほうがいい、と由香里が苦笑した。

「さらにその車の定員。仮にその車を借りるとしても、何人乗れるかな。できれば十人近く運びたい」

「ワゴン車ではなく、マイクロバスのような車ということですか?」

「車をレンタルしていたら採算が合わないし。そのうえ利用者が少なかったら、さらに困ってしまう。まずは実験的に格安で借りられるところがあるといいけど」

由香里が紙にペン先を数回当て、コツコツと音を響かせた。

「いいアイディアだけど……現段階では無理ね。でも考えてみる」

由香里が時計を見た。

「あっ、もうこんな時間、ごめん」

「いいえ、由香里さんこそ。休憩中に」

由香里が引き出しからナッツ入りのチョコレートを出した。

「引き留めたおわびにあげる。カロリー高いけど、頭脳労働に効くのよ」

店長室を出て、耀子は手のひらにある小さな菓子を見る。制服のポケットに大切にしまうと、自然と顔がほころんでいた。


夕食の片付けを終えると、小型ハープの音色が流れてきた。ハープを習い始めた瀬里の練習だ。指ならしをしている音を聞きながら、耀子はキッチンのテーブルにノートを広げる。

「原価計算、店の経営」と書いて、由香里からもらったナッツ入りのチョコの封を開ける。

瀬里と半分こにしようと二つに割り、ひとくちかじってみた。とても甘い。香ばしいナッツを噛みながら、値札のシールを眺める。

百円前後の菓子だが、原料から商品になり、こうして口に運ばれるまでに、一体どれほど大勢の人の手がかかっているのだろう。彼らへの報酬がこの価格のなかに一円、二円、あるいは一銭、二銭単位で積み上げられている。

経済の仕組みとはどうなっているのだろう？

何も知らないなあ、と耀子はピーナッツを噛みしめる。

アイディアを練ったが、利益の予測を数字で出すという考えが抜けていた……というより、そうした考えや方法があることすら知らなかった。

千恵たちと店の一角に、軽食コーナーを作る話をしていたときは楽しかった。しかしその夢を実現させ、利益を導き出すには、知っておかねばならないことがたくさんある。

どうやって学べばいい？　とノートに書いて、耀子は下に矢印を書く。思いついた「本」という答えを矢印の下に書いた。それから心に浮かぶ疑問と答えを矢印でつないでいく。

本↓何から読めばいい？↓店の経営？↓経済の仕組み？↓どこから手をつけたらいい？↓経済のことを知っている人に聞く↓初心者向けの解説本を探す――

頭に浮かんだことを矢印を付けて書いていくと、心に道筋ができ、進む方向がわかってきた。

経済や経営のしくみについて学ぶため、何から手をつけたらいいか相談するとしたら、身近に聞けるのは龍治か由香里だ。しかし二人に聞くのは気恥ずかしい。

「初心者向けの解説本を探す」の下に矢印を付け、耀子は浜松に行く、と書き、赤い丸で囲む。

近いうちに大きな書店に行き、店の経営などについて、わかりやすく説明された本を買おう。経済学を学んだ人ばかりが、店を経営しているわけではない。きっと自分のような初心者向けに、経営や価格の付け方などを解説した本があるはずだ。

瀬里のハープの音が途絶えた。練習を始めて十分もたっていない。

ノートを閉じながら、耀子は瀬里がいる部屋の方角を見る。

先月、瀬里が小型ハープを習いたがっているから教師を探すようにと、照子が龍治に命じた。

龍治は苦り切っていたが、それでも名古屋で教師を探し出した。そして六月の終わりに常夏荘に来ると、ハープもいいが、ピアノのレッスンも真面目に続けるようにと瀬里に言った。

瀬里がそれを受け入れたので、今月から瀬里は照子に付き添われ、名古屋の教師のもとへ、月に二度通うことになった。

そこまでしてハープを習いたがり、初めてのレッスンも先日受けたばかりなのに、瀬里はあまり練習しない。龍治と約束したピアノのレッスンも身を入れず、今日はお腹がいたくなったと言って、休んでしまった。

由香里からもらった菓子を手にして、耀子は瀬里の部屋に行く。

腹ばいになった瀬里が、ノートに絵を描いていた。足元にはピアノの楽譜集が投げ出され、右手の先にはミネオ・ハープが横倒しになっている。

床に落ちている楽譜を拾うと、瀬里が「あ、ごめんなさい」と言った。

「あとでかたづけようと思ってたの」

「大事な物を床に放り投げちゃだめじゃない」

「べつに、だいじじゃないもん」

拾い上げたピアノの楽譜を耀子は見つめる。

立海が常夏荘にいた頃、ピアノの練習をしている音を、銀杏の木の下で聞くのが好きだった。あんなふうに弾けたら楽しいだろうと、ピアニカで片手ずつ練習して、こっそりと母屋のピアノに触ったことがある。しかし、思った以上に鍵盤が重く、ピアニカのときのように指が動かなかった。

望んでも無理だったから、何かを習いたいと思ったことはない。

でも、あの頃、もしピアノが習えたら、天にも昇る心地がしたはずだ。

瀬里にすすめたお稽古事は、幼い頃の自分が見たら、どれも夢のような学びだ。それが恵まれたことだと思わず、娘はいつもその学びの機会を簡単に捨ててしまう。

「大事じゃないもの……ね」

瀬里が落書きをする手を止めた。

「だって、ピアノ、つまらないもの。いつも指の運動ばっかり。私はきれいな曲をひきたいのに」

「指の運動は大事よ。きちんとした弾き方を覚えないといけないって、お父様も言っていらしたでしょう」

ピアノの楽譜集を広げると、短い曲の上に丸と棒で描かれた人形のイラストがあった。その棒人形たちは、深呼吸をしたり、縄跳びをしていたりする。深呼吸のような深い音色や、縄跳びをするようにはずんだ音色を出すといった指示を与えているようだ。昔、立海の家庭教師、青井先生がダンスや音楽を教えてくれたような楽しさが、この楽譜のなかにある気がする。

「瀬里ちゃん、この楽譜、面白そう、可愛い絵があって」

別にいい、と瀬里が横を向いた。

「でもハープを習いたいんでしょう？　ピアノをちゃんとしないなら、ハープのレッスンはだめよ」

「お母ちゃまって、なんでもだめ。だめしか言わないね」

いつの間にこんな大人びたことを言うようになったのだろう。少し苛つきながら、耀子はハープに目をやる。

「ハープの練習は？　してないでしょ。おばあちゃまにお手間をかけて、名古屋にまで行ってるのに、まったく練習していないじゃないの」

　してるよ、と瀬里が不服そうに言う。

「じゃあ、なんで床に転がしてあるの。使ったあとはきちんと拭こうよ。ハープの指の練習もつまらないの？」

　瀬里ちゃん、と少しだけ、耀子は優しく声をかける。

「なんだって最初のうちは面白くないものよ。基礎の練習とか、準備体操は面白いものじゃない。走るときだって、いきなり走ったら、横っぱらが痛くなるじゃない。ちゃんと指の練習しなきゃ」

　床に横倒しになっているハープを拾い、耀子は布で拭く。

　父が好んで弾いていたというこの小型ハープは、十四歳のときに龍治から渡されて以来、大事にしてきた。父の形見がほとんどない自分にとって、かけがえのないものだ。

「瀬里ちゃん、このハープはお母ちゃまの宝物だから、大事にして」

「してるってば！　うるさいなあ」

　瀬里が駆け寄ると、ハープをひったくり、乱暴にリュックに突っ込んだ。

「……うるさいって、何？」

　一瞬、瀬里がひるんだ顔をした。しかしすぐに目に力をこめて、あごをツンと上げた。

「なんで準備体操がだいじとか言うの。なんでわかるの？　お母ちゃまは何もできないじゃない。ピアノもバレエもゴルフもなんにもできない。おじさまたちが笑ってたよ」

「どこのおじさまが？」

瀬里がうつむく。

「誰がそんなことを言ったの？」

「東京の……おぼえてないよ」

瀬里が勢いよく顔を上げた。

「やったことないくせに！　ピアノもバレエも絵のレッスンも、お母ちゃまは何もやったことがないのに。なんでわかるの？　どうしてやれって言うの？　私だってやりたくないよ！」

手のひらから小さな音がした。娘の頬を打ったことに気付いて、耀子は瀬里を見下ろす。

瀬里が目を見開いて頬に手をやり、ぶるぶると震え始めた。それから肩を上下に小刻みに振り、泣き出した。

瀬里を叩いたことに動揺して、耀子は自分の手を見る。

母と一緒だ。もっとひどい。

怒りにまかせて娘を叩くなんて、自分のほうがひどい。あの人以下だ。

自立と自律。

幼い頃、青井先生からこの言葉をもらった。しかし、どれほど「顔を上げて生きること」、「美しく生きること」を心に決めても、付け焼き刃なのか。

自分のなかには、人を口汚くののしり、実の娘も平気でだます、母親の血が流れている。

涙がこぼれ落ちた。顔に手を当て、耀子は瀬里に背を向ける。

ああ、とも、わあともつかぬ叫びを瀬里が上げた。

「ごめんなさい、ごめんなさい、お母ちゃま」

膝から力が抜けて、耀子はしゃがみこむ。

ごめんなさい、と瀬里が叫ぶ。

「あやまらんでいいよ、瀬里は悪くない。お母ちゃまがだめなだけ……」

だめじゃないよう、と瀬里が背中にすがる。

「だめじゃないよ、ごめんなさい。お母ちゃまは悪くないよう」

娘を泣かせて。あやまらせて。気をつかわせて。

背中があたたかい。だめじゃないと繰り返す娘の小さなぬくもりに、さらに泣けてきた。

「ごめんね、瀬里」

遠い昔、まったく同じ言葉を言って、母も泣いていた。

二十年前のクリスマスの夜のことだ。酔って帰ってきた母を心配して玄関に迎えにいくと、クリスマスを祝ってあげられないからといって、恨みがましい目をするなと怒鳴られた。そのくせ、すぐにあたたかい吸い物を作ってくれ、一緒に布団に入ったとき、「ごめんよ、耀子」とあやまり、母は泣いていた。

あのときの母の心情が今、わかる。

荒れた母親を持った子は大人になると、我が子に同じことをするのだろうか。

ドアが開く音がして、静かな声がした。

「何事ですか」

顔を覆っていた手を退け、耀子は声がしたほうを見る。

照子が立っていた。長い髪を下ろして、やわらかそうなグレーのガウンを着ている。そのうしろには、心配そうな顔で鶴子が寄り添っていた。

親子げんかをしただけなので、大丈夫です、と言ったが、「とてもそうは見えません」と照子が冷静な声で言う。

泣いている瀬里に顔を洗おうと鶴子が誘い、バスルームに連れていった。それを見届けたあと、瀬里は鶴子にまかせ、二階の自室に来るようにと照子が言った。

重い気持ちで階段を上がり、照子の部屋のリビングルームに入る。

瀬里と暮らしている客用の部屋と同じく、照子の部屋にも専用のリビングルームと寝室、バスルームがついている。照子は庭仕事以外は部屋にこもっており、身の回りのことはほとんど鶴子がするので、同じ対の屋にいてもあまり行き来がない。

照子にすすめられ、耀子は優美な猫足のソファに座る。テーブルには照子が寝る前に飲むハーブティーのポットがあった。

カップにお茶を注ぎながら、何があったのかと再び照子がたずねた。

切れ長の目とほのかに赤い唇。雪のような白い肌に、背筋を伸ばした、すらりとした姿。幼い頃、おとぎ話に出てくる女王様のようだと思った照子は、容姿に加齢による変化が現れてきたが、それがかえって気品を増している。

「瀬里に、お稽古事の注意をしていて……」

照子がお茶を飲んだ。話の続きを待っている。

「申し訳ありません、お騒がせして」

照子がカップをソーサーに戻した。

「それは、かましませんけど、今日のあなたも瀬里も、いつもと違う」

照子と目が合ったら「疲れました……」という言葉が漏れた。

「何に？」

「いろいろ……いろいろです」

「龍治が何か言ってきましたか？　もう疲れて、別れてしまいたいとか？」

「いいえ、そういうことでは……」

それならば、と言ったあと、照子が少しためらった。

「やはり東京で龍治と暮らしたらどうやろう。ここは山奥すぎるのかもしれない。みんな……常夏荘という呪縛にとらわれすぎているのだと、龍治は言う。私たちは、もっと自由になるべきだと」

「自由になるって、どういうことでしょう」

照子が寂しそうに微笑むと、「たとえば……」とつぶやく。

「ここを売って代金を得たら……うちは全部、瀬里に渡したい。瀬里に良いようにあなたが管理すればよい。そうしたらこの地にとらわれることもない。好きな場所で好きに生きたらいい」

「常夏荘を手放されるんですか」

「そうは言うてない。そんなことを言える立場でもない。この家のことは生まれたときから遠藤と名乗る人が決めればよい」

ただ……と照子が軽く言いよどんだ。

「この対の屋は私のものやから、それをどうするかということには、なにがしかの意見は言えるとは思うけれど」

お茶を召し上がれ、と照子が静かな声ですすめた。

目の前のカップには、青紫色のお茶が入っている。手を伸ばしたが、耀子は膝に置き直す。

「常夏荘をもし売却したら、大奥様はどちらへ行かれるのですか？」

照子がバラの模様が入った陶器の壺のふたを開けた。

「お茶が冷めるから、早うおあがり。レモンを入れて」

陶器の壺のなかにはレモンの蜂蜜漬けが入っていた。銀色のトングで、輪切りのレモンをつまみ、耀子はカップに入れる。

青紫のお茶が淡い紅色に変わった。夜明けの空のようだ。驚いてカップを見ると、照子が小さく笑う。

「ほんに瀬里とよく似てる。今、あの子とまったく同じ顔をしましたえ」

昔と変わらぬ照子の落ち着いた声に、急に自分が小さな子どもに戻った気がした。

「さっきはどうして泣いていたの？」

紅色のお茶を飲み終え、耀子は膝に手を重ねる。

「さっき……瀬里に手をあげました……頰を叩いてしまって」

「どうして？」

「習い事について……。瀬里がこつこつ練習するのをいやがったので、基礎の練習は大事なことだと言ったんです。でも、瀬里が聞かなくて……」

いいえ、と耀子は首を振る。

「違う……。ピアノも何も習ったことがないくせに、どうしてそんなことを言えるのという言葉と、親戚が私のことを笑っていたという言葉に、かっとなったんです」

「誰が笑たん？」

「瀬里は、言わなかったです。それより、瀬里に手をあげたのは、しつけではないことは確か。怒りにまかせて、娘を叩いたのかと思ったら……」

照子が二杯目のお茶を自分のカップに注いだ。

疲れてるのやろう、と静かな声がした。

「この間、壁の修繕の見積もりを取ったというのを鶴子から聞いたけど、そうした費用はあなたが働いて作らんかてええの。龍治にまかせておけばいい。仕事をやめたら？」

「やめたくないんです」

考えるより先に、言葉が口を衝いて出た。

「私は何もこの家にもたらせません。龍治さんの前の奥様みたいな財力も、何も。私にできるのは、大事なもののために一生懸命働くことだけです」

そんなことは……と照子が物憂げに言った。

「うちも龍治も望んでない」

「そう、ですか」

切り捨てられたような思いで、耀子は照子の言葉を聞く。

「あなたと瀬里が健やかであれば、それで充分」

照子が立ち上がり、窓際に置かれたハープの置物に触れた。

「あなたのお父様も龍治の父親も早くに他界したから、子どもたちとは長くは過ごせなかった。私は心がふさいでいて、龍治に母親らしいことは何一つしていない」

何も望まないと、照子が繰り返した。

「ただ、二人が健やかで、心が通っていれば、それでいい」

置物のハープの糸に照子が軽く触れた。

「瀬里はあなたのことをよく見てる。あの子はあの子なりに、母親が自分のために一生懸命やというのはわかっていますよ」

「だから自分が許せません。感情にまかせて叩くなんて」

「もう一杯、おあがり」

照子が窓際から戻ってくると、青紫のハーブティーを注いで、レモンを入れた。

「許せない気持ちはわかった。ただ、瀬里はとても聡い子だから。あなたがあまり自分を責めると、お母様を苦しめていると、あの子はあの子で自分を責める」

「では、どうしたら……」

途方にくれて、目の前のティーカップを見る。こんな状態なのに、レモンを浮かべた薄紅色のお茶は美しい。

「何も稽古したことがない……」

照子がつぶやき、窓際のハープに目をやった。

「それなら瀬里と一緒に稽古してみたらどうやろう？　瀬里が先生から習ってきたことを聞き、二人でおさらいをしてみてはいかが？　家に帰ってお母様に弾き方を伝えなければと思ったら、瀬里は熱心に先生の話を聞くでしょう」

「瀬里を先生にして、ハープを習うということですか？」

ハープから視線を戻すと、照子が思いをめぐらすような表情をした。

「一緒に習いたいけれど時間がないから、瀬里に頼むと言うてはどうやろう？　あの子は責任を持たせると、立派にそれをはたそうとする」

「そうなんでしょうか」

照子が微笑み、白い手を組み合わせた。

「瀬里はとてもまめやかに、私のよい助手を務めてくれてる。その成果の一つが、このマロウのハーブティー」

「瀬里が作ったんですか？　このお茶を」

「毎日とても丁寧に花を摘んで、干していた。だからハープについても、同じことが言えるはず。自分が習ったことを人に伝えるという意識があれば、きっとレッスンにも集中する。なによりも二人で毎日練習したら、きっと楽しい」

瀬里の教育方針に口を出す気はない、と照子が優しく言う。

「ただハープに関しては、私のわがままやけど、見てみたく思うのです。あなたと瀬里が、あの楽器を弾く姿を」

照子が一度目を閉じたが、ゆっくりとまた開けた。

「龍治が動かしてなければ、五番か六番の蔵にミネオ・ハープの試作品がいくつかある。音は良いけれど、手間がかかって量産は無理やと判断されたものが。お母様の楽器を借りるんやなく、自分の楽器があれば瀬里も熱心にお稽古をするかもしれない」

「そうでしょうか……」

「無理に、とは言わへん。あるかどうかもわからないし。気が向いたら、昔のように、お蔵の探険をしてみては？」

幼い頃、照子と立海と三人で蔵の探険をした日のことを思い出した。

なつかしさに胸がいっぱいになり、耀子は微笑む。

照子が優しい目で見た。

「瀬里のお祖父(じい)さまが昔、私にこうお言いやした。あなたの笑顔は天下一品。鬼も逃げだし、闇をも祓う、と。同じ言葉を私もあなたに贈りましょう。つらくなったら、自分に微笑んであげるといい。もちろん瀬里にも」

照子が壁に作り付けられた戸棚を開けた。清々しい香りがふわりと漂ってくる。

雑誌ほどの大きさの白い袋を取りだし、照子が乾燥させた草や花を入れ始めた。

「お風呂はまだ？」

「これからです」

「それなら、これを浮かべて、二人でゆっくりお湯を楽しむといい」

照子が白い布袋を差し出した。かすかに甘い香りがする。

「この袋を湯船に入れてお湯をためて。お湯につかったら、これを揉む。気持ちの疲れをいやすハーブが入っている。瀬里が作ったドライハーブもたくさん」

布袋にそっと顔を寄せると、嗅ぎなれた香りがした。龍治が好きで、トマトソースの料理を作るとき、必ず入れているハーブだ。

「ローズマリーの香りがする……。この香り、すっきりしていて、大好きです」

それはよかった、と言って、照子がなつかしそうな目をした。


照子からもらったハーブの袋を持って部屋に戻ると、瀬里はすでにベッドに入っていた。鶴子によると、顔を洗うついでに風呂もすませたそうだ。

翌日、早番の仕事を終え、耀子は学校から帰ってきた瀬里の姿を捜す。対の屋にはいなかったので庭に出ると、常夏荘で一番大きな銀杏の木の下に瀬里がいた。かくれんぼうの鬼をしているかのように、銀杏の木に顔を伏せている。

どうやって娘との仲を修復したらいいのだろう?

戸惑いながら、耀子は瀬里に声をかけた。

「瀬里ちゃん……どうしたの？」

瀬里が振り返ると、照れたように笑った。

「この木にくっついてると、モヤモヤがスウッとする」

「モヤモヤしてるんだ……」

んー、と瀬里がうなると、「とび箱とべなくて」と早口で言った。

跳び箱？　と聞き返すと、瀬里が勢いよくうなずく。

「クラスでわたしだけ、とべない。こわい。カステラと思えばこわくないよって、ムッチンに言われたけど、あんなカステラ、ないとおもう」

思わず笑ってしまうと、瀬里がうれしそうな顔をした。

「形でいったら、プリンのほうが似てるかもね」

プリンかあ、と瀬里が口元に小さなこぶしを当てる。心のなかで何かを思い浮かべるときにする仕草だ。

「そう。チョコレートプリンに練乳みたいなミルクがかかってるの。跳び箱に手をバン！　って突いたら、プルルンって勢いで跳べちゃう。プリンだから」

瀬里が口元にこぶしを当てたまま、肩を揺らして笑っている。

「んー、なんか、とべそう。むー、とべそうな気がしてきた、お母ちゃま」

瀬里が銀杏にもたれて空を見上げる。その幹に手を突いて同じ方向を見ると、緑の葉の向こうに広い空が広がっていた。

この木にはいろいろな思い出がある。瀬里と同じぐらいの年の頃、立海が突然、東京に戻ったことが悲しくてここで泣いた。父の裕一もこの場所に立って、写真を残している。テニスのラケットを持って微笑んでいた顔は十代後半から二十代前半といった雰囲気で、今の自分より若い。

写真に写っている父の年齢を、いつの間にか超えていた。

「瀬里ちゃんのお祖父ちゃまも……この木が好きだったんだよ」

瀬里が目を輝かせた。

「どっちのお祖父ちゃま？　お母ちゃま？　お父様の？」

「お母ちゃま、間宮のお祖父ちゃんのほう。お母ちゃまも常夏荘のなかで、この木が一番好き」

「おばあちゃまもだよ。この前言ってた。そのときにね、この木に耳をあてると、たまに呼吸が聞こえるってお話もしてくれた」

「木が呼吸をするの？」

「そうなんだって。わたしにはまだ聞こえないけど」

瀬里が目を閉じ、幹に耳を当てた。

銀杏の枝を見上げて、耀子は父の姿を思い出す。

おとうさん、と心のなかで呼びかけると、背中をさすってくれた父の手の感触を思い出した。それが誰なのか覚えていられないほど昔から、優しく背を撫でてくれた父の手の記憶は、ずっと心を守ってくれた。

心地よさそうに瀬里は幹にもたれている。ふっくらした頬を見ると、瀬里を叩いた手の感触がまざまざとよみがえった。

自分がこの子に与えた手の記憶は……。

両手を伸ばして、瀬里の頬をそっとはさみこむ。薄目を開けた瀬里が、頬にある手に小さな手を重ねて、匂いをかいだ。

「お母ちゃまの手は、いいにおいがする」

「何の香りかな……」

「なんかわかんないけど、いつも、いいにおい」

顔を上げて、瀬里が微笑む。その笑顔に涙がこぼれそうになった。あわてて上を向き、耀子は晴れやかな声を上げる。

「よーし……じゃあね、今日はお母ちゃまと探険しにいかない？　宝探しをしようよ。瀬里ちゃんのハープを探すの」

「わたしのハープ？　どこにあるの」

「お祖母ちゃまのお話によると、お蔵のどこかにあるらしいよ。五番か六番のお蔵だって」

「五番のお蔵ってどれ？」

「お母ちゃまにまかせて。これが常夏荘のすべての鍵」

手さげ袋から、鍵の束が連なるリング状のキーホルダーを取り出し、耀子は瀬里に見せる。金色の房がついたそのリングは、昔、天女の持ち物のように思えた品だ。

おお、と小さな声をもらして、瀬里が金色の房に触れた。

「かっこいい……これを持っていたら、常夏荘のどのドアも開けられるの？」

「そうよ、ここに戻ってきたとき、お祖母ちゃまがくださったの。これが、おあんさんの印だって」

目を輝かせて、瀬里が鍵の束を見た。

「大人になったら、わたしも持てる？　こあんちゃんのお仕事をがんばったら、おあんさんになれる？」

憧れの目で見られるほど、おあんさんという呼ばれ方に意味はない。そして、その頃には常夏荘は消えているかもしれない。

「わかんないけど……」

口ごもったあと、耀子は瀬里を見る。いきいきした目を見ると、寂しい言葉を言うのがはばかられた。

「お母ちゃまとがんばろう。まずは瀬里ちゃんのハープ探しだ」

うん、と瀬里が力強くうなずいた。

二人で手をつないで、常夏荘の庭を行く。

東京の大学へ進学して、海外で働く。十代の頃に夢見た未来は消えてしまった。

そのかわりに今、手のなかに小さなぬくもりがある。

握った娘の手を軽く振ったら、瀬里が勢いをつけて振り返した。

五番蔵に着くと、目の前に甲冑を身につけた人形が現れた。思わず足が止まったが、瀬里は驚きもせず、なかに入っていく。

二人で手分けをして蔵のなかを探したが、ハープらしきものはない。続いて隣の六番蔵も見たが、やはりなかった。

もしかして、ガレージだろうか。

六番蔵の鍵を閉めていると、そんな気がしてきた。龍治が常夏荘のガレージで気ままに過ごしていたあの夏、中二階に弦の数が多い大きなケルティック・ハープを一台置いていた。試作品のハープをあの場所に集めて置いているかもしれない。

もう一箇所探そう、と瀬里に声をかけ、耀子は中庭を突っ切る。

十八年前、初めてこの常夏荘に来たとき、ガレージには黒いセンチュリーが一台、屋根付きの駐車場にはマイクロバスが数台置かれていた。その頃は、車の整備士兼運転手として鶴子の息子、佐々木信吾がガレージで暮らしていた。

しかし経済的な余裕がなくなると、マイクロバスもセンチュリーも手放されてしまった。広いガレージには今、東京本家の建物が取り壊されてマンションになった際、行き場を失った荷物が納められている。

ガレージの鍵を開け、あかりをつけると、他の蔵と同じく甲冑の男が座っていた。

「ねえ、お母ちゃま、常夏荘のお蔵には全部、鎧の人形がいるの？」

「鶴子さんのお話では、泥棒よけだって」

「こんなので、こわがるかなあ」

怖くないのだろうか？　かぶとの下にある、目鼻の部分だけがうつろに空いた面を見ながら、耀子は瀬里にたずねる。

「瀬里ちゃんはこの甲冑人形、怖くないの？」

「全然、こわくない」

「お母ちゃまは苦手だな。子どもの頃は怖くて見られなかったし。立海大叔父様も、これが苦手」

こわくない、と瀬里がくり返した。

「学校でもよく聞かれる。常夏荘にはおばけがいるんだろとか、こわい井戸があるんだろ、とか。おばあちゃまに聞いたら、そんな井戸はないって言われた。それに、もし、おばけがいたって、こわくない」

「どうして？」

「ムッチンの曾祖母（ひいばあ）ちゃまが言ってた。私のおばあちゃまは天女なんだって。天女とおばけなら、天女が強いにきまってる。だからこわくないの」

軽やかな足取りで、瀬里がガレージの奥へと歩いていく。

瀬里の友人の曾祖母は照子より年上だ。そうした人々から見たら、京都の名家から嫁いできて、夫亡き後もこの峰生にいる照子は、昔話の「星の天女」に見えるのかもしれない。

ほこりだらけのガレージを見回しながら、祖父が語った伝説を耀子は思いおこす。話の終わりが近づくと、祖父はいつもおごそかな声で言っていた。

『天女は天に戻らず、小さな花となってこの地を守ることを決めたのです――』

ふと足を止めて、耀子は考える。

常夏荘を手放したら、そんな照子はどこへ行くのだろう。この前、聞いたとき、照子は答えなかった。それでいて、この邸宅を売って得た自分の資産はすべて瀬里に渡したいと言っていた。

あのときかすかに覚えた違和感が、胸に広がっていく。

この常夏荘が公園墓地になるのなら、照子は自らの手で、そこへ最初に入ることを選ぶ気がした。

不穏な思いで、耀子は対の屋の方角を見る。

ガレージの奥から、「あっ」と瀬里の声がした。

「お母ちゃま、来て。なんか、ちっちゃな倉庫があるよ……倉庫のなかにまた倉庫」

楽器庫かも、と瀬里がはずんだ声を出した。

「奥峰生にこんな倉庫があるよ。タイコとかいろいろ、お祭りのときに使う楽器が入ってるの」

奥に向かうと、コンテナのようなものに青いシートがかかっていた。二人で、そのシートの端を引っ張ると、簡単に床に落ちた。

「うわあ、何これ、お母ちゃま」

現れたものに、耀子は目を見張る。

クリーム色の箱形の車が目の前にあった。フロントにある丸いヘッドライトが目玉のようで、人間で言えば眉間の位置に、大きく「ＶＷ」というロゴマークが描かれている。

車内をのぞくと、運転席の後ろに三人掛けのシートが二つ並んでいた。

「うわあ、かわいい！」

瀬里がうれしそうにバスを見た。

「おもちゃみたい。これ動くの？　あ、左ハンドル。外車だ。どこのだろ？」

「たぶんドイツ……フォルクスワーゲンの車」

「ワーゲン？　それって上屋敷の人が乗ってるカエルみたいなクルマ？」

「たぶん、そこの会社のバスよ」

「絵がかいてある」

瀬里がバスのボディのほこりをはらうと、ピンク色の撫子紋が現れた。普段はいかめしく感じる家紋も可愛らしい色で描かれていると花模様のようだ。

目をこらすと、家紋に続いてアルファベットが書かれていた。床に落ちていた古布を拾って、耀子もボディのほこりをぬぐう。「ＭＩＮＥＯ」というロゴマークが鮮やかに現れた。ミネオ・ハープに書かれている社名と同じ書体だ。

ミネオ……とつぶやきながら、耀子は古びた車体を見る。

このバス、動くのだろうか？　もし動くとしたら。

「ＭＩＮＥＯ」というボディの文字に耀子は触れる。

なぜだろう、身体の奥底から力がわいてきた。

ガレージにあった小さなバスはワーゲンバスという愛称のフォルクスワーゲン社の車だった。そのバスについて照子にたずねると、少し驚いた顔をした。しかし、すぐにいつもの穏やかな表情に戻ると、ガレージの品はすべて東京本家の蔵のものだから、詳しいことは立海に聞くようにと言われた。

立海に電話をすると、常夏荘に移した品はすべて好きに使ってくれていいという。そこで常夏荘で車の整備をしていた鶴子の息子、佐々木に来てもらい、バスの様子を見てもらった。すると、まだまだ現役で走れそうだという。

佐々木と話した翌日、ワーゲンバスのことを耀子は由香里に伝えた。すると由香里もワゴン車を格安で借りる当てを見つけてきたという。

それは遠藤林業の車で、親父様こと遠藤龍巳が生前、山林の様子を見回る際に使った特別仕様のワゴン車だった。未舗装の山道を走っても、座席に衝撃が伝わらないように調整された車だが、龍巳の死後は龍治も立海もその車を使わず、数年に一度、所有している山林を見にくる上屋敷の人々しか乗らないのだという。

遠藤林業はその車を、本家の龍巳が持ってきたものなので、常夏荘が良いと言うのなら使ってもよいという。

常夏荘が良いと言うのなら、という言葉は、照子の意向のことだと思い、相談すると「おあんさんの良きように」という返事が戻ってきた。

そこで遠藤林業におもむき、車を借りる契約をしたのだが、その席で由香里は月末に遠藤林業を退職する事務員の送別会の料理の注文を請け負ってきた。さらには来月一日から十日間、特別価格の四百五十円で希望者に昼の弁当の配達をする話も取り付けた。下屋敷と呼ばれる由香里の親族は遠藤林業で働く人々が多いので、交渉がしやすかったようだ。

送別会の日、夕方から始まる会に料理を届けるため、耀子は大皿に鶏の唐揚げを盛りつける。

十日間、特別価格で遠藤林業に弁当を届けるということは、気に入ってもらえれば、続けて発注が来るかもしれないと由香里は読んだのだ。面白いな、と思いつつ、耀子は唐揚げの間にパセリを飾りつける。

売場でお客様を待つ以外に、積極的に外に働きかけて仕事を取るというやり方がある――これが営業というものか。

おあんさん、と声がした。振り返るとチョコがスイングドアから顔を出していた。

「作戦会議、そろそろだよね。休憩室で待ってます」

おあんさん、とチョコの脇から桜井も顔を出した。

「今日は店長も同席するんですって？　いよいよプロジェクト発動？」

「プロジェクトってほどじゃないけど、この間のアイディアがちょっぴり実現するってところかな」

やりぃ、とチョコが笑った。

「売り上げが上がったら、ボーナスとか出るのかな」

「ボーナスは出ないけど、失業は避けられるかも」

「まず、そこか」

残念そうにチョコが言うと、「まずは、そこからですよ」と桜井がチョコの肩を軽く叩いた。

二人が去っていくと、「耀子ちゃん」と今度は千恵の声がした。

「店頭の補充は終わったよ、手伝うことある？」

「私のほうも、もう終わりました。資料を持ってすぐ行きます」

「じゃあ先に休憩室に行ってるね。ロールケーキを作ってきたんだよ。お茶を淹れておくね」

今度は内線がかかってきた。受話器を取ると、由香里だった。少し遅れるので、休憩室での打ち合わせは先に進めておいてくれと言っている。

承知しました、と受話器を戻し、耀子は料理を盛りつける手を早める。

この店で働き出してから、ものの値段や売り買いについて、今まで気付かなかったことに目がいくようになった。いきがかりとはいえ、百個のアイディアをまとめたことで、同僚たちとの距離も近くなっている。

昨晩、常夏荘にワーゲンバスを見にきた由香里とのやりとりを耀子は思い出す。中学、高校と、ほとんど友だちがいないまま家庭に入ったせいか、同年代の女性と気構えずに話すのは新鮮な感覚だった——。

——仕事を終えた由香里をガレージに案内すると、目を丸くしてバスを見た。

「よくもまあ、こんな骨董品が。走るのかな？」

興奮気味に由香里が車の後ろに回り、エンジンルームを開けた。

「へえ……でも、これは修理とかそういう段階じゃなくて、レストアの領域かも」

「修理とレストアってどう違うんですか？」

「修理は壊れたところを直す。レストアは古い車をよみがえらせる。部品を探してきたり、エンジンをつけ替えたりして、結構、手間がかかるのよ」

「前にここにいた佐々木さん……鶴子さんの息子さんの」

ああ、ササッチ、と由香里が親しみ深げに言った。

「由香里さん、知ってるの?」

「ちょっとした知り合い。クルマつながりの」

「佐々木さんに見てもらったら、状態はすごくいいし、もともと定期的にきちんとメンテナンスされていたようなんです。だからこうした車が好きなお友だちと、友人価格で手を入れてくれるって……」

ふーん、と由香里がバスのまわりを歩いている。

「これ、いい……いや、かなりいい。インパクトがあるし、話題性もある。珍しいから、道を走ってるだけで、あれは何だろうって思う人がきっと出る。そこから、また何かが広がるかも」

「宣伝になるってこと?」

「そういうこと。話、早くて助かるわ。煙草、いい?」

どうぞ、と言うと、由香里がメンソールの煙草を出した。

「話がわかってもらえるっていいことね。今日はずっと電話で、本部のワカランチンどもに掛け合っていたから」

「ワカランチンって何ですか?」

「こんなド田舎で新しいことを始める意味がワカランとか言うオッサン。配達だのなんだの悪あがきしないで、あてがわれたところで、お前はおとなしく引っ込んでろって言うオッサンどもね」

苦笑いをしながら、由香里がふーっと煙を吐いている。

「おとなしく引っ込んでろって、いやな言葉ですね」

「でしょう？　そっちのほうが楽ではあるけどね」

話題性、と言って、由香里がバスを眺めた。

「こういう古くて可愛いバスが田舎道をトコトコ走って、それを高齢者が利用しているってのはきっと絵になる、新聞とかローカルニュースで取り上げてくれないかしら。それで……」

「そのとき、お店に目玉商品があるといいですよね。新聞やテレビを見た人が思わず峰前まで買いに走りたくなるような……何がいいんだろう？　はちみつ？　卵？　木工品？」

由香里の苦笑いが、面白そうな笑いに変わった。

「おあんさんって結構、策士ね。おんなじこと、私も考えてたけど」

ただ……と耀子は口ごもる。

「一つ心配があって。このバスは古いし、輸入品だから、もしかしたら部品が入手しづらいかもしれないって」

「それこそ龍治さんの得意分野じゃないの。あの人、海外にツテをいっぱい持ってるでしょう」

「龍治さんは、私が働くことをよく思っていないんです。今回のことを話したら、のめりこむのもほどほどに、と言われました」

「何よ、その言い方。相変わらず余裕かましてるわね」

腹立つ、と由香里の声が低くなった。

「……いいや、それならタツノさんに声かけよう」

「タツノさんってどなた？」

「知らない？　あなたの結婚式に来てたでしょう、うちの分家の竜之介（たつのすけ）おじさん。背が高くて、ちょっと龍治さんに似てる」

「結婚式のことはあまり覚えてないの。人が多すぎて」

そうでしょうね、と由香里がバスのドアを開け、運転席に座った。

「百畳敷にあれほどのお客が入ってるの、私も初めて見たわ。竜之介おじさんは、下屋敷きっての趣味人よ。東京で店をやってる」

「なんのお店？」

「輸入業？　クルマ、バイク、時計、食品、ファッション全般、なんでも詳しくて、なんでも探してきてくれる。ササッチに紹介しとく……というか、クルマつながりで、あの人たち、知り合いかもしれないけどね」

「そうなんだ……親戚のこと、よく知らなくて」

知らなくていいと思う、と由香里がバスのハンドルに触れる。

「いやなこともいっぱい聞くし。照子おばさまが峰生にいるのも、そういう理由でしょう。知りたかったら、うちの母親に聞けばいいわ。最新情報からご先祖のことまで、全部見てきたみたいに話すから」

よし、と由香里がバスから出てきた。

「話を詰めよう。配達の注文用のカタログに何を載せるかとか……それから夢いっぱいコンビの提案も検討するか」

「チョコさんと桜井さんのカフェコーナーのこと？」

「そう言うと格好いいわね。あれと目玉商品の話も形にしようじゃない。柴刈りに来たお客様に、甘い木の実も持ちかえってもらうのよ」

「次を準備するってことですね。みんなに休憩時間に話をしてみます」

ふふ、と由香里が笑った。

「話が早い。おあんさんと話してると、はずみがつくわ」

はずみがつくのは、こちらも同じ――。

仕出しの料理に仕上げを施し、耀子は手を洗う。きっちりと手を拭き上げたのち、ワープロを持って休憩室へ向かった。

休憩室のドアを開けると、小さな部屋にはそれぞれの部門から参加しているパートの女性たちが待っていた。

「すみません、お待たせしました」

「いいの、いいの、じゃあ、始めようよ、おあんさん、ここに座って」

みんなにうながされて、耀子は人々の前に座る。

「それでは、これ……この間までの話をまとめてきました」

昨夜作ってきた資料を配り、緊張しながら、耀子は説明を始める。

三百円の配達料か、弁当二つの購入で、電話やファクシミリで注文を受けた合計三千円以上の品物を配達すること。

配達を終えた車に、今度は店で買い物をしたい高齢者を乗せ、無料送迎をすること――。

昼食や午後の休憩時間を使って、話し合ってきた内容が、いよいよ実際に動き始める。

説明を終えると、室内が水を打ったように静かになった。

やーだ、緊張してきちゃった、と千恵が笑った。

「みんな、おやつ食べない？　甘いもの食べてリラックス、リラックス」

千恵が持参のロールケーキを切り分けたものに楊枝（ようじ）をさし、女性たちの間に皿を回した。こんがりと焼き上がったロールケーキの皮には、可愛らしいさくらんぼの焼き印がついている。

可愛いね、と声がしたのち、「おいしい！」と歓声が上がった。

材料がいいんですよ、と照れくさそうに千恵が笑う。

「桜井さんちの平飼いの卵と、奥峰生のはちみつ。材料に恵まれてるから」

コーヒーを飲んだチョコが、香りを嗅いだ。

「ナニゲにこのコーヒーもうまい。いい匂いがする」

ああそれ？　と精肉部門の女性が言った。

「それ、あれよ、六田さんが焙煎したんだって。この部屋に寄附してくれた」

「へえ、テンカフン、焙煎なんてやれるんだ」

あそこんちは燻（いぶ）したり煎（い）ったりするのが好きだねえ、と声がして、みんなが笑った。

「あの子のお兄ちゃん、引退したんだって？」

「一時はスターだったのになあ。借金苦だって？　付き合ってたモデルにも逃げられたって、美容院で読んだわ」

「踏んだり蹴ったりやな」

ハムスケの話を聞き、耀子は目を伏せる。華やかに活躍しているときは、みんながこぞって讃えたのに、調子が落ちたとたん、好奇の目で見られてしまう。

高校時代から注目を浴びた兄たちの浮き沈みの陰で、妹の天香もさまざまな視線にさらされてきたのだ。

ケーキを食べ始めると、みんなの表情がほぐれてきた。そこで集落の各戸に配る注文用のカタログに、各部門からどの商品を載せるかの集計を耀子は取る。

カタログは店のパソコンで刷り上げ、できあがったものは、それぞれに担当地域を決めて各戸に配布することを決めたとき、由香里が入ってきた。

「遅れてごめんね、あら、おいしそうなもの、食べてるじゃない？」

「千恵さんの差し入れです」

「由香里さん……店長の分もとってありますよ、ハイ」

千恵からロールケーキを受け取った由香里が入口付近に座る。

どうぞ、前に、と耀子が声をかけると、「ここで、いいわ」と由香里が答えた。

「続けて、おあんさん、今は何の話をしているの？」

「カタログの件と配布の段取りはだいたい決まりました。あとは、ラッキー峰前店の目玉商品を作ろうって相談です」

おあんさん、と手が挙がった。

（それね、おあんさんが担当だからって言うわけじゃないんだけど、お総菜はどう？）

「お総菜？　どういうお総菜がいいでしょうか」

（お総菜すべて。私らが仕事終わりに家に買って帰りたくなるようなやつ）

いいね、と声が湧いた。

（ラッキーになる前はおいしかった。千恵さんが作ってたやつ）

その声に応じて、数人がうなずき、奥から声がした。

（悪いけど、今のお総菜は安いだけでちょっと……。家族に食べさせる気にならないよ）

何が一番気になる？　と千恵がたずねた。

（油かな。胸やけする。あとは色を良くしたり、日持ちさせたりするのに、添加物使うときがあるじゃない？　あれ、見るとね。害がないのはわかってるけど、気分的にちょっと）

「家庭の味のお総菜ってことで、いいですか？」

（ああ、それそれ、おあんさん）

「おいしくて無添加な総菜。おふくろの味ってことですね」

それそれ、と再び声が上がったので、『家庭の味、おふくろの味』と耀子はノートに書き込む。

ハイ、と桜井が手を挙げた。

「私はお店の目玉には、お菓子がいいと思います。一人分から売れるもの。最近、みたらし団子のパッケージを手にしている人が多いんです。二本入りとか、一本だけの個別包装されたもの。あと、一個売りのおまんじゅうとか。買わないで、すぐ棚に戻しちゃう人も多いけど」

買わないんじゃ駄目じゃん、と青果部門の女性が言った。

「でも、手に取るってことは興味があるってことかなって」

（何が悪いんだろ。高いってこと？）

（そそられないんじゃね？　目の前で団子を焼いてたら買うっしょ）

「パッケージとか、売り方の問題ということでしょうか？」

可愛いパッケージとか、パッケージって大事ですよね、と桜井がみんなを見回した。

「かわいい包み紙に入っていると、気持ちがあがりますもん」

「目玉商品は、パッケージや見かけに気を配るってことですね」

桜井に聞き返しながら『可愛い包み紙、美しいパッケージ』と耀子は再びノートに書き留める。

そうです、とうなずきながら、桜井が言葉を重ねる。

「可愛い袋に入っていると、もらってもうれしいし、人にあげても喜ばれるし、買うほうも楽しいし」

あるある、という女性たちの声に、由香里がうなずいた。

「甘いものは嗜好品だから、そういう傾向はあるかもね」

ハイ、店長、とチョコが手を挙げた。

「シコーヒンってなんすか」

「楽しむものね。お酒や煙草みたいな」

「そっか、酒、煙草、甘いもの、クルマ、男って感じっすかね」

「男って嗜好品かな？」

必需品ってわけじゃねえっしょ、というチョコの言葉に、女性たちの間から声が上がる。

（たしかに亭主、元気で留守がいい）

（馬鹿な亭主は別れて正解。百害あって一利なし）

「みんな、ぶった切るのね。男の店長が聞いたら縮み上がるわよ」

なごやかな笑い声が上がった。一緒に笑いながら、耀子は『嗜好品、可愛い甘味。気持ち晴れやか。プレゼント』と書き込む。

レジの担当の女性が手を挙げた。

「そのお菓子をカフェコーナーで出すっていうのは？　あ、そうだ……可愛い箱に詰めて、お歳暮とかお中元とかに使ってもらえるのもいいよね」

日持ちがしたほうがいいってことね、と由香里がメモに何かを書き始めた。

「それから……お菓子を作って売るとしたら、菓子製造の許可を取らなきゃいけないかな」

「作業場所も仕切らなきゃいけないっすよね」

チョコの声に、由香里が文字を書く手を止めた。

いやあ、とチョコが軽く肩をすくめた。

「間違えた？　スミマセン」

「いいえ、よく知ってるわね」

「アタシ、峰農の食品科なんで……ところで、配達用のクルマは確保したって、おあんさんから聞いたんですけど」

由香里がメモをポケットに入れた。

「そうなの、友だちから借りてくれるって話をありがとね。でもなんとかなったわ。面白いクルマが来るわよ。ワーゲンバスなの」

へえ、と感心した顔のチョコの隣で、桜井が声をはずませた。

「あのコロンとした可愛いバス？　映画で見ました」

「どこから出てきたんすか？」

常夏荘の蔵、と由香里が答えると、みんなの視線が一気に耀子に集まった。

「あ、あの、蔵というか、ガレージに。青いシートがかかっていたから気が付かなかったんですけど……」

「どんだけ広いガレージ。それにブルーシートって、ヤバイ事件でもあったんすか？」

「ただのほこりよけ。これから修理します」

うれしいなあ、と桜井がおおらかに笑った。

「配達に行くのが楽しみ。パッケージが可愛いと、気持ちが盛りあがる」

由香里が壁の時計を見た。

「そろそろ休憩も終わりね……最後にお伝えするけど、このラッキー峰前店は現在、規模も売り上げも最低ランク。つぶされるかどうかの瀬戸際。ちょっとやそっとの売り上げ増加じゃ、近いうちに全員、失業よ」

でもね、と由香里がみんなを見回した。

「だからこそ面白い。小さな店の強みで、細やかなサービスで売り上げをグッと上げれば」

どうなるの？　と声が上がった。由香里が不敵な笑みを浮かべる。

「誰も無視できない。閉店なんてありえない。やる以上は全国のラッキーから視察が来るぐらいにガッと盛り上げようじゃないの。みんな、根性入れてかかってよ！」

はい、と大きな声が上がった。由香里のその言葉も書き込みながら、耀子はこの店の目玉商品について考える。

集落の人に愛され、遠くからも人々が買いに来たくなるような目玉商品。それはいったい、なんだろう？

第五章

常夏荘の裏手に広がる丘へ上がり、照子は亡き夫、龍一郎が世界で一番好きだと言っていた場所に立つ。

そこは、丘の中腹にある八畳ほどの平地だ。常夏荘のすべてと峰生の集落、その先には天竜川が見下ろせる。

十月に入り、峰生に吹く風は少し冷えてきた。

ショールを胸元でかき合わせて、照子は眼下の景色を眺める。

常夏荘の木々は紅葉が始まり、鮮やかな赤や黄金色の葉が輝いていた。峰生の里にある桜や楓、銀杏の木々も常夏荘と同様に秋の色に染まりだし、冬を迎える前のひととき、風景にあたたかな色合いを添えている。

その景色のなかを一台の小さなバスが走っていた。七、八人も乗ればいっぱいになってしまう車で、バスというよりワゴン車に近い。

ミネオ楽器のシンボルマーク、撫子の花がボディに描かれたあのバスは、耀子が勤めている峰前のスーパーが品物を配達したり、年配者を送迎したりする際に使われている。

元は龍一郎が晩年に購入したもので、ミネオ楽器が旗揚げしたあかつきには、商品を「アピール」するために使う予定だった。この車に体験用のミネオ・ハープや演奏者、ときには歌手や絵本の朗読家を乗せ、日本中の子どもたちに音楽を届けにいきたいと、龍一郎は笑っていた。

しかし龍巳は、一事が万事、この手の夢見がちなところが、龍一郎の計画の詰めの甘さにつながっていると言っていた。

龍一郎の死後、龍巳がミネオ楽器の計画を白紙に戻すと、このバスも常夏荘から姿を消した。てっきり処分されたと思っていたが、なぜか東京の家に運ばれていた。立海によると、龍巳は定期的に点検をさせていたうえ、ときおり夜中に車庫に行き、最後尾の席にぽつんと一人で座っていたのだという。

なぜだろう。

死の直前まで弱みを見せず、ときには傲岸にすら思えた龍巳の姿を思い浮かべる。冷たく見えたのは鎧(よろい)のようなもので、その内側には龍一郎と同じく、繊細でやわらかな心情が広がっていたのだろうか。

風の冷たさにさらされながら、集落から常夏荘に目を移すと、下屋敷の聡子が対の屋に歩いてくるのが見えた。

昼食をご一緒しませんか、と聡子に誘われていたのを思い出し、照子は腕時計を見る。

ここに来るといつも時間を忘れてしまう。

対の屋に戻ると、聡子が応接間で待っていた。

「お待たせしました、聡子さん」

いいえ、と聡子が微笑んだ。

「今、来たところです。お散歩にお出になっていると鶴子さんがおっしゃっていましたが、やはり百畳敷へ？」

「丘へ行って、景色を眺めてました」

あら、そうでしたか、と聡子が残念そうな顔をした。

「百畳敷の厨房にパンとお菓子の工房が開設されたと、由香里から聞いたもので。今日から稼働するのでしょう」

「気にならはるの？」

「いいえ、それほどでも」

軽やかな口調で否定をしたが、すぐに聡子は言い直した。

「……少しは気になりますけど」

「少しだけ？」

からかわないでください、と聡子が顔をあからめる。

「とても、です。そんなふうに微笑まれては、隠しごとができません」

「隠すこともないでしょう」

「でも由香里に聞くと怒るんです。『そんなに根掘り葉掘り聞かないで。お母さんには関係ないでしょ』って……。母親に言う言葉でしょうか。腹が立ってしょうがないんですけど、口で勝てる相手じゃないですから」

遠藤家の一族のなかで、聡子を言い負かせる相手はいない。唯一いるとしたら、龍治だ。なぜか『本家の龍治さん』の前に出ると、口数が少なくなってしまうと聡子自身も不思議がっていた。

それでも天気にたとえるなら、土砂降りが小雨になる程度で、雨に濡れるのには変わりない。聡子と向き合うと疲れてしまうと、龍治は以前こぼしていた。

その聡子に口では勝てないと言わせるとは、由香里はどれほど弁が立つのだろう。

一ヶ月前に来たときは、そんなに口数が多い娘には見えなかったが——。

由香里が、耀子にともなわれてこの部屋に来たのは九月の初め、百畳敷の厨房を貸してくれないかという依頼のためだった。七月末にラッキー峰前店で売り出した菓子とパンが、メディアに取り上げてもらったことで人気を呼んだので、今よりも多くの数を生産できる拠点を探しているのだという。

由香里の隣に座っていた耀子が続けて言うことには、常夏荘の宴会場、百畳敷に大勢の客に料理を出すための大がかりな厨房の施設があり、機械の状況を点検してもらったところ、大半がまだ使えるらしい。

百畳敷の厨房は十年前の龍治と耀子の婚礼の際に、龍巳が大幅にリフォームをしている。おそらく数年後におきるであろう自身の葬儀と法事、立海の婚礼の披露宴を行うことを視野に入れ、当時としては最新鋭の厨房の設備を導入したはずだ。

しかし、そのあとに続いた日本経済の悪化で遠藤家はかなりの痛手を受け、あれから百畳敷を使うほどの客を招いたことはない。

そのあたりの事情を耀子は知らない。それなのによく百畳敷の厨房を思いついたものだ。しかしすぐに、耀子は千恵とともに働いていることを思い出した。

千恵なら、あの厨房の隅々までよく知っている。百畳敷で宴会がある際、龍巳は東京から腕の立つ料理人たちを連れてきたが、その折に千恵は彼らの助手を務めていた。

耀子と由香里がためらいがちに、厨房の賃料として提案した金額は二人の表情を見ると、どうやら安いらしい。今はまだ軌道に乗せているところなので、それほど賃料が出せないのだという。

二人に貸して利益を得ようとは思わない。しかし無料で貸すわけにもいかない。そこで、この常夏荘は近い将来、売りに出されるかもしれないので、それを含みおいてくれるのなら、賃料は気持ち程度でかまわないと伝えた。

二人はほっとした顔を見せたが、そのあと、常夏荘が公園墓地になるというのは本当かと由香里がたずねた。

年内には決めるつもりだと答えると、落胆した表情を見せていた。

聡子がテーブルの上に置いたビニール風呂敷を開けている。顔をうつむけていると、娘の由香里とそっくりだ。

「実はね、照子様。今日、お持ちしたランチは由香里のお店の『すこやか弁当』なんです」

「今日はお店は定休日と聞いてますけれど」

店は定休日だが、会社や事務所などに納めている昼食の配達は行っているのだと聡子が答えた。

「働いている人のお昼ですから、スーパーが休みでも届けるんですって。それで、遠藤林業に私たちの分も発注してもらって、さっき取りにいってきたんです」

「そんなお気遣いはなさらずとも、昼食なら用意しましたのに」

「だってこんな機会でもなければ、由香里たちのお弁当を召し上がることはないでしょう？　これで四百八十円。五百円玉でおつりがくるのに、たいそうよいお味と、界隈で評判なんです」

応接間のドアがノックされた。

耀子です、と声がする。

どうぞ、と答えると、盆を持った耀子が入ってきた。盆の上にはお茶と一緒に、シュークリームと、撫子を模したのか、五弁の花をかたどったパンが載っている。

聡子がはずんだ声を出した。

「おあんさん、これが由香里が言っていた、工房ってところで焼いたもの？」

「そうなんです。ここのところずっと千恵さんたちと機械の使い勝手を見てきたんですけど、ようやく安定した水準のものが焼けるようになりました」

「よかったわね、明日から本格的に焼くんでしょう?」

「今日からもう、作り始めています。こちらが、この工房に移って初めて焼いた第一号、シュークリームとクリームパンです」

耀子が皿をテーブルに置いた。焼きたてのパンと菓子の香りが甘くて香ばしい。

「おかげさまで工房も無事に調(ととの)いました。あとでまた、みんなであらためてご挨拶にあがりますが、まずは焼き上がった最初のお品を」

「ありがたくいただきましょう。ただ、皆さんの挨拶というのは、よろしいわ」

いいえ、と耀子が生真面目に首を横に振る。

「これから常夏荘に早朝や深夜、スタッフが来るわけですから、ご挨拶させてください。母屋と対の屋の庭には誰も立ち入らないとは思いますが、百畳敷のほうが、少し騒がしくなります」

耀子が急須から湯呑みに茶を注ぐと、照子の前に置いた。

「人の出入りが増えますけど、なるべくご迷惑をかけないようにしますから」

わかりました、と照子はうなずく。向かいの席から聡子が身を乗り出して、シュークリームを眺めた。

「まあ、本当においしそう。最近、ゴルフのお友だちから、電話でよく聞かれるの。

新聞に出てた『ミネシュー』って、あなたのおうちのほうで作っているのって。胸を張って答えていますよ。ええ、そうよ、とてもおいしいんだからって」

耀子がうれしそうな顔で、聡子に礼を言っている。

「ところでうちの由香里は工房に来ているのかしら？」

「いいえ、由香里さんともう一つの班はお弁当の配達で今、動いています。でも、そろそろ工房に来ます。いらしたらご連絡しましょうか」

「いいの、いいの。聞いてみただけ。できたら私が来ているのは内緒にしておいて」

「内緒に、ですか？」

不思議そうな顔をしたが、「またあとでまいります」と、耀子が部屋を出ていった。

聡子の様子を見て、照子は思う。彼女は最近、由香里たちが次々と、この集落で手がけている試みに興味津々なのだ。できればいろいろ聞いて、知らない人に語りたいのだが、娘の由香里はそれについてあまり話さない。そこでしびれを切らして、今日、ここに来たのだろう。

聡子から渡された弁当を照子は手にする。透明なふたの隅にはミネオ楽器のシンボルマーク、薄桃色の撫子のシールが貼ってある。

ふたをあけると、ごまがかかった白米と、里芋とにんじんの煮物、白身魚の西京焼きとほうれん草のおひたしが入っていた。彩りのためか、煮物のにんじんは紅葉の形に切られている。

「撫子のシールがふたにありますのね」

そうなんです、と聡子が深くうなずいた。

「この撫子印のシールがついているものは『すこやかさん』シリーズのお総菜なんです」

「『すこやかさん』？　どうして撫子紋が描かれてるのやろう……」

「配達のバスに描かれている撫子紋と同じ模様のシールが貼ってあると、見分けがつきやすいからです。撫子印の『すこやかさん』はラッキー峰前店が独自に出している、おいしくてすこやかなお総菜なんですって」

「印のないものは不健康なの？」

いいえ、まさか、と聡子が軽く、手を振る。

「そういう意味ではなく、地元の旬の素材を使った手作りということです。化学調味料や保存料、着色料なども使っていないとか」

可愛いチラシを配ってましたでしょう？　と聡子が言った。

「さあ、何のことやら」

「おあんさんに見せてもらったことないんですか？『お母さんが作るすこやかなおかずを、毎日作っています』とか『減塩、カロリーオフ、ダイエットごはんなら、ラッキーにおまかせ』ってチラシ。みんなで手分けして、けっこう遠い場所まで、一軒一軒のポストに入れて歩いているそうですよ」

西京焼きを口に運ぶと、白味噌の香りが鼻をくすぐった。控え目な甘みが白身魚の上品な味を引き立てている。

千恵の味だ。

なつかしい思いで、照子は箸を動かす。幼い頃から千恵の助手をしてきたせいか、耀子が作る料理は千恵と同じ味わいがする。しかし本職の料理人、千恵が決める味には、ばらつきや揺れがない。対の屋の厨房で腕をふるっていたときと変わらぬ、いや、それ以上に美味だ。

おいしい、とつぶやいたら、「おいしいですね」と聡子が山彦のように答えた。

「シュークリームもおいしいんですよ。照子様、ご存じですか？」

耀子が持ってきたシュークリームを、得意気に聡子が指し示した。

「こちらのシュークリーム、ミネシューって名前なんです。変わってるでしょう？」

そうですか、とだけ答えて、照子は箸を動かす。

「あのう、照子様……ご興味ありません？」

そうね、と言ったあと、箸を置き、照子は言葉を探す。

「ないわけではないけど……」

「このお話は面白いんですよ。なんでミネシューと言うのだと思われます？」

「峰前店のシュークリームだから？」

そうです、と聡子が落ち着かない様子で言った。

「では、こちらのお花のパンはなんという名前だと思われます？」

「峰前のパンでミネパン？」

そうです、と決まり悪げに聡子が答える。

「……もしかして、もうご存じでしたか」

いいえ、と答えると、心なしか聡子がしょげているように見えた。

ミネシューを一口食べてみる。さっくりとした皮に濃厚なカスタードクリームが絡んで、食べごたえのある一品だ。

急に興味がわいてきて、照子は撫子紋に似たミネパンにも手を伸ばす。こちらはクリームパンで、バニラの香りが心地よく、お菓子の花を食べているようだ。

どうやって作っているのだろう。工房というからには、たくさんのシュークリームが並んでいるのだろうか。撫子の形をしたパンがずらりと並んだ様子は、花畑のように見えるに違いない。

聡子と目が合った。同じことを考えているようだ。

「では、聡子さん……そのミネシューとやらの工房に行ってみましょうか」

「えっ？　工房へですか」

「由香里さんが来たら、工房に行きにくいでしょう。今のうちに見学にまいりましょうか」

「いいんですか？　おあんさんにご迷惑をかけないかしら」

「おそらく歓迎してくれる。ご覧になりたくないの？」

「もちろん見たいです」

箸を置いて立ち上がると、照子は鶴子に声をかけた。

百畳敷の様子を見にいくと伝えて、聡子とともに対の屋を出る。普段よりも歩調が速くなっていた。


百畳敷の裏口の扉は先月までは半分壊れていた。それが今は新しい木が継ぎ足され、きれいに修繕されている。

扉を開けると広い土間があり、大きな下駄箱があった。その奥にさらに扉がある。

聡子が扉を開けると、白衣、白帽の女たちが、床をデッキブラシでこすっていた。

一人が照子に気付き、小さく「あ」と言うと、あわてて帽子を取った。

「大奥様、千恵です。もしかして……おあんさんをお捜しですか」

見学に来たのよ、と聡子が横合いから言った。

「大奥様と工房を拝見したくって」

「おあんさんを呼んできます」

あわてて奥へ行こうとする千恵に照子は声をかける。

「よろしいのですよ、あわてんと」

千恵が奥の部屋に向かうと、すぐに耀子が出てきた。あとに五人の女性たちが続いている。若い女性が二人いるが、あとは耀子よりおそらく年上だ。

耀子がうれしそうな顔で、工房の案内をすると言った。

「……と言っても、実はそんなにまだスペースを使っていないんです。使っているのはこの厨房のごく一部だけで」

「全部使えばよろしいのに」

「さすがに広くて……たくさん商品が売れて、人も増えたらいつか使えるようになるかもしれませんが」

全部使えるようになりたいものね、と聡子があたりを見回した。

「そうですね。そうなれるように頑張らないと……あ、由香里さん」

扉を開けて、由香里が入ってきた。長い髪を束ねて、濃い色のジーンズを穿いた姿が颯爽としている。

由香里が軽く眉をひそめて、腕を組んだ。

「ちょっと、お母さん、何してるの？」

見学よ、と聡子がすました顔で言う。由香里がさらに眉をひそめたのを見て、照子は穏やかに伝えた。

「今日は聡子さんとお昼をご一緒しましたので。せっかくやから新しい工房を二人で拝見しようか思って」

由香里が頭を下げたあと、母を見た。

「照子おばさまは大歓迎だけど、お母さんは何か計画的な匂いがする……。遊んでいるんじゃないから。興味津々って顔で見物に来ないで」

あの、と耀子が二人の間に割って入った。

「よかったら、奥でコーヒーをいかがですか。とてもおいしいコーヒーがあります」

コーヒーは好きではない。しかしこうして誘われると、奥がどうなっているのか見たくなってきた。

「では、ごちそうになろうかしら。よろしい？」

「私もいいでしょう、由香里」

「しょうがないなあ」

由香里が奥の部屋へ歩いていった。そのあとを耀子と女性たちが続いていく。

奥の小部屋は八畳ほどの広さで、中央には大きな長方形のテーブルがあった。由香里にすすめられ、テーブルの長い辺の中央に、照子は聡子とともに座る。

二つの短い辺の場所には一つずつ椅子が置いてあり、奥の席の背後にはホワイトボードが設けられていた。打ち合わせなどをする部屋だと耀子が説明している。ホワイトボードの前はおそらく責任者の席なのだろう。

そう思っていたら、その席に耀子が腰掛け、由香里は向かいの短い辺、入口に近い席に着いている。

聡子が由香里に視線を向けた。耀子が座っている席は、店長のあなたが座るべきではないのかと言いたげだ。

女性たちが部屋に入ってきて、空いている席に座った。コーヒーのふくよかな香りが漂ってくる。小柄な女性がカップに入ったコーヒーを配り始めた。

耀子が遠藤林業への弁当の納入について、聡子に礼を言っている。

「いえいえ、おあんさんにお礼を言われるほどのことでもないの」

聡子が由香里から耀子に目を移した。

「あそこは昔、食堂があったけれど、今はないでしょう。あなたがたのお弁当が配達されるのは、あちらにとっても、いいお話だったのよ。ヘルシーなお弁当というのも中高年にはうれしい話だし」

耀子が遠慮がちな眼差しを照子に向けた。

「遠藤林業さんには、とてもお世話になっているんです。そのおかげで実はミネシューが生まれたというか……」

「龍治や立海さんも何か手助けをしたのですか」

そうじゃないんです、と由香里が話に加わる。

「『わらしべ長者』みたいな話なんですけど……」

由香里の説明によると、四百八十円の弁当に、食後のお楽しみとして一個七十円のシュークリームをつけるセットを作り、五百五十円というきりのよい数字で販売したところ、このシュークリームが「やたらうまい」と人気が出たのだという。

奥峰生には洋菓子店がないこともあり、シュークリームを単独で売ってほしいという要望がすぐに出てきたそうだ。そこで予約販売を始めると同時に、峰生で栽培しているブルーベリーを使った藤色の生クリームを入れた限定版シュークリームを出すと、味に感心した遠藤林業の幹部の口利きで、峰前の先にあるゴルフ場のクラブハウスで、この製品を出せるようになったらしい。

あれはよかったわ、とゴルフが趣味の聡子が言っている。

「疲れたときに甘いものって身体にしみるし。それにあそこに来るプレイヤーはみんな、東京や名古屋みたいな都会で要職についている人たちばかりだから」

「そのゴルファーたちがミネシューをたくさん召し上がったということ？」

そうなんです、と由香里がうなずいた。

「口コミで、あそこのカントリークラブにおいしいシュークリームがあるって話が広がって。ゴルフ帰りのお土産に八個とか十二個入りのセットを作らないかって話をいただいたんです。それで『峰前シュークリーム』を縮めて『ミネシュー』って名前をつけて、きれいな箱に詰めて売ったわけです」

「由香里のところの品物は箱や包み紙が可愛いわよね。あなた、なかなか目のつけどころがいいわ」

「何？　その上から見下ろしたような言い方」

「ほめてるのに。どうしていつも突っかかるの」

「おしゃれなパッケージは、私のアイディアじゃないのよ。本家のおあんさんがコツコツとみんなからアイディアを集めた成果。紙箱やシールなどのデザインは彼女」

由香里が目の前にいる、若い女性を指差した。

「それから『ミネシュー』って名前をつけたのは、ここんちのお嬢ちゃん」

三十代半ばに見える女性を由香里が指差した。

「うちの子、これが大好きで、ミネシュー、ミネシューって呼んでいたもんだから」

ミネシューという名前のおかげで、と耀子が会話をつないだ。

「それは何？　って覚えてもらいやすいのと、撫子印の箱が可愛いって、お店のほうに浜松や豊橋からお買い求めのお客様がいらっしゃるようになったんです」

撫子印の『ミネシュー』を買いに来た客は、同じ模様のシールが貼られた総菜『すこやかさん』にも目を留め、シュークリームと一緒に昼食や夕食のおかずに撫子印を買っていくという。あわせて日用品や生鮮食品なども購入していく客が増加したそうだ。

「それに竜之介おじさんのツテで、新聞の地方版に大きく載せてもらえたでしょ？あのときに『ミネシュー』のカスタードクリームが入ったお花の形のクリームパン『ミネパン』も大人気って書いてもらったら、来たのよ、ガツンとお客様が」

ここのところ三週連続で、週末は駐車場待ちの車で渋滞したのだと、茶色の髪の女が言う。

（マジで大興奮っす。こんな田舎で渋滞なんて初めて見た）

（もう、作ったはしから飛ぶように売れて。十個単位で買ってくれる人も多くて）

由香里が煙草を出したが、聡子を見て、決まり悪げにポケットに戻した。

「せっかくだから、おばさまと母の意見も聞きたいな、どう、おあんさん」

「うかがいたいです、ぜひ」

耀子の説明によると、由香里の大学時代の先輩が放送局に勤めており、今月の末、テレビ番組の取材がラッキー峰前店に来るのだという。その折に『ミネシュー』、『ミネパン』に続く、目玉商品の第三弾を紹介したいと考えているそうだ。

「由香里、あなたね、欲をかいちゃだめよ。目玉商品が二つもあればいいじゃないの」

攻めたいんです、と耀子が聡子を見る。控え目な耀子の口からそんな言葉が出たのが意外だ。

「口コミと地方版の新聞記事でこれほどの反響があるなら、テレビだったら、どれほど影響が大きいかと思います。せっかくのチャンスですし、第三弾が欲しくて。これがその候補です」

耀子が手元に置いていた紙を皆に配った。

皆が真剣な顔で耀子が配った紙に見入っている。そこには①ドーナツ、②みたらし団子、③ホットドッグと順位がつけられ、食べ物の名前が二十個連ねてある。

耀子が紙を見ながら、皆から取ったというアンケートについて話し出した。

「シュークリーム、クリームパンと甘いものが続いたので、ホットドッグみたいな、食事になるものがいいんじゃないかっていう意見が結構ありましたが……」

女たちが顔を見合わせ、意見を言い出した。

(甘いもののほうが、ときめかない？)

(じゃあ、みたらし団子？)

(地味じゃね？　茶色くて。せっかくテレビで映してもらうのに)

(それならドーナツも一緒じゃない。茶色いし)

耀子が書類に目を落とした。

「そうだ。もう一つ面白い意見がありました。お歳暮に使えるもの、です。年末も近いし、箱に入れて、お熨斗がかけられるようなものがいいかもしれません」

「それなら八番目のマドレーヌは？　箱に入れたら見映えがするわよ」

(店長、それも茶色！)

私、プリンが好き、と聡子がだしぬけに言った。

「プリンはどう？　由香里。あれは菜の花色で華やかよ。峰前のおいしい卵で作ったらいいじゃない？」

でも器が……と千恵が心配そうな顔をした。

「蒸すときに耐えられる器となると、少し値が張るかも」

「たしかにプリンの器代は今の私たちには辛いわね」

熨斗紙がかけられる贈答品と聞き、昔、百畳敷で宴会を開いた折に、お土産として客に配られていたものを照子は思い出す。

「ロールケーキはどうやろ」

女たちがいっせいにこちらを見た。皆が驚いている顔に戸惑いつつ、話を続ける。

「百畳敷で宴会をしたとき、お客様にロールケーキをお土産にお配りしていたことがある」

千恵がなつかしそうな目をした。

「そうでしたね。私がここで働きだした年もそうでした。生クリームにイチゴ、黄桃をきざんだものを入れて。そりゃあ、きれいでした。切ると、切り口が宝石をちりばめたみたいになるんです」

覚えてますとも、と聡子も相槌を打つ。

「五、六回ありましたわね。皮の部分にまっしろなパウダーシュガーで撫子紋が抜いてあるときもあったし、可愛い焼き印の年もあったし」

思い出したわ、由香里が小さく笑う。

「分厚く切って食べようとしていたところに、お客さんが来て、ものすごく薄切りになったのを覚えている」

女たちの弾んだ声がした。

（いいね、大きさが自分で切り分けられるお菓子）

（子どもの友だちが何人来てもいいし。どう、おあんさん）

「いいかもしれません……お中元、お歳暮、誕生日、結婚式の引き出物とか……、何かの記念のお菓子にも使ってもらえるかもしれないし。名前は」

テーブルの端から、小さな声が上がった。コーヒーを配っていた女だ。

「峰前のロールケーキだからミネロール……とか？」

ミネロールぅ、と茶色の髪の女が素っ頓狂な声を上げたが、すぐに「あれ？　いいかも」と真顔になった。

可愛いかも、と次々と賛同の声が上がり、皆がうなずいている。

場が盛り上がるなか、耀子がワープロに字を打ち込み始め、話題はロールケーキのクリームに果物を入れるかという話に移っていった。

コーヒーを飲み終えたので、皆に挨拶をして、照子は聡子とともに工房をあとにした。

聡子が百畳敷を振り返り、「若いっていいですね」とつぶやいた。

「聡子さんはまだお若いでしょう」

「でも、あんなふうに新しいことを始めようって気力はもうないです。気力、体力、生活のレベル……今より落ちないようにするので精一杯で」

それは自分も同じだ。しかし口に出すのが寂しくて、照子は黙る。
聡子の車を見送ると、通用門の前の駐車場に軽自動車がたくさん停まっていた。
そのまんなかに小さなあのバスが停まっている。
ワーゲンバスに近寄り、照子はそっと「ＭＩＮＥＯ」の文字に触れてみる。
なつかしい車が、常夏荘に活気を連れてきた。

第六章

十月の下旬、いよいよ地元のテレビ局の情報番組が、ラッキー峰前店へ取材に訪れた。

「なでしこさん、走る！」というタイトルで、ワーゲンバスを使った店の取り組みを紹介するこの番組は、この地域で一番の有名人、元サッカー選手の六田公介をゲストに迎えた大掛かりなものになっている。

店内での撮影を控え、耀子は撫子印の総菜や菓子を置いたコーナーの点検をする。

通常はパン類は木製の棚に、総菜類は冷蔵のショーケースに入れているのだが、今日はその前にワゴンを六台並べて白布を敷き、畳一畳分ほどの特設スペースを設けた。白布の上にはトレイを置き、シュークリームの『ミネシュー』と、花の形をした『ミネパン』を並べている。

棚にあるミネパンに手を伸ばした女性客が声をかけた。

「ねえ、お姉さん。そこのワゴンのミネパンは棚のと、どう違うの？」

「こちらはミネパンにパウダーシュガーをかけたものです。なかのカスタードは同じですが、飾りもので……」

「飾りもの？　食べられないの？」

「いいえ、召し上がれます。これからテレビの撮影がありまして、そのあとでお子様たちにお配りする予定です」

「テレビが来るんだ？　どこの？」

テレビ局の名前を言うと、客の顔が輝いた。

売場に面したスイングドアが開き、「おあんさん」と桜井の声がした。

「お待たせしました、完成です！」

興奮した顔で桜井がワゴンを押してくる。その上には一メートルほどの高さがあるお菓子の家が載っていた。屋根には花の形をした白とピンクのアイシングクッキー、壁にはミネパンと色とりどりのクッキーがちりばめられている。

段ボールで作った土台に、透明な小袋に入れた焼き菓子を貼り付けたこの家は、一昨日から桜井の指揮のもと、従業員総出でこつこつ作り上げてきたものだ。

居合わせた客から「おお」と声がもれた。

「お菓子の家だ。可愛い！」

「でけえ。あれ、食えるの？」

スイングドアがまた開き、「うーす」と声がした。今度はチョコがワゴンを押してくる。

「ちっこい家もできあがったっす、おあんさん」

チョコが押すワゴンの上にはクッキーで作られた家が二軒並んでいた。一軒目の屋根は板チョコレート、二軒目の屋根は黄色や薄緑のアイシングクッキーが葺かれている。

　ミネシューとミネパンが飾られた特設スペースを耀子は指差す。

「大きい家はここのまんなか、小さい家はその両隣に置いてくれますか?」

「オーケーイ。じゃ、いっちょ持ち上げっか」

　チョコと桜井が白い手袋をつけ、お菓子の家を持ち上げた。続けてクッキー製の家を設置すると、奥から天香がトレイを運んできた。

「カットしたミネロール……。それから粉砂糖……」

　天香が手にしているトレイには三センチほどの幅でカットしたロールケーキがさらに二つに切られ、半月形になったものが並んでいる。

　桜井がロールケーキを受け取ると、お菓子の家のまわりに並べていった。すべてを飾り付けると、仕上げに茶こしで粉砂糖をかけていく。

　チョコがほれぼれとした顔で桜井の手付きを眺めている。

「なーるほど、その波みたいなロールケーキは家の塀か。ほんで粉砂糖は雪なんだ」

「ちょっと早いけど、ホワイト・クリスマスってイメージです。さあ、完成」

　客たちが携帯電話でお菓子の家の写真を撮り始めた。照子に見せるため、耀子もデジタルカメラで写真を撮る。

　十日前、照子に工房の家賃を納めにいった。すると、照子がその金を熨斗袋に入れて戻してきた。工房開設のお祝いだという。

そこで由香里と相談して、取材当日、ミネシューやミネパンをより強く印象づけるための資金に使うことにした。みんなと相談して出た案は、二つの製品を新作のミネロールと一緒に店内のどこかにきれいに飾り付け、撮影後に客に振る舞うという案だ。

しかし、製品を並べて飾るだけでは寂しい。物足りなさを感じていたところ、子どもの頃、童話に出てくる『お菓子の家』にあこがれたという話で、場が盛り上がった。そこで桜井の発案で『お菓子の家』を作って飾ることになった。

カメラの画像を耀子は眺める。千恵が腕をふるって作ったピンクや黄色、薄緑のアイシングクッキーの色と粉砂糖の雪が幻想的だ。テレビに映ったら、もっときれいに見えそうだ。

カメラをポケットに入れていると、天香が近づいてきた。

「おあんさん。スケ兄……二番目の兄が来ました。今、店の裏にいます」

「由香里さんはバスの撮影に立ち会っているから、天香ちゃんが店長室にお通ししてくれる？　……どうしたの？」

天香が辛そうな顔をしている。

「うちの兄、なんだか変……。お店に入りたがらない。ゲストが俺で本当にいいのかって、何度も何度も私に聞く。何を今さら……」

「いいに決まってるのに。ハムスケ君は私たちの誇りだもの」

天香の口もとにかすかな笑みが浮かんだが、目は泳いでいる。

「それなら私が店長室にお通ししてこようか。今、どこにいるの？」

「裏です、自転車置き場の近くに」

天香をあとに残し、耀子はバックヤードへ戻る。裏口の扉を開けると、灰色のジャケットを着た男が携帯電話で話をしていた。何かを頼んでいるのか、しきりと頭を下げている。

背の高い姿はハムスケだ。しかし今年の五月、峰生神社の会合で会ったときより、身体が一回り小さく見える。電話を終えて振り返った顔は頬が削げて、目の下には隈が浮いていた。

体調が悪いのだろうか。率直に聞くのもためらわれ、耀子はハムスケを店長室へ案内する。由香里から聞いている今日の予定を話したが、ハムスケは無言でうなずくばかりだった。


由香里とともに峰前の集落でバスの撮影をしていた取材スタッフが店に戻ってくると、ハムスケをまじえた収録が始まった。

アナウンサーが今日のスペシャルゲストを紹介し、ハムスケの名前を呼ぶと、客たちの間から大きな拍手があがった。軽くお辞儀をしてハムスケがカメラの前に立ったが、依然として浮かない顔のままだ。

隣に立っている由香里がささやいた。

「ねえ、なんか暗くない？　ハム兄弟ってこういうの得意じゃなかった？」

高校サッカーの時代から六田兄弟はインタビューの際、いつも朗らかな受け答えをするのが常だった。それはプロになってからも変わらず、特にハムスケはどんな状況にあってもメディアの前に立つときは強い眼差しをして、希望に満ちた言葉を口にしていた。

「さっき少しだけ話したんですけど、ハムスケ君、競技以外の話は苦手らしくて」

「何言ってるんだか。あの兄弟、サッカーよりトークのほうがうまかったじゃないの……。あ、お弁当の試食が始まった」

『すこやか弁当』に照明が当たり、ハムスケが「カロリー低めの豚の生姜焼き」を食べている。

女性アナウンサーが味の感想を聞いている。

生姜焼きって味ですね、とハムスケが答えた。

「感想になってないか……ええっと、友だちの家に行ったとき出してもらう味というか」

「六田さんのおうちの味とは少し違いますか？」

「俺、いや僕、生姜焼きはあまり食べなくて。あ、でもおいしいです。すごく」

見守る客のなかからわずかに笑いがもれた。弁当の紹介をしたあと、アナウンサーとハムスケが歩いていき、お菓子の家の前で足を止めた。

アナウンサーがお菓子の家を指さし、ミネシューとミネパンの説明をしている。その説明に合わせて、耀子は桜井と手分けをして、試食用のミネパンとミネシューを盆に載せ、撮影を見物している客たちに配った。

試食品を口にした客が微笑んでいる。

アナウンサーがカメラに向かって、シュークリームを割った。

「ほうら、このクリームの黒いつぶつぶ。これが今、お話に出たバニラビーンズです」

アナウンサーがえくぼを浮かべ、シュークリームの香りをかいでいる。

「うーん、優しくってあまーい香り。いかがですか、六田さん」

「黒いつぶつぶって……カビっぽく見えるような」

おいおい、と男の声がした。

「どうした、スケ。それ、全然ほめてねえぞ」

「すみません。言い直していいですか……いい香り……優しくて甘い……」

「それはアナウンサーさんが先に言ってた！」

イチ兄やん、とハムスケが声がした方向を見た。

「緊張するで、やめてくれん！」

客たちがハムスケの視線を追う。その先に幼女を抱いた筋骨たくましい男が立っている。

ハムスケの兄、ハムイチだった。抱かれている女の子がハムスケに手を振っている。お兄さんですか？　とアナウンサーが聞き、静岡県内のサッカーチームの名前をあげた。

「あのチームでご活躍されたお兄さんですよね」

「はい、六田兄貴です。がんばれ、スケ。アシストいるか？」

六田兄チャン！　六田兄貴！　と賞賛をこめ、ハムイチの愛称を口々に呼ぶ声がする。

撮影のスタッフが画用紙を掲げて、指示を出す。その指示を見たアナウンサーがハムイチを手招いた。

「お兄さん、よかったら前にいらっしゃいませんか」

兄やん、とハムスケが、すがるような目をした。

「……来てくれよ。俺、甘いもんのことはわからない。兄やん、好きだろ？」

「六田兄さんは、甘いものがお好きなんですか？」

「好きだねえ。ミネシュー、大好物だ。クリームがトローンとしてさ、たまらなくうめえの。お茶にもコーヒーにも合うんだな、これが」

千恵が幸せそうな顔をしてハムイチを見た。

「ミネパンもいい。お花パンって呼んで、うちのチビどもはパークパク食べてる」

「ナイスアシスト、六田兄貴！」

「いいぞお、六田兄チャン！」

野太い男の声が飛び、客たちが笑った。

ミネシュー、ミネパンに続き、新作ができたのだとアナウンサーが紹介をすると、桜井がワゴンを押して現れた。

素敵、とアナウンサーが華やかな声を上げている。

「ロールケーキの切り口を見てください。イチゴの赤、キウイの緑。アプリコットの黄色。きれいですね。お花畑みたいです」

ケーキを口にしたハムスケが軽くむせた。

ごめん、と言って、ハムスケが再び咳き込み、「生放送じゃないよね」と兄のハムイチがアナウンサーに聞いた。

大丈夫です、とアナウンサーが答えている。

胸を押さえながら、ハムスケが「おいしい」とほめた。しかしとってつけた言葉のようにしか聞こえない。

「新作です、どうぞ」

必死で明るい声を出し、試食用のミネロールを耀子は配る。人々が菓子を口にしたが、ミネシューを配ったときのような笑顔や声がまったく出ない。

場が静かになった。予想外の反応に、耀子は身を硬くする。

「うわぁ、うんめえ！」

男の子の声がした。五、六歳ぐらいの子どもが、お菓子の家のミネロールを手でつかみ、むさぼるようにして食べている。

うちの子だ、とハムイチが顔をしかめた。

「こら、柊人、飾りを食うな。勝利、ちゃんと弟を見てろよ」

勝利と呼ばれた十歳ぐらいの子どもが泣きそうな顔をした。

「だってぇ、天香姉ちゃんが、これ、あとで食わしてくれるって」

うめえ！　と口のまわりにクリームをつけ、柊人が笑っている。

「このケーキ、めちゃめちゃ、うめぇ。父ちゃん、俺、まるごと食いてえ」

笑いがわきあがった。それとともにおいしいという歓声が口々に上がる。

緊張していたハムスケが笑いだし、それから収録はなごやかに終わった。

さっそくお菓子の家を子どもたちに自由に食べてもらうと、かわいい歓声が店内に響いた。それを見た親たちが、ミネシューとミネパン、ミネロールを買い物カゴにどんどん入れていく。

飛ぶように商品が売れるなか、常夏荘の工房から追加のミネパンが届いた。届いた商品を急いで耀子は店頭に並べながら、声を出す。

「ミネパン、焼きたて、ほっかほかのクリームパンが届きました。軽食コーナーで今すぐ召し上がれます。あったかいですよー」

ミネシューの陳列を直していたチョコが続いた。

「軽食コーナーでコーヒーも一緒にいかがすかぁ。秋のミネオブレンド、ここだけの味。香りが良くて、うまいっすよー。お子さんにはホット金柑ジュースもあるよぉ」

うまそうだな、と言いながら、ハムイチが横に並んだ。

「よお、間宮……というか、おあんさん。いろいろありがとう」

「こちらこそ、今日は本当にありがとう」

さっきはごめんな、とハムイチが頭をかいた。

「うちの坊主どもに目が行き届かなくて。女房がお産で実家に帰ってるもんでね」

四人目？　と聞いたら、「おう」とハムイチがうなずいた。

「俺もがんばるだろ。スケや天香のところに子どもができたら、六田家でミニサッカーのチームが組めるぜ」

ハムイチがバックヤードを振り返った。

「ハムスケのこともごめん。あいつ最近、ちょっと、なんつうか……」

「天香ちゃんがすごく心配してる」

「でも今回の件で、峰生に帰ってきたし、少し安心してたんだけど」

「今は東京にお住まいなの？」

それがわからねえんだ、とハムイチが心配そうに言った。

ハムスケが二人の甥と一緒にバックヤードから出てきた。腕には小さな姪を抱いている。

「おーい、スケや、ひとまず家に顔を出すか。勝利と柊人は天香姉ちゃんに挨拶してこい」

総菜コーナーにいる天香に二人が駆け寄っていった。それを見たハムスケが抱いていた娘をハムイチに渡した。

「みんな可愛いな。兄やん家はいいな」

「お前だってそのうち」

俺は無理だ、とハムスケが顔を伏せた。

「もう無理……。マミヤン、いろいろ本当にごめんな」

「あやまることとなんて一個もない。来てくれてありがとう」

ああ、とハムスケがため息のような声を漏らし、両手で目を押さえた。

「なんか泣けてきた。『来てくれて、ありがとう』。ずうっと昔もマミヤン、俺らにそう言ってくれたよな」

ハムスケが涙をぬぐうと、ふらふらと歩き出した。心配そうな顔でハムイチが追っていく。

「おい、ハムスケ。……またな、間宮。今度連絡する」

ハムイチが軽く手を挙げ、子どもたちを連れて店を出ていった。

その六日後の朝、ニュースでハムスケの名前を見て驚いた。

六田公介が警察に逮捕されている。テレビには憔悴しきった顔のハムスケが、連行される姿が映っていた。


「テレビの件は残念でしたね、おあんさん」

ハムスケが逮捕された二週間後。峰前の先にある自動車部品会社の応接室で、白髪の社長が気の毒そうに言った。

右隣に座っている天香がうつむき、左隣に座っている千恵が居心地悪そうに制服のスカートを膝下に引き伸ばしている。

千恵の視線を追うと、社長の背後にあるテレビの黒い液晶が鏡のようになり、自分たちが映り込んでいた。少女とは言えない年の女が三人、ピンク色の制服で並んで座っている。

いつもなら打ち合わせには社員である由香里がいた。それが今回は「難しい問題が持ち上がった」とのことで、耀子に一任されている。ところがパートの従業員には名刺がない。ワープロで店名と連絡先、名前を厚めの紙に刷って名刺のようなものを作ったが、どう見ても急ごしらえなものだ。そうなると制服が名刺代わりだが、落ち着いた応接室にいると、幼稚園児のような可愛い色柄の服は場違いに見える。

　ひるむ気持ちを抑え、軽やかに言ってみた。

「店内の映像は流れませんでしたけど、スタジオでミネシューやミネパンを取り上げていただきましたから、それはそれで成功です」

　二週間前、サッカー留学に関する詐欺に関わった容疑でハムスケが逮捕された。その影響で収録済みのテレビ放映では、彼が登場したラッキー峰前店の映像がすべてカットとなった。

　代わりに店長の由香里がテレビ局へミネロール、ミネシュー、ミネパンを届けて説明をし、スタジオの司会者やゲストに食べてもらったところ、かなりの好評を得たので「それはそれで成功」というのは嘘ではない。

　社長がテーブルの上の茶に手を伸ばした。

「でも、あんな立派なお菓子の家を作ったりして、ずいぶん張り切っていたじゃないか。なあ」

　社長が隣に座っている総務の担当者に同意を求めた。担当の中年男性がうなずく。

「豪華でしたね、クッキーとミネパンで作った家は見応えがありました。六田兄弟のトークも面白かったです」

「いらしてくださったんですか？　ご挨拶できず、失礼しました」

　いいんだよ、と社長が軽く笑い、担当者を指差した。

「彼は峰前に住んでいるんでね。僕は下屋敷の聡子さんと従兄弟と一緒に、離れたところから見てた。聡子さんとはゴルフ仲間なんだよ」

由香里の母、聡子はなんと顔が広いのだろう。パーティの引き出物の菓子の売り込みに来た者が応接室に通され、社長とじかに話せるというのも聡子、そして遠藤家のおかげだ。

車の部品メーカーの下請けをしているこの会社は、峰生出身の先代が起こして今年で三十年になる。二代目を継いだ社長も峰生育ちで、従兄弟は遠藤林業の産業医だ。その縁でラッキー峰前店の健康に配慮した弁当の宅配を知り、実際に口にしてみて、たいそう気に入ってくれた。そこで今月からこの会社の昼の弁当の納入業者の一社として、ラッキー峰前店の『すこやか弁当』が採用されている。

さらに先日、ミネシューの人気を受け、年末に行われる創立三十周年のパーティで配る引き出物として、まとまった数の化粧箱入りシュークリームを頼めるかという打診があった。総務の担当者の口ぶりでは、都会の菓子店にも声をかけていて、見積もりを取っているようだ。

それにしてもなあ、と社長が腕を組む。

「六田公介が逮捕されるとは。峰生のスターが峰前のうまいものを紹介するなんて、ここ数十年の集落の不仲を考えると、僕なんかじーんと来たけど。それだけにね、峰前の人たちはまた『口先だけの峰生』って言ってるんじゃないか。おあんさんにも風当たりが強いんじゃないですか？」

「そんなことはないです。……お店で働いているときには、集落の不仲はあまり感じないです」

峰前の衆だってわかってますよ、と千恵が言い添えた。

「お弁当もミネシューも、峰生のおあんさんと由香里さんが盛り上げてきたもんですからね。ちっちゃな集落同士でケンカしてる場合じゃないし」

「それならよかった。それにあれは六田選手が気の毒だったな。詐欺というより、詐欺集団の広告塔に利用されていただけだろう。彼は人が良さそうだから」

うつむいていた天香が少し顔を上げた。目の前の二人はおそらく天香がハムスケの身内だとは知らない。社長の言ったことが峰生周辺に住む人たちの代表的な考えだと耀子も思う。

天香がかたわらに置いたカゴに手を伸ばした。それを機に耀子は今日の本題を切り出す。

「先日、お声がけをいただいた、パーティのお土産の件ですが、場所を少々お借りしてよろしいでしょうか」

千恵が立ち上がり、台車で運んできた箱のなかから折り畳み机を出して組み立てた。天香がカゴの目隠しにしていた白いクロスを広げ、目の前のテーブルに広げる。続けて菓子が入った化粧箱を二つ、耀子に渡した。

「私どものミネシューですが、化粧箱入りですと、こうした雰囲気になります。シュークリームも自信作ですが、今回の御用向きですと、新製品のミネロールもおすすめです」

箱を開け、耀子はロールケーキを見せる。ケーキの上には、『30』という数字と『THANK　YOU』という文字の焼き印が押してある。数字とアルファベットの焼きごては、千恵の記憶をたよりに、常夏荘の蔵から二人で探し出してきたものだ。

ほお、と社長がロールケーキを見た。

「文字を入れられるんだね」

「アルファベットと数字でしたら、どんな組み合わせもできます。別会計になりますが、御社のシンボルマークの焼きごてを製作しますと、そちらもケーキやパンに入れられます」

「パン……うちのロゴ入りのミネパンとかできるのかな」

「もちろんです。ロゴ入りをお考えでしたら、パンの中身もオリジナル……できますよね、千恵さん」

「なんでもお好みをどうぞ。クリームのほかにもアンコ、ジャム、チョコレート。全部手作りで、ほっぺたが落ちるようなおいしい中身をこんもり入れますよ」

腹が減ってきました、と総務の担当者がつぶやいた。

「ロールケーキのお味、準備しますので、よかったら召し上がってみてください」

「はいよ、おあんさん、お皿」

千恵がピクニック・バスケットを耀子によこした。

バスケットからコーヒーカップと皿、フォークを耀子は取り出す。天香が持参のカゴから筒状のものを取りだした。

社長が不思議そうに天香の手元を見る。

「それはなんだ、茶筒？　お茶ならあるよ。熱いのを淹れ直させようか」

コーヒー、です、と天香が小声で言う。

茶筒の蓋を開けると、煎った豆の香りが広がった。

「焙煎、ミネロールが最高においしく食べられるブレンドで……豆、自家焙煎……しました」

天香の語尾が緊張で震えているのに気付き、耀子は言葉を継ぐ。

「彼女はコーヒーのブレンドと焙煎の職人なんです。この豆も今日、一番おいしいタイミングで飲めるように焙煎してきたもので」

「この間、撮影後に配ってたコーヒー？　うまかったな。あれかい？」

天香がうなずくと、カゴから今度は細長い銀色の筒を出した。

そいつはなんだい？　と面白そうに社長が身を乗り出す。

「コーヒーミル……これは電動です」

手早く豆をミルに入れて砕き、天香がコーヒーポットとフィルターをセットした。続いてカゴから魔法瓶とドリップ用のケトルを出し、フィルターに入れた粉に湯をそそぐ。

ああ、と目の前の男性二人が深く息をついた。

「甘いもんは正直、わからんが、この香りはたまらん」

「挽き立ての豆で飲むコーヒーなんて贅沢ですよ」

「どうぞ、ミネロールも」

ミネロールを社長が口に運ぶ。そのとたん「うまい！」と笑い出した。

「なんだ、こりゃ、うまいぞ。ふわっと軽い。ケーキを食べて、うまいなんて言ったのは初めてだ」

「コーヒーのおかげですかね。スイスイと口に入る。それにこのクリームもうまい」

楽しげに食べている二人に、耀子は声をかける。

「よろしければ、あの、十時のおやつに職場の皆様にも。ミネロールとミネシューを持ってまいりました」

「紙皿と紙コップも持ってきてますからね、給湯室をちょいと貸していただければ、私らがきれいに切って、コーヒーも配ります」

いいね、と社長が唇の端についたクリームを紙ナプキンでぬぐった。

では、と総務の担当者が立ち上がり、部屋を出ていった。台車を押す千恵のあとに、カゴを持った天香が続く。

すぐに総務の担当者が部屋に戻ってきたので、耀子は菓子の見積書を渡した。

なるほど、と社長が見積書を手にする。

「こうしてプレゼンされたあとだと、オプションを全部付けたくなる。特にコーヒーの粉……」

社長が総務の担当者に見積書を渡した。

「おあんさん、意外に、と言ったら失礼だが、やりますね。煙草、いいですか」

「ええ、どうぞ」

総務の担当者が立ち上がると、窓を開けた。社長がなつかしそうな目をした。

「おあんさんを見てると、思い出すな……間宮さん、いや、お父さんのほうだ」

「父ですか……。父のこと、私はあまり覚えていないんです」

僕は忘れられない、と社長が微笑んだ。

「後輩の裕一君。親子そろってそろばんの達人」

「そろばんの達人？　父と祖父がですか？」

社長に聞き返しながら、耀子は首をかしげる。たしかにそろばんをはじく祖父は見たことがあるが、達人だという印象はない。

「間宮さんはどんな計算でも数字を見れば暗算ですらりと出せた。裕一君もそう」

応接室の扉がノックされ、総務の担当者が呼ばれている。部屋の外にいる社員と小声で話しているのを見て、社長が言った。

「大事な話はすんだから、もういいよ、君は行っても」

総務の担当者が去っていくと、社長が再びなつかしそうな顔になった。

「裕一君が子どもの頃、あの当時の従業員の子はみんなそうなんだが、遠藤林業のクラブハウスに散髪に来てね。そのときに、親父様が金時計を賭けて勝負したことがあって……なんて話は聞いたことあるかな」

「いいえ、存じません」

「裕一君が十二か十三ぐらいの頃だよ。親父様が最新鋭の計算機、裕一君が暗算。問題を出したのは龍一郎さん。桁数の多い、結構、複雑な計算で。両者、ずっと答えが同じだったんだけど、最後に答えが割れた」

「どうなったんですか？」

「みんな、裕一君の負けだと思ったら、親父様に検算をしてくれと裕一君が堂々と要求してね。計算しなおしたら、裕一君の答えが正解だった。約束通り金時計をやると親父様が言ったら、僕は腹時計があるのでいりません、と答えて、自転車に乗ってゆうゆうと帰っていったそうだ。今もときどき、酔うと遠藤林業の長老たちが話している……長老の一人は僕の叔父」

父の形見の無骨な腕時計を思い出すと、切なくなった。子どもだった父は、地元の権力者に挑まれてどう思ったのだろう。

「そのお話は初めて聞きました……どうして祖父は私にそろばんを教えてくれなかったんでしょう。父には教えたのに」

社長が煙草の煙を吐くと、その行方を目で追った。

「わざと教えなかったんじゃないかな、なんてね」

「わざと？　どうしてでしょう」

「大人になった裕一君はゆくゆくは大番頭になると言われていた男で、本家の信頼も厚く、遠藤地所をはじめとしたいろいろな情報を見られる立場にあった。ぱっと数字を見ただけで、計算機より早く確かな数値が出せる。そんな人が税務や会計の知識に通じて、何かの拍子で、何かを見てしまったら……なんて思ったり」

「それは……お金のトラブルに巻き込まれたということですか」

「僕の独り言だけど、人より多くのことが見えると、見えなくていいことまで見えてしまう。それが理由で身を滅ぼすことだって」

「何も見えなかったら……何も知らなかったら、生きやすいということですか」

「一理ありますよ。彼は何かをかばったか、守るために、悩んで、悩んで、消えてしまった気がする。遠藤林業の長老がおあんさんたちの試みに何かと力を貸そうとするのも、過去に何かあったのかと思ったりも……」

遠い場所を見るような顔をしながら社長が、煙草を灰皿に押しつけた。

「……とはいえ、遠藤家のコネがなくても、弁当はうまいし、ミネロールも良い。

この件は前向きに検討しますよ。それからこれはまだ内々の話だけど」

　この町からさらに川下に向かった町の名前を社長が出した。

「来年の三月から稼働する工場が一つあって、そちらにも弁当を納めませんか。配達するには、ここより遠くなるけど……」

「どれぐらいの数でしょうか」

「毎日三百食ぐらいは出るかな。夜の分も入れたら、もっと多い」

　毎日三百食と聞いたら、気持ちが舞い上がってきた。スーパーで弁当を売る数よりも、はるかに多い。

「今の弁当の業者は先代からの付き合いなんで、完全に切るわけにはいかないけど、そこにあぐらをかいているところが多分にある。新規のところはラッキーさん一社におまかせしても」

　本当ですか、と聞いた声がうわずった。

「すぐに……すぐに持ち帰って店長に相談します」

　由香里さんね、と社長が笑った。

「この間、聡子さんとゴルフをしたとき、新工場の弁当の件をずいぶん推された。薄々もう知っているだろうけど、よろしくお伝えください」

ラッキー峰前店へ車を走らせながら、ミネロールの件は受注できそうだと、耀子は千恵と天香に伝える。

助手席の千恵が何度もうなずいた。

「がんばった甲斐あるね。天香ちゃんのコーヒーが効いたのかもね」

そうかも、と言って、耀子はバックミラーで天香の様子をちらりと見る。うしろの座席で、天香はうつむいている。

「ありがとう、天香ちゃん。でもごめんね、午後からのシフトなのに手伝ってくれて。それに……気まずい思いもさせて」

「気まずくなんて……慣れなくちゃ」

ハムスケが出演した映像が放映されないことを聞いたとき、天香は身を小さくして、何度も頭を下げてみんなにあやまっていた。その姿があまりに痛々しくて辛そうだったので、しばらく店を休むかと思っていた。しかし今日までずっと休まずに働き続けている。

大丈夫かと聞いたら、働きたいのだと言っていた。兄のためにも、今は少しでも現金収入が欲しいのだという。

「私のほうこそ、ありがと、ございました。兄……昨日、弁護士さんから電話があって……」

天香が声を詰まらせた。千恵が後部座席を振り返る。

「どうした、天香ちゃん」

バックミラーを見ると、天香が泣いている。

「すみません。なんか急に……スケ兄やん、いろんな人にあやまらなければいけないけど、ラッキーの皆さんにほんと申し訳ない。おあんさんに、もう合わせる顔がないって」

なんとかなったんだから、と耀子は笑ってみせる。隣で千恵も大きくうなずいた。

「天香ちゃん、あれはあれでアリだって」

泣いている天香を見たら、あの日、突然涙をこぼしたハムスケの姿と重なった。

「そうだよ、ハムスケ君に伝えて。大丈夫だから。合わせる顔がないなんて言わないで、峰生に戻ってきてよ、って」

天香が鼻をすすっている。明るい話をしたくなって、耀子は声を張る。

「今日の打ち合わせは大成功だよ。まだ内緒だけどね、社長さんのお話では、今、新しい工場を作ってるんだって。……そこにお弁当を納品しないかってお声がけまでいただいた」

本当？　と言った千恵の声が裏返った。

「今、作ってるでっかい工場だよね」

「そんなにでっかいんだ……毎日、三百食ぐらい出そうだって」

いいわあ、と千恵が指を折って、計算を始めた。

「今、納品している分を合わせたら、総菜部門、大躍進だ……でも今のスペースではまかなえないかも。百畳敷の工房を拡張して、人も増やしちゃったりして」

いいですね、と耀子は言葉に力をこめる。

「お弁当とお菓子、もっともっと売れたら嬉しいな。そうしたら浜松あたりに進出してカフェを出して」

「いいねえ。そこから東京へ大進出だ。おいしい、かわいい、たのしいの撫子印ね？　と千恵が後部座席を振り返る。天香が涙を拭く気配がした。

天竜川をさかのぼり、峰前の集落へと耀子は車を走らせる。

店に着くと、千恵は兼任している水産部門の仕事に向かった。天香は仕事の時間が来るまで寝ていると言い、自分の車に戻っていく。

由香里がいる店長室へ耀子は急ぐ。ミネロールの発注と、新工場の弁当について報告するが、由香里は暗い顔のままだ。

「あのう……店長」

「由香里でいいわ」

「由香里さん、私、このお話、願ってもない話に思えるんですけど」

「たぶんね……。でも、その話は受けられない」

どうしてですか、と言ったら、由香里が机の引き出しから煙草を出した。

「状況が変わったのよ」

由香里が煙草に火を点けた。メンソールの香りがふわりと漂う。

「一昨日、正式に通達があった。この店、やっぱり閉店だって」

どうして、と言った声の大きさに気付いて耀子は声をひそめる。

「こんなに、お客様が来ているのに？」

「昨日から各所にそう言ってる。撤回してほしいって」

「利益が出たら閉店なんてありえないって言ってたじゃないですか。ものすごい伸び幅ですよ、今」

だからよ、と由香里の声が小さくなった。

「思った以上に商圏としての見込みがあったってこと。それは私も手応えを感じてたんだけど……つまり、この店を閉めて、この界隈の人たちが集まる大型ショッピングモールを作ろうって話が浮かんでるの、あの町に」

午前中に商談に行った会社近くにある町の名を由香里が挙げた。

「何年か前から浮かんでは消えていた話なんだけど……あのあたりは、今、工場や社宅がいろいろ建ち始めているでしょう。そこで働く人狙いで、映画館も併設するような大型店を作ることが決まったらしいの」

「ここはいつ閉めるんですか？」

「来年の三月いっぱい。もう半年、切ってるわね」

「そうしたら、撫子印のお総菜やお弁当や……ミネシューやミネパンはどうなるんですか？」

それよ、と由香里が険しい顔で煙草の煙を吐く。

「ミネシューとミネパンのレシピをよこせって」

「レシピを？　よその店で出すってことですか」

「たぶんそういうことね。ミネシューは今度できる大型ショッピングモールで販売を検討するって話もちらっと出てたけど」

「お弁当は？　集落の皆さんや、事業所の宅配はどうするんですか？」

「それも断るしかない。ラッキーのチェーン店は近場にない。配達は無理だから」

気が付くと、両手でこぶしを握っていた。そっと手のひらを広げ、耀子は小さく息を吐く。

「ここまでお客様が増えたのに……」

「本部にかけあったのよ。オリジナル商品が爆発的に売れているので、閉店を撤回できないかって。でも今だけの一時的なブームだろうって言うの。峰前店の独自の試み……つまり勝手にやっていることを会社として続ける意思はないと」

由香里が力まかせに煙草を灰皿に押しつけた。

「お弁当の宅配は、とりあえず千恵さんのお兄さん、峰生の撫子屋さんに引き継ぎを頼むことも考えていて。……立ってないで、座ってよ、おあんさん」

崩れるようにして、耀子は由香里のデスクの前にあるソファに座る。

由香里が引き出しを開け、ナッツが詰まったチョコレート菓子を出した。

「食べる？」

「いただきます」

菓子を手にした由香里が立ち上がり、耀子の向かいのソファに座った。

菓子の封を開け、由香里と二人、黙ってナッツ入りのチョコレートを食べる。

あのう、と言ったら、「うん」と力ない返事が戻ってきた。

「由香里さん、みんなの働き口はどうなるんですか？」

「パートは全員解雇。他の店には配属しない。だけどおあんさんに関しては、ミネシューやミネロールの開発の経緯があるから、契約社員にならないかって話が出ている」

「契約社員って？」

「一年ごとに契約更新する感じの働き方。パートより福利厚生はよくなる。給料も社員だから上がる。場合によっては副店長になることも可能。希望すれば他のどの店舗でも受け入れるって」

「どこのお店も通えません、遠くて……採用は私だけですか」

「なんとか他の人も、どこかに雇用先がないかって考えたけど……難しいわ」

「由香里さんはどちらへ？」

私？　と聞き返して、由香里が顔を伏せた。うつむいたのを初めて見た気がする。

「ここを閉めたら、本社に戻る。目をかけてくれた人がいて、その人が引っ張ってくれた」

由香里はこの店で実績を挙げ、本社に戻るとかねてから言っていた。よかった、と言うべきだ。でも胸にこみあげる思いは、「行ってしまうの?」だ。

「みんなの頑張りを踏み台にしたみたい。実際、そのとおりなんだけど」

「この店が閉店したら……集落の人たちはどうなるんでしょう。お弁当や送迎のサービスがなくなったら」

窓の外からにぎやかな声が聞こえてきた。買い物を終えた高齢者たちが、ワーゲンバスに乗りこもうとしている。

ごめん、と由香里がつぶやく。その声の小ささに何も言えなくなった。

ラッキー峰前店が閉店するかもしれないという話を耀子が聞いた一週間後、由香里が朝礼でその件を正式に従業員に告げた。ラッキースーパーチェーンが撤退後、この建物は老朽化が進んでいることもあり、取り壊してしまうそうだ。

建物があれば他のスーパーのチェーンが入る可能性もある。しかし更地になってしまうのでは、店は完全に消滅だ。

百畳敷の工房では、ミネロールの大人気を受け、消費期限がもっと長いロールケーキを作る話で盛り上がっていた。フルーツを入れず、上質のバタークリームをほんの少しスポンジケーキに塗ることで、ふんわりとした食感をさらに強く打ち出すというもので、ココア味にするところまで話は進んでいた。

しかしラッキー峰前店が建物ごと消えてしまっては、売る場所がない。撫子印の総菜と弁当も好調に売れ続けていただけに、パートの従業員の間から強い反発の声が出た。

その声を受けて、由香里は東京の本部に存続を訴えていると説明をした。先日は撫子印の弁当とミネシューを持ち、上層部にもかけあってきたという。引き続き交渉をしていくので、良い動きが出たら、また報告すると話を締めくくり、由香里は朝礼を終えた。

その翌日、耀子が千恵と二人、従業員の休憩室で遅い昼食を取っていると、パートの仲間たちがぞろぞろと入ってきた。

(ねえ、おあんさん、千恵さん、ちょっといいですか?)

どうかしました? と耀子が聞くと、「ねえねえ」と奥のほうから声がした。

(遠藤店長、あれからなんか言ってた?)

私たち、どうなるんだろう、と青果部門の女性が心配そうに言う。それをきっかけに次々と声が降ってきた。

(私たち、やっぱクビ? 弁当も総菜も数出てるのに、なんでこんなことになったの？）

（売り上げが出たら、閉店なんてありえないって店長、調子の良いこと言ってたのにさ）

（そんで、店長は東京へ戻るのかい？　私ら見捨てて）

みんなさあ、とチョコの声がした。

「やめようよ、店長のこと悪く言うのは。あの人、責めてもしょうがないじゃん。それを峰生のおあんさんに訴えるのも筋違いだし」

チョコが軽く頭をかき、耀子を見た。

「アタシら、そんなこと言いにきたんじゃなく……百畳敷の工房はどうなるのって、聞きにきたんです。あそこも閉めちゃうんですか？　おあんさん」

「工房は継続はできますけど、ただ……ケーキを作っても売る場所がなくなるのでは……。でもミネシュー、ミネパン、ミネロールは、本部でも評判がよかったって話です」

みんなの顔に微笑みが浮かび、「やりぃ」とチョコが言った。

「……ってことはさ、結構、アタシら、イイ線行ってるんだ」

「そうだと思います」

そのレシピを本部が欲しがっているという話を口にしそうになり、耀子は黙る。それを話したら、事態はさらにややこしくなる。

「それならマジで、やりきれねえ、店が潰れるの」

（どこかで撫子印の総菜と、ミネシューを売れないのかね。私らが作った撫子印をラッキーの他の店におろすとか）

「いい案ですけど、それは店長にじかに伝えたほうが……」

そうだけど、とか細い声がしたあと、悲痛な響きが聞こえてきた。

（無理。そんな度胸ない。度胸があったら、私、店長に言うより、亭主に町へ引っ越そうって言ってる）

（どうしたらいいの？　子どもらにこれからお金かかるのに）

（おあんさん、撫子印は集落にすっかりなじんでるんだよ。やめたらガッカリするよ、みんな）

待ってください、と、耀子はみんなに呼びかける。

「口々に言われても困ります。皆さんのお気持ちは店長もわかっていて、今、本部にかけあっていますから、それを待ちませんか、ね？」

おあんさん、とチョコが声をかけた。

「ごめんね。百畳敷の工房の話を聞きたかったのに、みんなで愚痴っちゃって……。でもさ、アタシらの気持ち、店長に伝えてよ。まとまりないけど、アタシら、がんばるから、ほんと」

「お伝えしておきます。私、そろそろ配達に行かなきゃ」

弁当箱のふたを閉め、耀子は立ち上がる。

本当だ、もう、こんな時間、とずっと黙っていた千恵がつぶやき、慌ただしく、テーブルの上の湯呑みを片付けだした。

やべえ、やべえ、とチョコが壁の時計を見る。

「アタシもバスを出す時間だ、みんな、ほら、ぶーたれずに持ち場に戻ろうよ」

食事中に邪魔をして悪かったという意味合いの言葉を口々に言い、みんなが休憩室を去っていく。そのあとに続き、耀子と千恵も総菜部門のバックヤードに戻った。

石崎家に配達する弁当の支度を整えていると、千恵が耐えかねたような声をもらした。

「なんだかなあ……。休憩室にいるとき、自分の頭のなかの声を、みんなに次々と言われてる気がしたよ。まったくおんなじことが私も頭のなかで、ぐるぐるかけめぐってる」

それは自分も同じで、耀子は弁当を数える手を止める。

「私も。本部の偉い人たちが閉店するのを撤回してくれないかな、って、ここ数日、毎朝、お宮と俺に行くたびに手を合わせてるんですけど」

「もはや神様、仏様に頼るしかないよねえ。偉い人たちにとっては、この店のことなんて、取るに足らない話なんだろうけど、私たちにとっては生活の危機だし」

はあ、とため息をついて、千恵がうなだれる。

「この間の新工場の弁当の件、由香里さんは断っちゃうのかな。何か聞いてる？耀子ちゃん」

「断る方向で考えているって言っていました。工場や事務所にお届けしているお弁当はこれから先方と相談だけど、撫子屋さんを紹介するかもって話をしていました」

兄の店ですか、と千恵が暗い顔をした。

「仕出しをラッキーで受けるようになったら、うちの商売を邪魔する気かって、兄夫婦がえらく私に怒ってましてね。これまで一生懸命、みんなでこつこつ開拓してきたお客様を、兄に渡すのはいやだな」

「撫子屋さんなら、どんな数のお弁当も軽くさばけるのかな」

「それは意地でもやりますよ。営業下手な兄としては、願ってもない話。でも設備でいうと、百畳敷の厨房のほうが、はるかに整っているんですよ」

「百畳敷の設備って、そんなにすごいの？」

それはそうですよ、と誇らしげな顔で千恵が笑う。

「東京や京都のお店のシェフや板前が大勢の弟子たちをつれてきて働いても、何の不自由もないように作ってありますからね」

「だったら、百畳敷の厨房でお総菜やお弁当を作ることも可能なのかな？」

もちろんです、と言ったあと、千恵が少し考えこんだ。

「お弁当箱だってあると思うんですよ。百や二百じゃない。もっとすごい数の弁当箱が蔵に行けばあるはずです」

「どこにあるんだろう？　……でも、そんなにたくさんのお弁当箱が使われているところを私、見たことがないです」

「昔、遠藤家の会社の従業員用に使われていたって話です。百畳敷で宴会をしたとき、警備や給仕の人に配られたお弁当にも使われていましたね。そうした食器類の洗浄機だって、実は百畳敷には入ってますよ」

千恵が弁当を入れる使い捨ての容器を手にした。

「私、この間の工場へのお弁当の話でふと思ったんです。蔵に、もしまだお弁当箱があったら、その容器に入れれば少しコストがさがるんじゃないかって」

「洗浄機を動かす電気代や水とか、食べ残しの処理をどうするかとか、それはそれでお金が発生しそうだけど……」

そうなんだけどね、と千恵が配送する日用品を台車に積み始めた。

「でも食べ残しを見れば、納品先の好みも探れるし。容器を引き取りにいったとき、感想を聞くこともできるかな、と思って」

「そのお弁当箱って、素敵な和風のお店でランチに出てくる、漢字の田の字の形に分かれて、なかに小鉢が……ええっと」

松花堂弁当？　と笑いを抑えて千恵が言う。

「それです。そういうのもあるのかな？」

「ありましたよ、すごいのが。お客様用のそれは、なかに入れる小鉢類まで、撫子紋を入れた特注品でしたよ」

「そういうものもたくさんあったら、ワンランク上のお弁当ということで、たとえば……東京や名古屋から取引先の人が来たときのランチとか会食？　そういうものにも対応できるかな」

高級感がある仕出しにも対応でき、さらにそこにミネロールなどのデザートや、お土産をつけることもできたら——。店が消えようとしているのに、アイディアだけはわいて出てくる。

できますよ、と千恵が力強く言ったが、表情が少し翳った。

「そうなったら完全に兄の商売とかぶるんだけど……でも私、この間、腹をくくったんです。こうなりゃ、とことんやってやろう。私は母と娘を養わなきゃいけない。それなのに店がこうなるとは。……さあ、積みますか」

その言葉にうながされ、二人で台車を押し、駐車場へ向かう。耀子の車に注文を受けた品や弁当を積み終えると、千恵が肩を落とした。

「常夏荘でまた働けるなんて夢みたいだと思ったんだけど。夢って、やっぱりさめるんだね」

「そんな寂しいことを言わないで」

だってさ、と千恵が店長室の窓を見た。

「あの由香里さんが連日、あんな暗い顔をしているところを見ると、これは閉店確実、完全に手詰まりなんだよ。少しでも挽回のチャンスがあったら、あの人はいきいきしてくる人だもんね」

由香里だけではなく、閉店の話があってから、店の雰囲気もよどんでいる。

千恵に見送られて車を出すと、夢はさめるもの、という言葉が味気なく思い出された。さめるのなら、夢など見なければいい。それなのに百畳敷の厨房が優れていると聞き、勝手に想像が広がっていく。

龍治と結婚した折、彼は大学で語学の非常勤講師を務めるかたわら、海外のカルチャーの最新情報やリゾートなどの情報を集めて紹介する事務所を経営していた。

その仕事柄、まとまった休みには調査もかね、二人で海外のリゾートに行く機会があった。そのなかに美しい熱帯の庭園にコテージやヴィラと呼ばれる一軒家が点在するタイプのリゾートホテルがあった。

百畳敷の厨房で大勢の食事、それもかなり素晴らしい食事を提供できるのなら、あの長屋を改築して宿泊施設にできないだろうか？　隠れ家のような美しいコテージを何棟か作り、都会で疲れた大人たちを癒やすリゾートを作ったらどうだろう？秋は紅葉、春は桜、初夏は薔薇、そして夏は撫子。冬は湯小屋で温泉を。温泉の湯量がもっとあったらな……。

夢だな、と耀子は小さく笑う。

常夏荘の庭は自然にあふれて美しい。だがこんなところまで来る観光客はいない。

配送先の石崎家の駐車場に着くと、近所の人々が集まっていた。いつもは石崎がトランペットで吹く『春が来た』のメロディを聞いて集まってくるのに、今日は顔見知りになったほとんどの人々がすでに待っている。

車を停めると、人々が心配そうに近寄ってきた。

なでしこさん、と呼びかける声がする。

最近、集落の人々は配送や送迎をする従業員のことを「なでしこさん」と呼ぶ。ピンク色の制服と送迎バスの撫子マークからの愛称だ。

「皆さん、どうかなさったんですか。今日はもうお集まりで」

いやいや、と石崎が頭をかいた。

「なでしこさんとこ、三月で店を閉めるって話は本当かい？」

「そういうお話は出ていますが、まだ正式に決まりというわけでは」

なんてことだ、と嘆く男に続いて、人々が次々と口を開いた。

（配達がなくなるの？）

（なでしこさんのところに行くのが楽しみだったのに）

（わしらを切り捨てるのかね）

切り捨てるという言葉が重くて、耀子は言葉に詰まる。高齢者を店に呼び込むというアイディアは地元の人たちに受け入れられたが、そのサービスが軌道に乗った途端に中止をするというのは、切り捨てるのかとなじられても仕方がない。

申し訳ありません、と耀子は頭を下げる。

「私たちもなんとかならないかって、思ってるんですけど……」

寂しいよ、と老女が前に進み出た。

「あたしには量が多いんで、おたくの弁当は、夜と朝の二回にわけて食べてるけど、週に二度の、これが楽しみで楽しみで。これがなくなったら何も楽しみがない」

小柄な老人がおどけた表情を浮かべて、肩を落とした。

「若いなでしこさんたちに会えるのも、俺ゃあ、うれしかったのに」

「おじいさん、何を言っとるの。年甲斐もなく！」

隣にいる彼の妻が服の袖を引く。この二人はいつも並んで駐車場に来る仲睦まじい夫婦だ。

小さな笑い声が起きて、ほんの少し場が和んだ。

「閉店まで精一杯、サービスさせていただきますので。本当にごめんなさい」

心をこめて再び頭を下げ、耀子は注文を受けた日用品と弁当を配って精算をする。

品物を受け取った人たちが帰っていくのを見送ると、石崎が門の前の階段に座っていた。

「残念だな。本当に残念だ。ミネシューもミネパンもミネロールも。わしら、ちょっとした手土産を町に持っていくとき、うちの名産だって鼻高々だったのに」

「ありがとうございます」

いつもそうなんだよ、と石崎の声が沈む。

「このあたりの集落はいつもそう。ぱーっと景気のいい話が出て一瞬盛り上がるが、すぐに尻すぼみ。昔も峰生の若様が音頭を取って、会社を作るって計画があったんだよ。そのときはこのあたりに社宅や工場が建つ予定だった」

「ミネオ楽器、ですか？」

「そんな名前だったかな、忘れたけど。峰前に用地も確保して、工場も建ててさ、いよいよこれからってときに、あっけなく立ち消えた」

「工場はどうなったんですか？　取り壊したんですか」

いやいや、と石崎が首を横に振る。

「その工場があれや、この間、つぶれた山菜の加工場」

「えっ？　あそこ……ですか？」

そこならば祖父が昔、夜中に働きに出ていた場所だ。

そうだよ、と石崎が加工場の方角を眺めた。

「峰生の遠藤家が作る会社の工場を、なんで峰前に作るのかって反発する声が上がってさ。あの衆に土地を売ったり貸したりするなんて、とんでもないって大騒ぎになって」

「でも、たしかに……どうして峰生や奥峰生に作らなかったんでしょう？」

「まとまった平地がなかったらしい。奥峰生は遠いしな。それで本家の書生出身の遠藤地所の衆が反対派の家を一軒一軒、酒を持ってたずね歩いてな。峰生と峰前がいがみあってる場合じゃないって説得していった」

「ショセイってなんですか？」

書くという字に、生きるという字、と、石崎が宙に指で字を書いた。

「東京の遠藤本家で働きながら、大学に通ってた子だ。若様の子どもの家庭教師もしとった。たしか峰生の子だ」

若様というのが龍一郎なら、その子は龍治だ。そして龍治の家庭教師は……。

父、間宮裕一のことだ。

「その人……その人があの工場……山菜の加工場の建物を作ったんですか？」

記憶をたどるような目をして、「そうや」と石崎がうなずく。

「書生だった子を中心に若い衆が、がーんこ熱心に働きかけてなあ。会社や工場ができた暁には行政に働きかけて道もしっかり整備する。だから峰生、奥峰生、峰前で団結して産業を興そう。『働く場所がないのなら、自分たちの手で働く場所を作ればいい』って、大演説をぶってたよ」

わしはさ、と、なつかしむような声がした。

「週末にこっちに帰ってきて、平日は浜松で金管楽器を作っておったんやが、遠藤家の会社は自分のところの木材を使って、小型ハープを作るとか言っとった。勝手は違うが、それもまたいいかと思って、地元で働ける日を楽しみにしてたんやが」

石崎が軽くうつむき、膝の上に置いた手を見た。

「しゅーっと話が立ち消えた、若様が死んだあと。みんなの期待が大きかった分、ほら見たことか、峰生の衆は口先だけだって、峰前の衆が怒ること、怒ること」

「あのう、その……書生だった人たちはどうなったんですか?」

「どうなったかね。肝心の大将が死んでは、行き場がなくなったやろう。お前らが若様を焚きつけたのかと、詰め腹切らされた子もいるって話も聞いた」

深くため息をつくと、石崎が遠くを眺める。

「なでしこさん……本当はラッキーさんか。そこの上の人らの判断はたぶん正しいんやろうな。こんな田舎で何をしたところで無駄。遠藤家の親父様……だっけか、本家のあのお人が楽器会社の話を白紙に戻したのと同じや」

ところで、と石崎が姿勢を正した。

「前から思ってたんやが、『えんどう』というその名札。あなた、遠藤家のお人?常夏荘のおあんさんがあの店にいると聞いたが」

はい、と答えると、しげしげと顔を見上げられた。

「どこか上品なお人やと思ったら、やっぱりそうか。ラッキーさん……わしらにとってはミネマエ・スーパーストアのほうがしっくり来るが、あの店が峰生の遠藤家に乗っ取られたって、口さがない連中は言うとるよ」

「そんなふうに言う人がいるんですか……」

「でもそのおかげで送迎バスや、ミネシューなんて名物ができて、わしらはひそかに峰生の衆を応援しとったがな」

ありがとうございます、と頭を下げると、石崎が不思議そうな顔をした。

「おかしな気分や。あの家のお人は誇り高くて、めったなことで頭を下げげんと聞いてるのに」

お前は生粋の遠藤家の人間ではないだろう。そう言われた気がして、耀子は黙る。

力なく階段から立ち上がると、「それじゃあ」と言って、石崎は家に戻っていった。

もう一度頭を下げてから、耀子は車に戻る。えんどうと書かれた名札をはずし、車のダッシュボードに入れた。

母も祖父も教えてくれなかった父の姿が、おぼろげに浮かんでくる。

温かくて大きな手を持つあの人は、暗算が得意な男の子で、東京の遠藤家で働きながら大学に通い、やがてこの集落に産業を興すことを夢見て奔走した人だったのだ。

いくつの頃にミネオ楽器の創設に関わっていたのだろう。当時の父は、今の自分よりも若かったかもしれない。

山のなかを走っていると、若き日の父も同じようにこの道を走っていた気がした。

峠へ登りつめると、道が二つに分かれていた。右へ曲がればラッキー峰前店へ向かう。ふと思い立ち、耀子は左の道へハンドルを切る。

しばらく走っていると、坂の下に山菜の加工場が見えてきた。

車を路肩に停め、耀子は工場を見下ろす。山菜の加工会社の撤退後、使われていないせいか、壁は剝がれ落ち、屋根もところどころが壊れて廃墟のようだ。

草地に腰を下ろして、建物を眺める。

これが昔、父が奔走して作った工場。

この山菜の加工場には祖父が晩年に働きにきていた。高校は下宿が必要な進学校へやれなかったから、大学だけは望む場所に送り出してやると、口数少ない祖父がそれだけはきっぱりと、何度も言っていた。

どんな思いで、ここに来ていたのだろう。

息子の夢が潰えた工場で、その娘である孫の夢をかなえるため、夜を徹してここで働いていたのだ。

じわりと鼻の奥が痛み、目頭が熱くなってきた。

こぶしを握って、耀子は工場を見下ろす。

働く場所がないのなら、自分たちの手で働く場所を作ればいい——。

何十年も前に父が語ったという言葉だ。

どうしてここまで進めてきたのに、ミネオ楽器の計画は潰れたのだろう？

どうして？　なぜ？

答えが見つからず、空を見上げる。
澄んだ空気と広い空。空も森も水も美しく、この地には都会にはない資源がある。
どうして、これらを活かして働く場所がないのだろう。
どうして……。
土の冷たさが腰に伝わってきた。似たような冷たさを味わったことがある。
母と暮らしていた幼い頃のことだ。
深夜になっても帰らぬ母を待ち、空腹を抱えたまま玄関の板間によく座りこんだ。
あのときもこんなふうに冷えが身体に上ってきた。
弾かれたように立ち上がり、こぶしを広げて耀子は服の土を払う。
あんな思いは二度と味わいたくない。この冷たさは、無力感と絶望感そのものだ。
そこから抜け出す魔法の言葉を、遠い昔、自分は教わったではないか。
あの日——屋根の雪が溶け落ちる水音のなかで、青井先生が教えてくれた。
『どうして』と思わない。『どうしたら』と考えるのだと。
考えろ、と耀子は自分に呼びかける。
いつだって心のまんなかに、青井先生の言葉がある。
自立と自律。そして魔法の言葉、『どうしたら』。
『どうして』働く場所がないの。それでは何も始まらない。
『どうしたら』働く場所はできるの、だ。

どうしたら、自分たちで働く場所を作れる？

深く息を吐き、耀子は車に戻る。

明日は早番だ。夕方には店を出られる。そうしたらその足で浜松へ行く。街一番の大きな書店に行き、本を探す。

店を出すのか。それとも会社を作ったほうがいいのか。見当がつかない。とりあえず店の作り方と会社の作り方、両方を学ぶ。

まったくゼロからのスタートではない。工房なら常夏荘の百畳敷が、商品なら撫子印の総菜にミネシュー、ミネロール、ミネパンの三つの人気商品がすでにある。

これを活かす方法を考える。

ラッキーが撤退しても、自分たちまで撤退することはない。

きっと良い方法があるはずだ。『どうしたら』を必死で考えていけば——。


浜松で本を買い求めた五日後の夜、その本とノートを持ち、耀子は峰生の集落のはずれにある下屋敷の由香里の家に向かった。

明日は由香里が休みを取る。聡子の話によると、由香里は休日の前夜は車をいじっているか、ドライブに出かけることが多いそうだ。

天竜の流れに沿って、耀子はゆっくりと車を走らせる。

十五分ほどで由香里の家が現れた。上屋敷や本家にくらべれば慎ましやかだが、下屋敷の当主である由香里の実家も敷地が広い。家の周囲は高い板塀がめぐらされ、内部が見えない作りになっている。

来客用の駐車場に車を停め、門のインターフォンを押す。聡子の声がしたので、夜間に来たことをわび、由香里さんにお話ししたいことがあって、と切り出した。すると門の鍵が開いた。

大きな鉄の門を開け、耀子は足を踏み入れる。そのとたん、驚いた。下屋敷の自慢は、大きな石灯籠や銘石、高価な盆栽などが置かれた日本庭園だ。それがすべて畑になっている。

玄関に歩いていこうとすると、門のほうから車のクラクションが何度も鳴った。駐車場に停めた車に何かあったのだろうか。あわてて門に戻ると、真っ白なクラシックカーが停まっている。ツードアでフロントのノーズが長く、見た目はクラシックなのに途方もなく速そうだ。

由香里の友人だろうか。臆していると、助手席の窓が少しずつ開いた。どうしたの、と涼やかな女の声がする。由香里本人の声だ。

「由香里さん!」

「何驚いてるの？　私のほうがびっくりした。おあんさんが門を入っていくから」

「相談事があって……。近くまで来たので寄ってみました。ごめんなさい、突然に。

また出直します」

「何の用？　とりあえず乗って」

えっ？　と聞き返したら「相談があるんでしょ」と言われた。

「あのう、由香里さん、この車は一体……」

「フェアレディＺの初代」

「日本の車なんですか？　車のこと、よくわからないんだけど……迫力、ありますね」

まあね、とすました声がした。

「いろいろ、いじってあるから」

おあんさん、と聡子の声がした。振り向くと聡子が駆け寄ってくる。

「どうなさったの……あら、由香里？　どこへ行くの？　さっきの話はまだ終わってないわよ」

返事代わりのように、由香里がアクセルを吹かした。

「乗って、早く。母につかまると話が長いよ、今日は特に」

仕方なく耀子はドアに手を掛け、聡子に頭を下げる。

「すみません。車でお話をすることにします」

「おあんさん、待って。そんなところでお話……」

早くしろというように、由香里が車のアクセルを二回吹かした。その音にせき立てられ、耀子は助手席に座る。

ドアを閉めると同時に車が走り出した。聡子が道に出て、何かを言っている。

その母を尻目に、「どこへ行こうか」と由香里が楽しげに聞く。

「川を下って海まで行こうか。遠いかな？　せっかくだから、私たちだけにしか行けないところに行こうか」

「よかったんですか？　お母様、由香里さんに何か話したそうでしたけど」

いいのよ、と由香里が車のスピードを上げた。

「何を血迷ったのか、お見合い話を持ってきた。放っておこう」

由香里が奥峰生へ車を走らせ、遠藤林業の建物の横を通る道へ入った。

そこから先は立ち入り禁止で、スライド式の黒い門に南京錠がかかっている。

由香里が車を降りると、南京錠を外して門を開けた。あわてて耀子は車を降りる。

「由香里さん、そこを開けていいんですか？」

「いいわよ。鍵を持っているもの……というか。あなたも持ってるでしょ。照子おばさまからもらった鍵のなかにあるはずよ」

常夏荘に関する鍵はすべて預かっているが、遠藤家の森に関する鍵は渡されていない。車に戻りながらそれを伝えると、由香里が「そうか」とうなずいた。

「それはおそらく龍治さんが持ってるのね。中学生の頃、この先の道でデートしてたら、龍治さんを見かけたもの。赤いベルトーネ・リトモに乗っていた頃ね」

龍治と立海と過ごした十四歳の夏を思い出した。たしかにあの頃、いつも龍治は夜になると車に乗って出かけていった。

「龍治さんは何をしていたんでしょう?」

「猛スピードでひたすら峠を攻めてた。この先は急な峠で起伏がたくさんあるから。遠藤林業の人しか知らない道だけどね」

車を門のなかに入れると、二人で車を降り、門を閉めて鍵をかけた。

再び車に乗りこみ山道を進む。街灯の数が一気に減り、道が暗くなった。

山道を登り切ったところで、由香里が車を停めた。そこは平地になっており、木製の電信柱が一本立っていた。その柱にくくりつけるようにして電灯がついており、平地をやわらかく照らしている。

由香里が残念そうにあたりを見回した。

「ガスってて、見えないわね。本当はきれいな夜景が見られるところなのに。まあ、いいか。降りましょう」

車を降りると、枯れた草地が広がっており、その先に黒いフェンスが見えた。由香里が慣れた足取りでフェンスの方角に歩いていく。

「どこなのか、私にはまったく見当がつかないんですけど」

結構上に登ったからね、と由香里がフェンスに手を置いた。隣に立つが、霧のようなものが立ちこめて何も見えない。

「ここは峰生と常夏荘を見下ろせる場所なのよ。狼煙櫓（のろしやぐら）って呼ばれてる。遠藤家のご先祖様が江戸時代に東京と大阪の米相場を、いち早く狼煙で知ろうとした名残だって……」

　由香里がポケットから煙草を出し、火を点けようとした。風に火が消えそうなので、耀子は由香里のライターを手で囲む。

「で、用事って何？」

「私……いろいろ考えてみたんですけど、働く場所がないなら、働く場所を作ればいいんじゃないかって。……昔、そう言って、峰生に楽器会社を作る試みがあったらしいんです」

「ちらっと聞いたことがある」

「その話を聞いて考えました。撫子印の総菜、お弁当、それからデザートになるお菓子。この三つを売る会社を興せないかと思って」

「軽く言うじゃないの」

　さらりと言われて、怖くなった。馬鹿にされた気がするが、耀子は言葉を続ける。

「あきらめる前に、どうしたらできるのかを考えたいんです。地元のお客様へのお弁当の宅配は続けたいです。でも、ラッキーが撤退する以上、日用品を届けるのは無理です。だからそれはあきらめます。素材ではなく、自分たちで加工した商品を売る方向で、と考えています」

加工した商品？　と由香里が聞き返す。いつも以上に冷静な声だ。

「はい。加工品です。峰生のまわりには水、空気、卵、蜂蜜、山のもの、川のもの、いろいろな資源があります。でも材料を売るだけではだめ。それでは買いたたかれてしまう。良い素材があるのなら、それを加工して、お客様のお手元まで確実に届ける。素材から販売、すべてをやったほうがいい。だから加工品を……」

「その加工品を売るというのは誰の意見？　龍治さん？　立海さん？」

「楽器会社を作ろうとした人たちが、そう言っていたんです。中学生のとき、龍治さんから聞きました。峰生にある資源で何ができるのかを考えて、彼らは楽器を作ろうとしたんです」

その彼らとは、父たちのことだ。

この智恵を授けてくれたのは、おとうさんだ――。

「そのとき作った工場の跡地が、峰前の山菜の加工場……。私たち、工場はもう、あります。百畳敷が」

「常夏荘が墓地として売られるって話はどうなるの」

「それもあって、事業を興したい。私は峰生が好きです。峰生も奥峰生も峰前も。常夏荘を……」

この先の言葉を言うのは、龍治に対する裏切りだ。それでも言わずにいられない。

「常夏荘を、都会の人の好きなように開発されたくない。残したいんです」

由香里が煙草の煙を吐き、その行方を追うようにして空を見上げた。

その横顔に、必死で耀子は語る。

「小麦粉……たくさん持っていてもそれだけではパンになりません。だけどオーブンを持っている人、パンの作り方を知っている人、道具を持っている人、粉を上手に練れる人。みんなが集まればパンを作って食べることができる。たくさん作れば、それを売ることだって。小さくても、それぞれの力を持ち寄れば、何かできるんじゃないかって……」

夜空を見上げていた由香里が、足元に目を落とした。

「龍治さんはなんて言うかしら……。私より、先に龍治さんに相談するべき案件ね。あなたたち、別居生活が長いじゃないの。このうえ勝手にことを進めたら、関係がこじれるわよ。彼に頼めば、資金援助も、それに関わる知識も私以上に持っているでしょう」

「それではだめなんです」

どうして、と苛立たしげに言い、由香里が視線をよこした。かすかな照明のなかでも鮮やかな印象を残す、意志の強い目だ。

「龍治さんって怖いぐらいにできる人よ。あの人がいなかったら本家だって、下屋敷と同じ運命。スッテンテンになるところだったと思うわ。あなた、今日見たでしょ、うちの惨状」

「惨状って？」

日本庭園が畑になっていたのには驚いたが、このあたりの集落では庭に畑を作るのはよくあることだ。

由香里が煙草を足元に捨て、靴で火を踏み消した。

「庭石や灯籠はすべて売ったのよ。庭木も盆栽も。それで畑になったの。父が三年前に株でしくじりをやらかしたから。とりあえず畑でものを作れば飢えないって、たいして反省もせずにあの人は言うのよ、なんて言いぐさ」

おんなじよ、と冷めた声がした。

「本家だってバブル崩壊や親父様の相続で、そうなっても不思議じゃなかったのに。だけど龍治さんがいたから。彼が何度も切り抜けて、そのたびに盛り返してきたんだから」

「わかっています、大変だったことは」

遠藤地所に復帰した際も大変だったが、相続税を納めるときは、龍治は胃潰瘍で吐血を繰り返しながら働いていた。海外にも持っていたという不動産はすでになく、軽井沢や鎌倉にあった別邸を売却したり物納をしたりで、ようやく納税を終えた頃には、かなり痩せていた。その時期は瀬里の喘息の発作もひんぱんに起きたうえ、症状も重く、思い出すのもつらい。

逆を言えば、と冷静な声がする。

「龍治さんを納得させるだけのものがなかったら成功しない。間宮は能力があるし、私はそれを評価するけど、客観的には、世間知らずな奥様の思いつきと思われてしまう。龍治さんにまず相談ね。店を出すにも、会社を興すにもお金が必要よ」

「資本金、ですね。有限会社を作るなら、三百万円の資本金が必要だと」

「龍治さんが納得したら、資本金の相談もできるでしょう」

「そうなんですけど、それではだめなんです」

「何がだめなのよ、さっきから。理解できないわ」

苛立たしげに由香里が爪先で地面を蹴った。その仕草にひるむ気持ちをおさえて、耀子は軽く声を張る。

「資金援助を人に頼むと、その人の気持ちで計画が簡単にくつがえされてしまいます」

ミネオ楽器の工場の跡地を見て思った。資金を出す者がいちばん強い。その人がお金を出さないと言えば、どんな計画も立ち消えてしまう。

それを感じたとき、子どもの頃にハム兄弟の父が言っていたことも思い出した。彼は林業で繁栄した峰生と奥峰生が寂れてしまった理由を、当時の住人たちがなんでも「遠藤家におんぶにだっこ」で頼りきっていたからだと批判していた。夫の龍治に資金を頼ったら、それは結局、「遠藤家におんぶにだっこ」と同じだ。

由香里の目を耀子は見つめ返す。

「他人のお金でやるんじゃだめだと思うんです。自分たちでもお金を出さないと、資金援助をしてくれた人の気持ち一つで、何もかも簡単にくつがえされてしまう。本を読んで……店を作るのか、会社を興すのかじっくり考えてみて……私は会社を興したいと思いました」

「まずはお店からでもいいじゃない。いきなり法人を作らなくても」

「ラッキーと取引をしたいんです。ミネシュー、ミネロール、ミネパン、この三つと撫子印のお総菜を、これからできる大型ショッピングモールで、私たちの商品として販売するお取引がしたい。いずれは浜松、名古屋、東京。大都市のお客様にも届けたいんです。そのためには会社組織にしたほうがいいと考えました」

なるほどね、と由香里がつぶやいた。素っ気ないその言葉に、耀子はうつむく。由香里の口調からは、どう思っているのかうかがいしれない。

顔を上げたら、思いつめた声が出た。

「『根性見せろ』って前に由香里さんが言ってましたよね。本当にそう。根性がないと、誰にも認めてもらえない。お金は今、工面の方法を考えています。できれば会社で働く人たち、みんなでお金を出し合えればベスト……そこまで考えてみたんですけど」

あらためて、耀子は由香里に向き合う。今度はまっすぐに声が出た。

「由香里さん、力を貸してください」

由香里は黙っている。

「会社を興すにはどうしたらいいのか。本を読んだだけでは見当がつきません。どうか、私と一緒に働いてください」

「あなたの下で働けと？　この私をあなたが使うというの？」

力をこめて、耀子はうなずく。

「本家だ分家だと、この時代にいまだにそんなことを言い、私のことをおあんさんと呼ぶのなら、力を貸してください」

「本気で言ってる？」

「本気です。私は峰生が好き。最初は知らずに連れてこられた場所だったけれど、今は自分で選んでここにいます。娘の体調も良くなったし、ここは娘のふるさとになる場所です。子どもたちが、自分が育った場所を胸を張って好きだと言えるように。都会に出ていった子どもたちが帰りたいと思ったとき、峰生へ帰るという道が選べるように。働く場所を自分たちで作るというのは、その第一歩になるはずです。なによりも単純に、純粋に、私はこの仕事を続けたい」

かすむ眼下の景色を見ながら、由香里が腕を組んだ。しばらく考えたのち、ゆっくりと口を開いた。

「悪いけど、私はまだ東京でやり残したことがあるの。会社を辞めて起業するわけにはいかない。昇りつめたいの、あの組織のなかで行けるところまで」

「そう……ですか」

でもいいわ、ときっぱりとした声がする。

「今度はあんたが山車に乗りなさいよ」

「山車？　星の天女の？」

天を見上げると、由香里が組んでいた腕をほどいた。

「あんたの山車を引っ張ってあげる。おあんさんの会社には入らないけど、作る手伝いをする」

「本当ですか！　ありがとう」

言っておくけど、と由香里がいきいきとした目をした。

「私はちんたら走らないわよ。危なくなったらブレーキ踏むより、アクセル踏んで走り抜けるのが好き。振り落とされないことね」

「スピードは平気なの、怖くないわ。祖父のバイクで慣れたから」

「あの人は速かったな……。そうと決まれば」

由香里が車に向かって歩き始めた。

「帰りましょ。やること山積み。さっそく常夏荘で相談しましょうよ、お茶ぐらいご馳走してくれるでしょ」

「泊まってくれても大丈夫」

「徹夜で仕事させる気？　人使い荒いのね。でもいいわ。最速でやろう。こうなれば新工場の弁当の参入業者の件、絶対逃さない」

　車に乗り込むと、エンジンをかけながら由香里が笑った。

「おあんさんは代々変わり者が多いって聞くけど、あんたもたいしたタマね」

「馬鹿にしてます？」

「まさか、ほめてるのよ。起業なんて考えたこともなかった。……会社に飼い慣らされていたのかも」

「飼い慣らされてるようには、とても見えないけど……」

　言うじゃないの、と再び由香里が笑うと、車を進めた。

「面白いわね。おあんさんがあんたなら、退屈しないわ」

　暗がりのなかを車は走る。その速さにのせて、気持ちが高ぶる。会社を興すなんて身の程知らずだ。しかし事業をしている人が全員、経営の勉強をしてきたわけではないだろう。

　空を見上げると雲が切れ、月の光が差してきた。

　とにかく進む。欠けているものがあるなら、満たす方法を探す。

『どうして』と嘆いたところで何も始まらない。

『どうしたら』と考え続けて前へ進めば、今とは違う景色が広がるはずだ。

第七章

十二月の初旬、照子が立海とともに対の屋の玄関を出ると、庭のほうから子どもたちの声が聞こえてきた。

ファイルを小脇に抱えた立海が、スーツケースを引きながら「なつかしいね」とつぶやく。

「彼女の声はお母様と似ているね」

半分あきれながら、照子は軽く非難の目を向ける。

「瀬里と言いますのよ。立海さんはどうしていつも大姪の名前を忘れてしまうのです？」

「忘れたわけではないけど……実感がわかなくて」

実感がわかないのは大姪の存在ではなく、「ヨウヨ」が母になったことではないか。流れた歳月を思い、照子は一瞬だけ目を閉じる。

庭に出ると、立海に気付いた瀬里が会釈をした。それを見た二人の男の子と一人の女の子が次々と頭を下げる。

お友だち？　と立海が瀬里に声をかけた。

「……よかったら、みんなで探険に行かないかい？」

「どちらにですか、オージ様」

落ち着いて話すと、この子の物腰には龍治とよく似た怜悧さが立ちのぼる。

「母屋に行くんだよ」

立海が庭の向こうにそびえる洋館を指差した。

「えっ、あそこに入れるの？」

瀬里があわてて「入っていいのですか？」と聞き直した。今度は声も口調も耀子そっくりだ。

「僕と一緒ならね」

立海が瀬里に背を向けて洋館を見た。

おお、とつぶやき、大柄な男の子が背伸びをして、母屋の方角を見る。この子は奥峰生から来ている六田という男の子で、ムッチンと呼ばれている。

「あの洋館、見たいな、ゲームに出てきそう、なあ、トッシー？」

トッシーと呼ばれたのは、眼鏡をかけた色白の男の子だ。

「ちょっとこわくね？　のろいとか、ありそう」

怖くはないよ、と立海が優しく二人の少年に言う。

「かなり古いけどね。この間、大掛かりな清掃を入れたから、今はほこりも蜘蛛の巣もない。興味があるなら一緒に行くかい？」

行く！　と子どもたちが言い、ムッチンとトッシーが走り出した。あとを追って、瀬里と小さな女の子が走っていく。

立海が遠ざかっていく四人の子どもたちを見た。

「体格差がずいぶんあるけど、あの子たちまさか同じ学年？」

「ムッチンと呼ばれる六田君は瀬里と同級生ですが、トッシー君は二つ下。あの女の子は峰前の子で、美也ちゃん。千恵の娘や」

「千恵の？　気が付かなかった。あまり似てないね」

美也は瀬里より一つ年下で、薄い身体つきの娘だ。週に一度、峰生の習字教室に通っており、千恵が午後から百畳敷の工房で働くときは、稽古が終わったあと常夏荘に来て、仕事が終わった千恵と一緒に車で峰前のアパートに帰る。工房の隅で本を読んでいるところを、瀬里が見かけて友だちになったそうだ。

ムッチンとトッシーが何かを叫んでいる。それを見て、立海が笑った。

「子どもは風の子というけれど、峰生の子たちは本当に元気だね」

「美也ちゃんは片耳が不自由で補聴器を入れているのです。だからよけいにあの子たちははっきりと話すようにしているのかもしれない……どうしてあの子たちを誘ったのです？」

「昔、照子に蔵の探険に連れていってもらって、楽しかったのを思い出してね。それに……」

立海が小脇に抱えたファイルを見た。視線につられて、照子も事業計画書と書かれたファイルに目をやる。

寂しいんだ、と立海がつぶやいた。

「この計画書の中身どおりになるのなら、母屋のことを知っているのは僕らが最後になる。あの子たちの記憶のどこかに、母屋の洋館のことを覚えておいてもらいたい気がしてね」

立海が歩き出した。その隣を照子も歩む。

先月の終わりに龍治から常夏荘の売却について話し合いたいという連絡が来た。十二月の早い時期に常夏荘に行くので、そろそろ心を決めてほしいという。

承知すると、すぐに東京から一冊のファイルが送られてきた。事業計画書と書かれた厚いそのファイルには、公園墓地の趣旨やイメージを描いた絵、具体的な図面、そして常夏荘の母屋と対の屋をどのように施設に転用するかといった内容が細かく書かれていた。

売るとは一言も言っていないのに、話はその方向で進んでいる。腹立たしくて、その計画書を自室のテーブルの上に出したきりずっと読まずにいた。すると窓を磨きにきた耀子が興味深そうにそれを見て、読んでもいいかと聞いて持ち帰ってしまった。

それ以来、庭の手入れをするために朝早く階下に向かうと、キッチンで耀子が食い入るようにして事業計画書を読んでいる姿を見かけるようになった。彼女もまた常夏荘の売却に心が動いているようだ。

そう思っていた矢先、立海から連絡が来た。年末年始に働く代わりに一足早く休暇を取るという。そこで常夏荘の売却の話し合いのあと一週間、母屋に滞在をしたいそうだ。

立海は立海で、常夏荘に別れを告げようとしている。

寂しい思いで、母屋は蜘蛛の巣だらけで、使えるようにするには時間がかかると答えた。すると立海は十二月に入ると清掃業者を手配し、洋館部分と幼い頃に過ごした小部屋を使えるようにした。

それ以来、耀子と鶴子が客用の布団やタオルなどの細々した品物を母屋に調えていき、いよいよ今日が売却の話し合いの日だ。

耀子は仕事を休み、龍治と立海を迎えるために、朝からかいがいしく働いていた。それがなぜか二時間前に用事ができたと言って出ていき、帰ってこない。さらには鶴子も峰生の集落に買い物に行ったきり戻らない。気をもみ始めたところへ、立海が思ったより早く東京から車で到着した。

予定では、耀子が母屋の鍵を開けて風を通し、鶴子が花を飾るなどの支度を整えてから、立海を案内するはずだった。彼女たちにも段取りがあると考え、照子は立海にハーブティーをふるまい、対の屋で二人を待った。

ところが二人は一向に帰ってこない。しびれを切らした立海が自分の鍵で母屋を開けることになった。

母屋に着くと、「早く早く」と瀬里が玄関の前で、立海に手を振った。

「私、ずっとなかを見たくてたまらなかったんだけど、お母ちゃま……母が入れてくれなかったの。ここは大叔父様のおうちだからって」

「土地の一部はお祖母ちゃまのだけどね」

房付きのリングに通した鍵の束を立海が手にした。

「あ、それ、お母ちゃまと一緒。でもオージ様のは房が紫なのね。おかあ……」

母、と瀬里が言い直した。

「母のカギの輪は房が金色なのです」

「同じものだけど、僕のは鍵が一つ少ないんだ」

「どこのカギがないの？　ですか？」

庵の鍵、と答えて、立海がシャッター代わりの木製の雨戸の鍵を開ける。

「庵の鍵は、おあんさんしか持っていない。もっともあそこには、子どもに限って簡単に入る技があるけどね」

「え～！　教えて、オージ様。知りたい、知りたい。ねえ？」

子どもたちがみんな、うなずいている。

立海が瀬里を見たあと、ムッチンを眺めた。

「六田君は身体が大きいから、そろそろ無理かもしれないな」

でかいと駄目？　とムッチンが立海を見上げる。

難しい、と立海が笑った。

「あちこちぶつけて抜けなくなる」

「おれ、行き方がなんとなくわかってきた」

「だからって無理しちゃ駄目だよ。怪我するから。僕はそれで昔、救急車で運ばれて病院送りになった。ねえ、照子」

興味津々という顔の瀬里を見て、「立海さん」と照子はたしなめる。

「子どもにおかしなことを教えないでくださいな」

「教えないよ。でも思い出した。リウの書は孫の彼女に譲ってあげなきゃね。せっかく照子から返してもらったんだから」

リウの書って何？　と瀬里が立海を見上げた。

「今度ね。それを読めばすべてわかるよ」

瀬里がつまらなそうな顔をした。

「お父様もよく『今度』って言うけど、忙しくて『今度』って来ない。オージ様も同じ？」

立海が瀬里を見た。その視線が少しだけ優しい。

「僕はお父様ほど忙しくないから。僕の『今度』は必ず来るよ」

立海が木製の雨戸を開けた。

ステンドグラスが嵌まった美しい扉が現れた。午後の光を受けて色とりどりに輝いている。

きれい、と瀬里がつぶやき、美也がうっとりと扉を見上げる。

われたらやばい、とトッシーがつぶやき、裏口ないのか？　とムッチンが瀬里に聞いている。

「おれ、こんなガラス入りのドア、びびって開けられないよ」

私も、と瀬里が言うと、立海が扉を開けた。その向こうに広がる光景に、再び子どもたちが息を呑んでいる。

扉の向こうにはモノトーンのタイルが床に嵌めこまれたエントランスがあった。天井からは豪奢なシャンデリアが下がり、その下には臙脂色の絨毯を敷き詰めたホールが広がっている。

どうぞ、と子どもたちを誘い、立海が足を踏み入れた。

広っ！　とトッシーがホールの中央へ走っていく。

「うわあ、天井がたかっ、うちの寺よりたかいかも」

子どもたちが階段を指差し、上がってもいいかとたずねた。

どうぞ、と立海が言うと、子どもたちが次々と階段を上がっていく。

立海が小脇に抱えたファイルを広げた。

「計画だと、この洋館は取り壊すらしいね。ステンドグラスもタイルも何もかも」

「そうですか……」

「照子のところに、事業計画書は行ってないの？」

「送られてきましたけど……最近、細かい字を読むのが億劫になりましてね」

立海と並んで階段を上がり、彼らが勉強に使っていたサロンに照子は入った。

子どもたちが窓から庭を眺めている。部屋の隅に置かれた椅子に照子が座ると、立海がその隣に立ち、壁にもたれて子どもたちを眺めた。

「ここを売却していいんだろうか、照子」

「うちがそう聞きたい、あなたと龍治に」

迷ってるんだよ、と立海が苦しげに言う。

「上屋敷や遠藤林業の人たちと話していると、いろいろなことを学ぶんだ。僕が父から聞けなかったこと……あるいは父が捨て去ったことを」

「どのようなことですの？」

たとえば、と立海が少し考えたのち、口を開いた。

「僕らが植えた木はすぐには資産にならない。子どもたちの世代、あるいは孫たちの世代になって、ようやく木材となり、それを売ることで資産になる、そんな話。上屋敷の人々は何をするにも常に五十年、百年先を見通して動けと言われている。今、自分たちが暮らしていられるのは、五十年前、百年前の先祖が心を砕いたおかげだから。僕はそんなことを父に言われたことはない」

「百年先を見通すことなど、人にできましょうか」

「そうかもしれないけど、心に留めるべき言葉だよ。つまり、僕らの代でこの地を売り払っていいいんだろうか。次の世代、そのまた次の世代のことを考えたら、常夏荘は残しておくべきじゃないかって」

上屋敷の人たちが……と立海が言いづらそうな顔をした。

「ここを手放すのは反対だと言っていて。困っているのなら援助をするとまで言っている」

「相変わらず羽振りがよろしいこと」

「そんな言い方をしないでよ。今日の照子は東京に来たときのように話すね。僕のことを許していない？」

「さあ、どうですやろ」

いつものように答えると、立海が少しだけうれしそうな顔をした。

立海の薬指にある指輪に照子は目を移す。上屋敷の娘と交わしたものかと思うと、この青年を縛る枷のようだ。

「ひとたび開発が始まったら、二度と元には戻せない。上屋敷の人たちにとっても、俺にはご先祖がまつられているから気になるんだ。そう思うとまた悩む」

瀬里の明るい声がした。

「おばあちゃま、お父様がついたよ」

その言葉に照子は立ち上がる。

窓辺に寄ると、ダークグレーのスーツを着た龍治と秘書が庭を歩いてくるのが見えた。

「うわ、こあんちゃんの父ちゃん、なんか、こわいぞ。おれ、そろそろ帰ろっかな」

子どもたちが窓から離れた。

「ムッチン、かえるの？　じゃあ、ぼくもかえる」

さようなら、と行儀良く男の子たちが挨拶をすると、部屋を出ていく。

待って、待って、と、瀬里と美也がそのあとを追っていった。

立海が窓際に立った。

「たしかに雰囲気が怖いな……。龍治、怒っているのか。いや、あれは疲れてるんだな」

立海と並び、照子は龍治の姿を眺める。遠藤地所に復帰してからの龍治は、祖父の龍巳のような威厳が出てきた。実際、龍巳と仕事ぶりも似ているそうだ。

つらいんだろうな、と立海がつぶやく。

「龍治は本来、ビジネスをする人じゃないから。名前のとおりに龍で。自由奔放に好きな世界を駆けめぐるべき人だから」

「ひどいことを言うのですね」

「ひどくはないよ。僕があと十年早く生まれていたら、パリだろうがロンドンだろうが、どこでも好きなところで龍治たちが生きられるようにしたのに」

上屋敷の一族にそういう人がいる、と悲しげに立海が笑う。

「……学者になって、パリにいる。学問では食べていけないけど、上屋敷が全面的に生活をバックアップして、優雅に暮らしているよ。本来なら龍治もそうやって生きたかっただろうに、僕が子どもだったせいで、バブルの崩壊も、倒産の危機も、何もかも、彼がすべて一身に引き受けて」

拒めない、と立海が目を閉じた。

「龍治が望むことは。拒んではいけない。照子はどう思う？」

答えずに、「戻りましょう」と照子は立海に声をかける。

「僕はここにいる。夕食になったら内線をください」

「そうでした、うっかりしてた。立海さんが対の屋に泊まるような気がして」

「母屋で過ごすのも、これが最後だろうから。一週間、ゆっくりさせてもらうよ」

また、あとでね、と立海が言い、幼い頃に過ごしていた小部屋に向かっていった。


今夜の夕食は立海が来ていたこともあり、峰生の撫子屋に出張料理を頼んだ。

これまではこうした依頼をすると、千恵の父でもある先代が純白の調理服を着て対の屋の厨房に入り、同じく白い調理服を着た千恵の母が折り目正しく給仕をしてくれた。

先代が亡くなったので、今回の出張料理は千恵の兄夫婦が担当した。ところが、料理はたいして美味でもなく、給仕を担当する妻の動作もがさつだ。さらに彼女は、時折あからさまに耀子をにらみつけている。

彼らが帰ったあと、ダイニングルームで食後の飲み物を楽しんでいると、撫子屋の味がずいぶん落ちたと龍治が残念そうに言った。

「味だけではなく、柄も悪くなったようだ」

紅茶に砂糖をいれながら、照子は相づちをうつ。

「先代が亡くなられてから、いろいろあったようだから」

先代ですか、と龍治が何かをなつかしむような目をした。そうしていると、眼光の鋭さが少しだけゆるむ。

龍治は一時期、体調を崩してたいそう痩せたが、それを機に体調管理を念入りに行い、今は身体も鍛えている。そのせいか若い頃よりも精悍で、研ぎ澄まされた感じがある。

「彼は千恵に撫子屋を継がせたがっていた節があるけれど、結局、長男が継いだわけですね」

「先代の気持ちはわかるな」

龍治の隣に座っている立海がミネロールを口に運んだ。

「千恵が作る料理はおいしいもの。僕は今でも千恵のおやつがときどき夢に出る。五平餅とかハンバーガーとか」

立海がロールケーキを見た。

「ところで、このロールケーキ、すごくおいしいね。百畳敷で作ってるの？」

そうです、と照子の左に座った耀子が答えた。

お花の形のパンもあるよ、と照子の右に座った瀬里があとに続く。

「とってもかわいいお花パン。撫子の形をしているの」

それは可愛いね、と立海が瀬里に話しかけたあと、明日にでも工房を見せてほしいと耀子に頼んだ。

「それからミネシュー？　遠藤林業ですごく話題になっているお菓子を、東京に帰るときに持ち帰りたいのだけれど」

耀子が丁寧に頭を下げた。その足元には二つの紙袋が置かれている。

何が入っているのだろう？　照子はその紙袋を見る。

龍治が対の屋に到着したあと、すぐに耀子が常夏荘に戻ってきた。たいそうあわてた様子で走ってきて、手にはこの紙袋を二つ持っていた。

それから鶴子とともに忙しそうに働いていたが、間を縫って二階の照子の部屋に来た。今夜、常夏荘の売却の話をするとき、その席に加えていただけないかという。

百畳敷を工房として借りているので、その立場から話し合いの場に同席させていただきたいとのことだった。

遠慮がちな態度ながらも、力のこもった言葉を聞き、同席を承諾した。常夏荘を代表して、神社の世話人などをしているのは耀子だ。この場所を売却するならば、地域への挨拶は彼女がすることになる。同席するのはむしろ当然だ。

瀬里がロールケーキを食べ終えた。それを見た耀子が、今日は先にお風呂に入り、一人で宿題をするようにと告げた。

いいじゃないか、と龍治が耀子に声をかけた。

「君も瀬里と一緒に行って、宿題を見てあげるといい。これから例の、こみいった話をするからね」

いいえ、と控えめだが、しっかりとした口調で耀子が答える。

「常夏荘の売却のお話でしたら、私も参加させてください」

「土地と家屋の権利を持つ者だけですむ話だ」

龍治の声はやわらかいが、威圧感がある。同じようにやわらかく耀子も言い返す。

「私たち、百畳敷の厨房をお借りしてお菓子の工房を開いています。建物を間借りしている立場として、お願いしたいことがあるんです」

難しいことを言うね、と龍治が微笑んだが、目は笑っていない。

続いて「立ち退き料の請求……」と言いかけて、龍治が瀬里に顔を向けた。

「瀬里、宿題をしておいで。あとでまたいろいろなお話をしよう」

はい、と素直に答え、瀬里が部屋を出ていく。

瀬里が完全にドアをしめてから、再び龍治が口を開いた。

「立ち退き料の請求という話なら、それなりの手当をするよ」

いいえ、いりません、と、かすかに声をふるわせながら、耀子が答える。

「もともと売却されたら立ち退くというお話で、お借りしていますから」

「それなら一体、何の問題が？」

あの、と耀子が口ごもった。

「問題じゃないんです。ただ、私はこの場所で会社を興したいと思って」

会社？　と心のなかで照子は驚く。龍治の前妻、千香子(ちかこ)は古着の店を持とうとしていたが、次の妻の耀子は会社を作るのだろうか。

立海も少し驚いた顔をしている。しかし龍治は平静な表情だ。

「君と由香里のミネシュー、ミネロール、ミネパンの評判は聞いているけどね」

「ご存じなの？」

「君たちが思っている以上に何もかもね」

気持ちはわかるけれど、と嚙んで含めるように龍治が言う。

「会社を興すのは難しいことだし、それを経営するのはもっと難しいことなんだよ」

「わかっています」

耀子が張り詰めた声で言う。

わかっていたら、と龍治がコーヒーを飲んだ。

「会社を興したいと思って、などとは言わないものだ」

「どんなふうに言うんですか？」

教師に質問をするかのように耀子がたずねている。

その話はいいじゃないか、と龍治が穏やかに答えた。

「それよりも瀬里の教育のほうが大切だ。君が勉強を見てやれば、学校の勉強はまず心配ないだろうが」

耀子が一瞬黙った。しかし小さいが、はっきりとした声で「わかっていたら、なんて言うんでしょう」と再びたずねた。

少し考えたあと、龍治が口を開いた。

「君が由香里とラッキー峰前店で行った試みは評価に値する。会社を興したくなる気持ちもわかる。でも『思う』という抽象的な言葉を使っているうちは夢物語だ。会社を興す。はっきり、そう言い切る自信も責任も持てないのなら、ふわふわした夢や希望を語ってはいけないよ」

「言いすぎじゃないの」

立海が飲んでいたコーヒーのカップをソーサーに置く。

「なんだって最初は『思う』ところから始まるよ。言い切る自信がないのなら、夢と希望を語るなというのは厳しすぎる」

「ものごとの実現に必要なのは、夢と希望ではなく、展望と計画だ」

「展望と計画なら、あります」

耀子の声が響いた。

「事業計画書を作ってきました。ご覧になっていただけますか」

龍治の眉がかすかに動き、立海が面白そうな目をした。

耀子が足元の紙袋からファイルを出すと、龍治と立海に差し出した。続いて渡されたファイルを照子は手にする。

茶色のファイルには「事業計画書」と書かれていた。中身をさっと見ると、先日送られてきた公園墓地の事業計画書と体裁や構成が似ている。

このために熱心に読んでいたのかと合点がいった。龍治が目を通し、これで良いと思った水準の計画書を送ってきたのなら、それを参考にして耀子が作ってきた計画書もおそらく、レベルはそれほど低くはないだろう。

二ページ目を見てほしいと耀子が指示をした。

「そこにあるように、設立する会社の業務内容は、お弁当とお総菜の製造と販売、そしてそれらのデザートとなるお菓子の製造と販売です。この峰生の常夏荘を拠点に、お母さんが子どもたちのために作るような、安全、おいしい、可愛い、楽しい食べ物を作るという気持ちを撫子印にこめて展開します」

立海がファイルに目を通したあと、耀子を見た。

「これはおあんさんが作ったの？」

「たくさんの人のお力を借りて。特に由香里さんには、いろいろ力になってもらいました」

ファイルを読んだ龍治がため息をついた。

当事者ではないのに、その様子に気持ちが冷え込む。くだらないとも、厄介なことを言い出したとも取れる、冷たいため息だ。

あの、と言ったあと、耀子は熱っぽく語り始めた。

「生鮮食品も日用品もだいたい一家庭のなかでの購入額って決まっています。だけど、お総菜ってこれから絶対に伸びる分野だとおも……」

思うと言いかけた言葉を耀子が瞬時に止め、「推測しています」と言い換えた。

「なぜなら、外食するほど高くないし、家で作るより手軽で簡単。それがおいしくて、家庭の味なみに安心できたら、今後、絶対に伸びるはずです。高齢者、働いている女性、子育て中のママ、独身男性。潜在的な購入層は絶対います。都市部は特に多いはずです」

ひややかに「資本金は？」と龍治が聞く。

「資本金だけではない、運転資金も。それから数値……」

数値計画！　と耀子が言うと、あわてて足元の紙袋から出した。

「忘れていました、ごめんなさい。数値計画を今、練り直しているところです。これが先ほどできたばかりのもの」

　耀子から渡された書類を照子は眺める。数字がびっしりと並んで、何が書いてあるのかさっぱりわからない。

　龍治が書類に目を通し始めた。しばらく見ていたが、やがてジャケットのポケットから煙草を出して、火を点けた。

　立海が隣の龍治を見た。

「龍治、煙草をやめたんじゃなかったっけ？」

「吸うときもある」

「どんなとき？」

　龍治が無言で立海を見た。黙っていてくれ、という顔だ。

　耀子が立ち上がり、灰皿を龍治の前に置いた。

　おあんさん、と数値計画書を見ていた立海が顔を上げる。

「会社を作るより、まずは店から始めたほうが手堅くないかな？」

　会社がいいと判断しました、と耀子がファイルをめくる。

「まずは峰生を拠点にランチや会議、仕出しなどのお弁当の配送をしますが、最終的にはお総菜とお弁当、食後のお楽しみ的なお菓子で、大型ショッピングモールや都会のデパートへの出店を目指します。それなら最初から会社の形態にしたほうが、お取引のときに先様も安心すると思……判断しました」

龍治が数値計画書をテーブルに置く。

「この会社の資本金を負担せよ、と？」

待って、と立海が書類に目を落とした。

「新たに設立しなくても、休眠会社を活用するという手は？　遠藤林業の番頭に聞けば、いくつかあるでしょう」

休眠会社？　と耀子が聞き返し、自分の数値計画書の隅にメモをした。

「きっとある。僕は覚えてる。下屋敷の誰かにまかせると言って、父からそういう資金を引き出した人たちが何人かいたはず」

「奥峰生と下屋敷を巻き込むのはやめてくれないか」

二つとも、と耀子が男たちの会話に割り込んだ。

「もう巻き込んでいます。シュークリームの販路が広がるきっかけを作ってくれたのは奥峰生の遠藤林業の人たちです。そして下屋敷の由香里さんが会社設立に力を貸してくれています。この集落に働く場所を作って、木材以外の名産になるものを作るという点で、もう、すでに二つとも巻き込んでいます」

龍治が灰皿に煙草を押しつけた。

とりあえず、と耀子が龍治をまっすぐに見る。

「資本金三百万円と運転資金はこれから出資してくれる人を募ります」

「どこから？」

「まず私が。龍治さんからいただいている月々のお金のなかから、少しずつ貯めてきたものがあります。何かのときのために貯めてきたものですけど、どうかそれを使わせてください。それから下屋敷の由香里さんも出資を」

彼女か……と龍治が再びため息をついた。

足りない分は、と耀子が食い下がるように言葉を続ける。

「これから一緒に働く人たちのなかから出資を募ります。資本金が集まったら会社を立ち上げますから、時間をください。三ヶ月半後にスーパーが閉店します。そのときスムーズに仕事が移行できるように今、大至急で動いています」

「勝手なことを」

龍治が耀子を見据えた。遠藤家の男特有の鋭い眼光だ。しかし耀子はそれ以上に強く、熱い眼差しで龍治を見つめ返している。

「龍治さん、お力添えをいただけたら心強いです。でもあなたにご負担はかけません」

「かけているよ。常夏荘を売るか、売らないかの瀬戸際にこんな話を持ち込んで」

「売らないでください」

耀子が静かだが、凜とした声で言った。

「私は、常夏荘の売却には反対です。ここは素晴らしいところです。その素晴らしさをうまく使う努力もしないで、都会の人に売ってしまうのは反対です。どうか、皆さん、私たちにチャンスをください」
龍治がテーブルの上で手を組み合わせた。明らかに拒絶している。それなのにひるむ様子もなく、耀子は龍治の前にいる。色白の顔にうっすらと血が上り、とても情熱的だ。

事業計画書と数値計画書を立海が読み終えた。

「峰生を中心にした集落を活性化する試みでもあるし、僕は面白いと思う」

「今は売却の話をしているんだよ、リュウカイ」

同じさ、と立海がファイルを閉じた。

「選択肢は二つ。常夏荘を売却するか、ここを拠点に起業をするか。どうしてここを売るのかというところから、僕らは考え直したほうがいい。維持が大変だというのなら、僕がその分を肩代わりしても。たとえば龍治の持ち分を僕に……」

「そういう問題じゃない」

固定資産税とか、と耀子が早口で言った。

「いろいろ……大変だというのは、わかっているんです。それを何も知らないで……私が勝手なことを言っているのもわかるんですけど」

いや、と立海が首を横に振った。

「ものすごく大変な税額でもないはず。それを避けるために父が権利を分割したのだから」

龍治、と立海があらたまった声で呼びかける。

「あの事業計画書はとても良くできていた。だけど、本当のところを言うと、僕も売らずにすむなら売りたくない」

楽になりたい、とうめくように龍治が言った。

「解放してほしい。みんな、いつまでもこの地の呪縛にとらわれて。峰生は昔から大事な人を呑みこむ大きな墓場だ」

いたたまれない顔をして、耀子がおずおずとたずねた。

「あの……瀬里が私とここにいることは、龍治さんには苦しいことだったんでしょうか」

それはいい、と龍治がつぶやいた。

「君はいい。山の愛し子のような人だから、ある意味、至極当然」

山のめぐし子って？　と耀子が戸惑っている。

「いいんだ、それは。でもともかく」

一瞬見せた激情を収め、龍治がいつもの冷静な態度に戻った。

「普通なら売れたところで二束三文。おそらく買い手もつかぬこの土地を、これほどの好条件で売れることは今後ないでしょう」

「龍治、あなたは儲け話にのりたくてここを売ろうとしているの？」

そういう側面はあります、と落ち着き払って龍治が答える。

「開発というのはつまり、儲け話という意味合いが多分に含まれているものです」

わかりました、と照子はうなずく。

気持ちは固まった。

「龍治が常夏荘をどうしても売りたい、そう言うのなら、それなりの考えがあると思っていました。今の今まで従おうと思っていた」

でも、と照子は語勢を強める。

「おあんさんがここでやりたいことがあると言うのなら、うちは儲け話よりそちらを大事にしたい」

間を取りなすように「こうしたらどうかな」と立海が言った。

「おあんさんが働く職場は三月に閉店するんだよね」

はい、と耀子がうなずく。落ち着いた様子で、立海は場を見回した。

「では、それまでに会社の資本金が集まり、起業が決まったら、常夏荘を売るのをやめるというのは」

龍治が再び煙草に手を伸ばした。

「最終決定は春まで先延ばしにするということか」

「そうなるね。どうだろう、龍治」

どうだろうと言われても、と龍治が煙草をふかす。

「あなたがたの賛同なしでは一歩も進まぬ話だ」

「そういうのも見越して、父は権利を分割したのだろうね」

いまいましい祖父様だ、と龍治は言うと、立ち上がった。

どちらへ、と心配そうに耀子が龍治に声をかける。

「外で煙草を吸ってくる」

「僕も母屋に帰る」

耀子が渡した資料を持ち、龍治に続いて立海も出ていった。

耀子がテーブルに残された龍治のファイルを片付けている。

常夏荘を売りたくない。立海も自分も言えなかったその言葉を、この子が言ってくれた。それも清々しいほどにきっぱりと。

沈んだ様子の背中に声をかけたくなった。

でも何と言えばいいのだろう。言葉が見つからなかった。

第八章

龍治と立海に起業の話をして、常夏荘を売らないでほしいと訴えた夜、煙草を吸いにいった龍治はしばらく対の屋に戻ってこなかった。

帰ってきた龍治に、どこへ行っていたのかと耀子はたずねた。すると、星を見ていたという返事が戻ってきた。それから耀子を見ると、「困った人だね」と穏やかに言った。

金とは力であり、武器であると龍治は続けた。事業を興して金を生み、金を動かすということは、武力を行使するということだ。得るものはあるが、自分もそれなりに傷つく。あなたにはそんな思いをさせたくないのだけれど——と諭されたが、起業をするという気持ちは変わらなかった。

翌日の日曜、龍治は東京へ戻っていった。起業について何も言わなかったので、資本金の話を由香里と詰め、月曜日に店で働く人々に出資の話をすることを決めた。

月曜の朝礼のあと、三月の閉店後についての相談があるので、終業後に休憩室に集まってくれないかと耀子は皆に声をかけた。

その夜、休憩室に集まった人々に、撫子印の総菜と、ミネシュー、ミネパン、ミネロールを製造販売する会社の起業を考えていると伝えた。

人々の顔が一気に晴れやかになった。ところがそのために出資者を募るという話をすると、みんなが顔を見合わせている。

落胆と戸惑いが伝わってきて、あわてて耀子は説明した。

「つまり……あの、自分たちの手で働く場所を作りませんかってお誘い、です。資本金三百万円のうち、二百五十五万円までは準備できます。だけどあと、四十五万円が足りません」

会社設立の資本金は代表者の意見を通しやすくするためにも、耀子が半分以上を持つべきだと由香里は言った。そこでこれまで少しずつ生活費から貯めてきたものと、常夏荘の塀の修繕費の足しにしてもらおうと思っていたものを取り崩し、百五十五万円を用意した。さらに由香里が自分の貯金から百万円を足し、二百五十五万円になったが、お互い出せる限りの額を出したので、これ以上はもう工面できない。

二百五十五万、と奥のほうから声がした。

(それは用意できてるって、さすが遠藤家はお金持ち)

(で、残りをあたしたちに負担しろってか?)

(それって強制?)

まさか、と耀子は首を横に振る。

「強制じゃないです。ただ、一緒に会社を興してくれる人がいたらと思って」

三人が部屋から出ていった。たぶん発言した人たちだ。

（つまり、出資しないと、働けないってことだよね）

そういうわけではないんですけど、と耀子は声を張る。

「資本金がないと、会社は作れません。私たちではこれが精一杯なんです」

（資本金とか、いらないやり方ってないの？）

会社として始めたいんです、と耀子はその声に応える。

「最初のうちはお総菜やお総菜やお弁当の宅配ですけど、最終的にはショッピングモールやデパートに撫子印のお総菜やお菓子を置いてもらうことを目指しています。すぐにそこまでは行けませんが、会社組織にするのは、そうした目標があるからなんです」

つまり、あれだ、と聞き慣れた声がした。声がするほうを見ると、チョコだった。

「カッペの女集団って舐められちゃいけないから、ビッとしとくってことだよね」

「そう、それです」

「それは、うん、すげぇわかる。だけどなあ……アタシ、貯金も何もないんだよな。車のローン返すのにカツカツで」

似たようなもんでしょ、と笑う声がした。青果部門の四十代の女性だ。

「大なり小なり、みんなそう。おあんさん、もっと地に足をつけて考えよう？　普通に考えたら、こんなド田舎から都会のデパートに出店なんて無理に決まってるでしょ」

同じく青果部門のスタッフがうなずく。

「そのために出資を募りますって、世間ってものを知らなすぎる」

耀子は青果の二人に目を向ける。

「でも、実績を積んでいったら、先方から出店を打診してくるってことだって」

夢、夢、と四十代の女性が手を横に振り、「まあ、夢は大きく」と薄笑いをしてもう一人が言い、青果部門の二人は出ていった。

あの……と耀子は言葉を探す。部屋に残っているのは十二人ほどの女性たちだ。天香やチョコといった親しみのある従業員たちもいるが、あまり話したことのない人もいる。その人たちの視線を冷たく感じると、言葉に詰まってしまった。

気を取り直し、一人ひとりの顔に目を向けながら、耀子は訴える。

「夢みたいな話かもしれませんが、働く場所がないなら、自分たちで作りませんか。できることなら、子どもたちが将来ここで働きたい、生まれ育った集落で暮らしていきたいと思える場所になるように」

いやあ、と精肉部門のスタッフが困ったような顔をした。

「あたしたち、働きアリみたいなもんで。あれやれ、これやれって言われたら動けるけど、自分から何かをしようってのはちょっとね」

そうそう、と隣にいる年配の女性がうなずいた。

「第一、いくらからなの？　三千円や五千円じゃ、だめでしょう」

できれば、と耀子はためらいながら言う。

「出資は万単位の額でお願いしたいんです」

(無理。あたしら、二千、三千って、千円単位のお金を稼ぐために毎日何時間も働いているのに)

(なんだかんだ言っても余裕あるじゃない、遠藤家。本家と下屋敷さんで、もう一声！)

(ねえ、遠藤林業さんに頼むってのは？)

口々に言われる言葉に、遠藤家におんぶにだっこ、と言ったハム兄弟の父の言葉を思い出す。しかし、みんなの言い分もわかり、耀子は唇をかむ。

「由香里さんと私……下屋敷と本家でお金をかき集めましたけど、まだ足りません。世間知らずの女が作る会社に出資や融資をしようなんて人はなかなかいないんです。もしいたとしても、できれば残りの資本金は働く人たちで負担したいと思っています。なぜかというと、よその誰かにお金を頼ると、その人の意見で会社の方針が左右されるからです。自分たちの会社は、自分たちで針路を決めたくないですか」

みんなが黙りこむ。閉店が決まった折、撫子印の総菜を続けて売ろうと相談をもちかけられたときの熱気はない。

お金があれば出すんだけど、と控え目な声がした。

(ない袖は振れない。それ以外のことなら、あたしら、たぶん、おあんさんの力になれると思うし、喜んで手伝う気はあるんだけど……会社ができなかったら、百畳敷の工房はどうなるの？）

「閉めることになります」

（常夏荘を売って、本家の人らが東京に移るって噂があるけど）

「そういう話も出ていますけど、私は反対です。だからこその会社作りです」

人々が再び顔を見合わせた。まったく乗り気ではない様子に、耀子は言葉を続ける。

「三月に閉店するときに、お弁当の宅配業務をスムーズに移行できたらと思っています。内々の話なんですけど、撫子印のお総菜を気に入ってくれたところから、新しいお取引の声がかかっています。……そこの納入業者になれたら、大きな仕事ができます。だから会社設立を急いでいます。もし出資を考えてくださるなら、私に声をかけてください。よろしくお願いします」

耀子が頭を下げると、休憩室から次々と人が出ていった。しかし千恵だけが部屋に残っている。千恵には以前から話をしていたので、期待を持って声をかけてみた。

「どうかな、千恵さん」

それがね、と千恵が休憩室に置かれた茶道具に手を伸ばすと、急須にポットの湯を入れた。

「諸手をあげて出資したいんだけど、お金と家の事情が」

千恵が頭を下げた。

「ごめんね、耀子ちゃん。うちの実家、今、すごくもめてて」

「お兄さんたちと?」

うん、と千恵が二人分のお茶を淹れ、耀子の前に湯呑みを置いた。

「兄と仲直りしてくれって、母が言うんですよ。ここ数日、急に兄夫婦が態度を変えてきたこともあって」

「どう変えてきたの?」

「やっぱり家族みんなで、仲良くやろうって言うんです。何もかも水に流すから、うちに戻ってこいって……。もし、ラッキーさんから大口のお得意様を譲ってもらえたら、今、働いている仲間もパートで雇うことも考えているって」

「撫子屋さんが?」

そうなんです、と千恵がうんざりした表情を顔に浮かべた。

「うちの屋号は撫子屋だし、ちょうどいい。撫子印の総菜やミネシューたちを引き継いで出してもいいんじゃないかって」

待って、と言いかけた言葉を耀子は呑みこむ。たしかに総菜も菓子も、千恵の味付けや工夫が随所に盛り込まれている。千恵が兄の店で続けてこれらの商品を出していきたいと言えば、「待て」と言う権利はないかもしれない。

慎重に耀子は言葉を選ぶ。

「それは千恵さんが作れば、味は変わらないけど……」

断りましたよ、と千恵がきっぱりと言う。

「ミネシューやミネロールは耀子ちゃんと由香里さんが考えたものだから。そう言ったら、おあんさんたちにご挨拶をすればいいのかって、兄貴は言うんです。場合によっては、本家と下屋敷にアイディア料をお納めするし、今後もアドバイザーとして、おあんさんにはご協力いただけたら、うれしいって」

「アドバイザーって何だろう？」

わかんないです、と千恵が首を横に振る。

「あげくのはてには百畳敷の工房を閉めるのなら、使っている道具類を安く譲ってもらえないかなんて言い出す始末」

そういう方法もあるのか。冷え冷えとした思いで耀子は考える。

撫子印の総菜と菓子を千恵の兄が引き継げば、工房で働く仲間の勤め先も確保できるし、撫子屋も潤う。起業をするというリスクを冒さなくても、こちらのほうが確実だ。

地に足をつけてものを考えろ。世間知らず。

数分前に言われた言葉が耳に痛い。

「千恵さんはそれで、どうするの？」

「どうしたらいいのか……。私は耀子ちゃんと一緒に仕事がしたいよ。でも、最近、母が泣く」

　おかしな話なんだけど、と千恵がうつむく。

「おふくろの面倒を見るから、母の相続分をよこせ、それから、私には相続放棄をしろ。つまり遺産を全部、俺によこせと兄が言い出したから、母は兄夫婦とケンカして私のアパートに来たんです。でも今になって、峰生の家に帰りたいって切々と泣くんですよ」

「やっぱり住み慣れた家がいいのかな」

「それもあるし、兄が母の相続分をよこせと言わなくなったから。それですっかり兄の味方になっちゃって。私は娘と二人暮らしだけど、お兄ちゃんは男で、四人家族で、これから大変だから、お前は相続放棄しろって」

　たいした額じゃないんですよ、と千恵が恥ずかしそうな顔になる。

「だけどそれは父が私の娘に遺してやりたいって言ってくれたものなんです。美也の将来のことに使ってくれって。だから私も譲れない。だけど母は、これ以上がめついことを言うな。頼むから兄妹でつぶし合わずに、力を合わせて店を守り立ててくれって」

　でもいやなんです、と千恵がうつむく。

「兄と働くの。兄は別れた亭主と同じ。女の料理人を馬鹿にする。そうかといって耀子ちゃんの会社に参加したら絶縁だ。私一人ならそれでもいい。だけど娘のことを考えると……。もし万が一のことが私にあったら、娘が頼れる肉親は私の兄と母だけなのに」

千恵が小さくなっている。それを見ていたら、たまらなくなった。

「私、千恵さんがいないと不安だけど……でも、無理をしないで」

「もう、どうしたらいいのかわからないよ、耀子ちゃん」

出資者の話をしてから、百畳敷の工房の仕事に関わっていない従業員たちの目が、ひどくよそよそしくなった。

自分たちで資本金を二百五十万円以上集めてきたということは、生活に困っているわけではなく、奥様の気まぐれで働きにきていたんだろう——。聞こえよがしにそう言われたが、黙って耀子は働く。

ひとたび気に食わないと思われたら、その人に何を伝えたところで、よほどのことがない限り気持ちが変わることはない。

ラッキー峰前店での作業を終えた夕方、耀子は百畳敷の工房に顔を出した。店もそうだが、こちらも以前のような活気が働く人々の間にない。

仮に会社を設立できたとして、千恵抜きで、そしてこの雰囲気で、やっていけるのだろうか。その前に、会社は興せるのか。出資を募る話をして二日がたつが、誰からも声がかからない。

百畳敷での仕事が終わって対の屋に戻ると、電話がかかってきた。配達から戻ってきた天香だった。

詐欺で逮捕されたハムスケは先日保釈されて、今、峰生に帰っている。そのハムスケから手紙を預かっているので、対の屋に行ってもいいかという話だった。

対の屋の台所にいるので、勝手口からどうぞ、と答えると、すぐに天香が現れた。あたりに漂う料理の香りに、申し訳なさそうな顔をしている。

「ごめんなさい、夕食時に」

「気にしないで。瀬里もまだ帰ってこないし。ご飯はまだ先。どうぞ座って」

いい香り、と天香が微笑む。

「なんだか馴染みがある香りがする」

「それは馴染みがあるかも。今日はポトフ。六田燻製所のソーセージで」

「ポトフ……昔、みんなで食べましたね……。楽しかったなあ」

天香の目が少し潤んだ。

「みんなでくるくる踊って。タツボン君と踊るおあんさんのスカートがふわーっと広がって。きれいだった」

「立海さんは今、常夏荘に来てるの。母屋に滞在してる」

知ってます、と天香が母屋のほうを見た。

「さっき、黒いアウディが、遠藤林業に停まってるのを見た。アウディ……スケ兄やんが昔、乗ってたから、あの車だけはわかる。タツボン君の車でしょう。集落のみんなが噂をしてる。いよいよ常夏荘を手放すのかって」

「そんな噂が……」

「おあんさんが反対してるって話も。みんな、噂をするぐらいしか気晴らしがないから。……これ、おわびの手紙です。兄から」

天香が手提げから封筒を取りだした。縦長の真っ白な封筒の中央に、大きな字で遠藤耀子様とある。丁寧にしっかりと書かれたその字は、真面目なハムスケの性格そのものに思えた。

「おわびなんて、いいのに」

「ちゃんとおわびをしないと、誰にも顔向けできないって」

天香がうつむいた。

「兄やん、父に付き添われて帰ってきたけど、家から……一歩も出ない。ひどく痩せて、小さくなって。ご飯もあまり食べないし」

そんな状況でこの手紙を書いたのかと思うと、心が痛んだ。

天香が「あのう」と言ったあと、顔を上げた。

「もし……よかったら、そのうち、おあんさん、うちにコーヒー、飲みにきてくれませんか」

「そうね、瀬里がピアノのお稽古に奥峰生に行くとき、お邪魔しようか」

ぜひ、と天香が頭を下げた。

「どうか、どうか、お願いします。兄……今に限ったことじゃない。五月に帰ってきたときも暗くて、口をきかなくて。精神的にまいってた……。心配した父が、おあんさんに会ったら元気が出るだろうって、仮病を使って、お宮の寄り合いに送り出したんです。帰ってきたら本当にスケ兄やん、楽しそうで」

その夜に、と天香の声が小さくなった。

「峰生に戻ってきたいなって、言ってた。ここで暮らして、地元の子どもたちにサッカーを教えて、ゆっくり暮らしたいって」

私、と天香が声を詰まらせた。

「スケ兄やんが楽しそうに言ったのに、帰ってきても、兄やんが働く場所はないよって言ってしまった。その途端に『わかってるよ』って、顔、暗くなって。あのとき、戻ってきなよって言ったら、兄の人生、どうなっていたかな。そう思う。詐欺にのっからずに、ここに帰ってきて、仕事……仕事はないけど、でも何かしら探して、ゆっくり暮らせたかもしれないのに」

疲れて、疲れて、と天香の声が揺れ、テーブルの上に置いた手がふるえた。

「疲れきって。スケ兄やん、小学六年で家を離れて、ようやく帰ってこられたのに、私、ひどいことを言った」

「そんなに思いつめないで」

ふるえる天香の手に、耀子はそっと触れる。

「天香ちゃんのせいじゃないよ」

「母もそう言う。けど、忘れられない。うれしそうに笑ってた兄やんの顔から、すうっと表情が消えたの」

おあんさん、と天香がうなだれた。

「私、働く場所を自分たちで作ろうって言葉、なんか泣けてくる。そうなんだよなって。だけど今、うちにはお金がなくて。保釈金とか……今度のことで迷惑かけた人たちに弁済？　しようって、親も兄も私も、ありったけのお金をかき集めて……親戚中からもお金、借りて。だから私、貯金はもうない」

天香が薄いピンクの封筒をテーブルに置いた。

「だけど、これがまだある。お年玉やお小遣いを貯めてきたもの。十二万円ある。これっぽかしじゃ、足しにならないかもしれないけど、私も会社作りに、参加させて、ください」

「天香ちゃん、でも……」

受け取ってもいいのだろうか。察したのか、天香が首を横に振った。

「これも弁済に充てたほうがいいのかもしれない。だけど、私、兄やんが罪を償ったあとのために、このお金、使いたい。一生懸命働いて、撫子印のお弁当やお菓子をたくさん売って、言ってあげたい。兄やん、帰っておいでよって。兄やんが働く場所ならあるよって」

しっかり働きますから、と天香が泣いた。

「どうかおあんさん、会社作って。撫子印を都会で売るなんて、考えたこともなかった。だけどそれを聞いたら、やれるかも、って思った。だって誰かがやってることなんだもの。一人では無理でも、みんなでやったらできるかも」

私……と天香に言ったら、言葉に詰まった。

「私ね、天香ちゃん。無理かなって思ってた。だいそれたこと言ったけど、やっぱり夢みたいなこと言ってたのかなって」

「あきらめるの？　おあんさん」

その途端、反射的に「いいえ」と答えていた。そんな自分に驚きながらも、再び「いいえ」と耀子は繰り返す。

「あきらめない。だってまだ始めたばかり。始めたばかりだもの」

夢でいいと思う、と天香が涙を拭いた。

「だって、誰も、想像もしなかった。渋滞ができるほどお客が来たり、私たちが作ったお菓子がテレビに出るなんて。それだってミネシューを売り出す前に言ったら、みんな、夢だ、夢だって馬鹿にしたと思う。だけど現実に、それが起きたんだもの」

テーブルに置かれた封筒に耀子は手を伸ばす。封筒の重みに、希望と願いが托されたのを感じた。

「わかった。天香ちゃん、ありがとう。じゃあ資本金としてお預かりする。あとで正式な書類を作るけど、まずは受け取りを書くね」

天香がうなずいたので、耀子は便箋に資本金を受け取った旨を書き、印鑑を押す。大切そうにそれを手提げに入れると、天香は帰っていった。


天香が資本金の出資を申し出た翌日は仕事が休みだった。明日、帰京する立海は、この地方の有力者たちとの会食のために、昼前に出かけていった。夕食は常夏荘で取ると言っていたので、ささやかながら手作りの料理でもてなそうと、耀子は食材の下ごしらえやテーブルセッティングの準備をする。

午後三時半を過ぎたところで、一段落がついたので常夏荘の蔵に足を向けた。

蔵が建ち並ぶ小道を歩きながら考えた。資本金が調うまであと三十三万円。あと少しで手が届きそうなのに、その少しがどうしても捻出できない。

最初は車を売ることを考えた。しかし車を売っては、この集落では生活できない。次は銀行のキャッシュカードに付いている、カードローンを借りてみることを検討した。しかし毎月、返済できるのか不安だ。

漆器や着物などを収めた蔵の前に立ち、耀子は鍵を開ける。扉を開けると、泥棒除けの甲冑人形の向こうに、簞笥、長持、茶箱や段ボール箱が積まれていた。どれも整然と並んではいるが、積んである箱を一つひとつ下ろして調べるのは手間がかかる。

それでも試算をすると、弁当の容器は使い捨てのものよりも、回収できるもののほうが採算が良い。それなら千恵の記憶にあった昔の弁当箱を探し当て、使えるかどうかを見極めようと思い立った。資本金集めは進まなくても、とにかくできることから準備を始めたい。

ほこりよけに膝まで覆う白い割烹着とシフォンの白い大判スカーフを頭からかぶり、耀子は作業を始める。一つ目の箱の中身を確認し、二つ目の箱に取りかかったとき、扉のほうから物音がした。

蔵の入口に、立海が立っている。会食から帰ったところか、背の高い姿に紺色の上品なロングコートがよく似合っている。

明朝の早い時間に常夏荘を発つことを告げると、黒い革手袋をはずしながら、立海がたずねた。

「何を探しているの?」

「お弁当箱です。昔、従業員の人たちに配っていたお弁当の箱があるって」

ああ、あれ、と立海が軽く答える。

「かなりあるよ。峰生の大祭のときには、手伝いに来た集落の人、全員に弁当を配っていたもの……どうやって探すの？」

立海が蔵に入ってきた。

「とりあえず片っ端から開けてみようかと」

積まれた箱を立海が見上げた。

「そうしたものは『来客用』とか『来客の際』って貼り紙がしてあるよ。東京の蔵を片付けたときにはそう書かれてた。……あれ、ここにもハープが」

蔵の隅に小さなハープが一台置かれていた。立海がそれを手にして、ほこりをはらっている。

面白かったね、と声がする。

「この前の昼、娘さんにせがまれて、龍治がミネオ・ハープを弾いていたのは」

「面白かった？　ですか？」

「まったく気の進まない顔をしてたくせに、曲だけはやたら可愛らしくて。常夏荘が嫌いと言いながら、『カントリー・ロード』なんて二回も弾いていた」

「『カントリー・ロード』って、どんな曲でしたっけ」

いい歌だよ、と言って、立海が蔵の入口へ戻っていった。

「ふるさとを思う歌。あの曲を聴くと、僕はいつも峰生のことを思うよ。それからオリビア・ニュートン・ジョンの『ザナドゥ』も」

立海が蔵の扉を閉めた。分厚い扉に外の音と光が遮断される。ただ、黄色い電球のあかりだけが室内を照らしている。

箱を見ていた立海が、ほこりをはらい、そこに描かれた紋を調べた。

「ここにあるのは、ほとんど照子の荷物だね。二階には上がった？」

「まだです」

ぎしぎしと音をたて、立海が狭い階段を上がっていく。二階の照明がつき、黄色い光が階段を照らした。

弁当箱か、と声が降ってくる。

「あれは漆器だったのかな。違うな、食洗機に入れていたから。どちらにせよ、食器類は二階にあったような気がする」

ああ、という声とともに、何かを動かす音がした。

「来客用って箱がある。きっとこのあたりだ」

続いて窓の鍵を開け、鎧戸を押し開けるような音がした。

「ちょっと寒いけど、空気を入れ替えよう。上がっておいでよ」

「ほこりっぽそう……」

「一階と変わらないよ。蜘蛛の巣はとりあえず今、はらった」

ためらいながらも耀子は二階に上がる。

コートと、スーツの上着を脱いだ立海がシャツを腕まくりして、階段近くの茶箱を開けていた。その周辺には一階と同じく、茶箱にまじって、紋がついた長持や衣類を収めた箱がある。

「一つ見つかれば、そのあたりに似たものがあるよ。たぶん、食器類はこのあたりだね。奥から見てきて」

立海がネクタイをはずし、コートの上に置いた。身にまとった大人の鎧を一つずつ取り外しているかのようだ。

シャツ一枚になった姿に、思わず耀子は小さな蔵の窓を閉める。

「寒く、ないですか?」

「寒いぐらいでちょうどいいよ。冷静になれるから」

「会食で何かいやなことでもあったんですか?」

「ずっと敬語だね」

箱を開けながら、立海がつぶやく。

どう話したらいいのか迷いながら、耀子は目の前の箱を開ける。漆塗りの足付きの膳が入っていた。

立海の手元を見ると、彼も同じ膳を手にしている。

「法事の仕出しにこうした膳も使えるかもしれないね。ガレージにある東京の蔵の分も合わせたら、お膳も器も扱いに困るほどあるよ」

「あの……場合によっては、東京の蔵の分もお借りしていいですか」

もちろん、と言った立海が、手にした膳から耀子に目を移した。

「なつかしい格好してる」

その言葉に耀子は自分の服装を見る。

中学生の頃、この家の手伝いをするときはいつも鶴子の手製の白い割烹着やエプロンを着ていた。今、着ているものも鶴子の作品で、彼女の好みで裾や衿にコットンレースが縫い込まれた和装用の優美な割烹着だ。

立海の視線が髪を覆った白いスカーフに留まった。照れくさくなり、耀子はスカーフの結び目をほどく。

「ほこりよけなんだけど、大袈裟かな。給食係みたいって、ちょっと思った」

そう？　と立海が笑う。

「ほどくとヴェールみたいで……。カジュアルなウェディングスタイルみたいだ」

リュウカ君は、と言いかけた言葉を耀子は止める。

「……やさしいね」

「『コットンのシンプルなドレスとヴェールで、二人だけのビーチ・ウェディング』。そんな原稿をここに来るまでずっと書いてたから」

「何の原稿？」

「海外のリゾート・ウェディングの特集。そんな式を挙げてみたいよ」

見終わった箱の蓋を閉めて、立海が隅へ運んでいく。そこには二つの撫子の花を蔦でつないだ、踊る撫子の紋付きの箱があった。

紋のほこりを払い、立海が見つめた。

立海の背中越しに、耀子もその紋に目を留める。

『おどるなでしこは、ぼくらのマーク』。

立海がプレゼントしてくれたこの模様のハンカチは、長い間、ずっとお守りにしていた。

なつかしいね、と再び立海がつぶやく。

「……撫子唐草。手を取り合う二つの撫子……これは若くして亡くなった父の妻、つまり龍治のお祖母様の婚礼支度だけど、本来、こういう家紋はないんだ。だけど自分の紋として、その人は嫁入り道具にこの印を付けてきた。なぜ？　東京の家を取り壊すとき、蔵を片付けながら何度もそう思った」

「何かいきさつが、あったとか」

おそらく、と背を向けたまま、立海がうなずく。

「深い事情があったんだ。父が決して口にしなかった物語が」

踊る撫子の紋に立海が触れた。男らしい大きな手の薬指に、指輪が輝いている。

「上屋敷のお嬢様と、婚約したの？」

これ？　と立海が指輪を見た。

「魔除けだよ。これをしていると、見合い話を持ち込まれずにすむ。……気になる？」

「大切な人がいるんだ、って思う」

立海が指輪をはずした。少し眺めたあと、耀子にそっと投げる。

あわてて受け止めると、指輪の内側に何かが彫られていた。

白金の光のなかに目を凝らす。

目の前の紋と同じ、手を取り合う二つの撫子が刻まれていた。

顔を上げると、立海と目が合った。

十四歳の夏、撫子の花のなかで交わした約束を思い出す。

風に鳴るハープと、天の花——。

彼の父と同じように、誰にも決して語らぬ物語が、自分たちの間にもある。

立海がまっすぐに見つめた。

「はずすのは僕だけか?」

薬指にある、龍治との結婚指輪に耀子は目を落とす。同じプラチナだが、十八歳のときから身につけている指輪の光は柔らかい。

階段を下りようとすると、背中から立海の腕がまわされた。

「どこにも行くなと言ったのに」

ふりほどこうとした。でも、シャツ越しに伝わる立海の身体のぬくもりに身動きができない。

「僕のものだと言ったのに」

「私はものではありません」

「僕はヨウヨのものだったよ」

立海がささやき、耀子の肩に顔を埋めた。

「笹飾りの下で会ったときから、僕はずっとあなたのものだったよ」

会いたくて、と立海の声が熱を帯びた。

「お空の女の子に会いたくて、会いたくて。いつだって必死に頑張って、ここに戻ってきた。だけどいつだってあなたは僕の先を行く。先に大人になって、どこかへ行ってしまうんだ」

「立海さん」

何もしない、と立海が声を押し殺した。

「何もしないから、もう少しだけ、このままで」

立海の柔らかな髪が首筋に当たる。その昔、小さな立海を泥から守ったときに、髪からいい香りがしたのを思い出した。

涙が一筋流れた。龍治を慕っているはずなのに。

お母ちゃま、と不意に瀬里の声が響いてきた。

「おーい、お母ちゃまぁ。どこ?」

お母ちゃま、ね、と立海がつぶやく。

「お母様を捜してるんだね。子どもの頃の僕と一緒。だけど寂しくなかった。僕の心にはいつだって、小さな星の天女がいたから」

「お母ちゃま！」

ひときわ瀬里の声が大きく響く。不安そうなその響きに声がもれた。

「行かなきゃ……私……行かなくちゃ」

立海が身を離した。

振り返ると、立海が悲しげな顔で見つめていた。

「行くんだね」

何も言えずに、ただ、立海を見つめ返す。

いいんだ、と立海がかすかに笑う。

「おかしいね。そういう人だから、好きなんだって思っている。僕の好きな女の子は強くて、やさしくて……。僕らの親みたいな仕打ちを子どもにしない。そういう人だから、好きになったんだって」

立海が背を向けた。

「こんな話、するつもりなかったのに。やっぱり冷静でいられない」

立海の指輪を握った手が、焼けるように熱い。

お母ちゃま、と呼ぶ声が遠ざかっていく。その声に導かれるようにして階段を下りると、立海の声がした。

「さようなら、ヨウヨ」

立海の指輪を握ったまま出てきたことに気付き、耀子は蔵を振り返る。手を広げると、力をこめていたせいか、手のひらに跡が残っていた。

割烹着のポケットに指輪を入れ、耀子は走り出す。

一足ごとに鼓動が速まり、自分の心と身体がばらばらになりそうだ。

あっ、お母ちゃま、と瀬里が走ってきた。

「よかった、よかった。捜してたの」

瀬里の声を聞くと、少しずつ鼓動が鎮まってきた。

「どうしたの？　何かあったの？」

「キッチンに千恵ちゃまが来てるの。でも大変！　お顔が……」

顔？　と聞き返したら、「早く」と瀬里が駆けていく。あとを追って、耀子も走る。

キッチンのドアを開けると、テーブルの端で千恵がうつむいていた。

千恵さん、と声をかけると、顔を上げた。顔の右半分が腫れ、目の下には青い痣ができている。

「どうしたの、その顔！」

「ちょっとね、やっちまいました」

「やっちまったって、何を？　冷やさなきゃ。ちょっと待って」

「いや、いいの、いいの、耀子ちゃん」

よくないですよ、と言いながら、耀子は保冷剤を出し、布巾で包む。

「それよりもね、耀子ちゃん。出資金は集まりましたか？」

「まだです」

「いくらです？」

「あと三十三万円」

よかった、と千恵が封筒をテーブルに出した。

「ぎりぎり足りたよ。ここに三十五万円」

「千恵さん。でも……」

口ごもりながら、耀子は保冷剤を千恵に渡す。

腹、くくりました、と千恵が保冷剤を顔に当てる。

「おあんさんと仕事をする。兄貴にそう言ったら、ガツンとやられて」

「殴られたの？」

いいんですよ、と千恵が笑った。

「かえって、せいせいした。一発ぐらい、くれてやる。もういいや」

「よくないでしょう、そんな……」

千恵が郵便局の封筒を差し出した。

「受け取って、耀子ちゃん。私、ずっと迷ってた。だけどね、やっぱり違うんだ、根本的なところが兄貴と。あの人、どこかの勉強会でコストパフォーマンスって言葉覚えて、やたらそれを振りかざすんですよ」

「コストパフォーマンス？　無駄を省くってこと？」

違うんですよ、と千恵が鼻を鳴らした。

「兄貴の解釈じゃ、楽してケチって、自分だけは得をしようってことです。収益をあげるのは大事ですよ。でもね、それは身内をこきつかったり、材料の質を落としたりして利益をあげることじゃない。ちゃんとした素材を余すところなく使い切る。それが私のコストなんちゃらです。そうしたら思った。お母さんが子どもに作ってやる安全な食べ物。おいしい、かわいい、たのしいの撫子印。そういう仕事がしたい、って。そこで気持ちがスコーンと決まった」

千恵が顔を冷やしながら笑った。

「間に合ってよかったよ、さっそく明日っからココア味のミネロールの試作をしましょう。猛烈に働きたい。仕事がしたくて仕方がない」

千恵の痛みがまぎれる気がして、耀子は心に浮かんでいたアイディアを話す。

「春向けにね、桜色のミネロールはどうかって考えてた」

「いいですね、イチゴをうまい具合に使ってね」

「桜の花のシロップとか」

「ああ、いいね。春色だ。それでドリンクを作ってもいいし」

「それから入学、入社の時期だから、峰生のおじいちゃんやおばあちゃんたちが、おめでとうって気持ちをお孫さんに贈るお菓子だとか」

「日持ちのする材料で作ると、ロールケーキも通常の宅配便で送れますからね。祝ご入学って、焼き印を押しましょう……耀子ちゃん、いや、おあんさん」

顔に保冷剤を当てながら、千恵があらたまった顔をした。

「会社、これで作れるんですよね」

「作れます」

うれしい、と千恵が泣きそうな顔で笑った。

「本当にうれしいよ。働くことが、こんなにうれしいこととは思わなかった」


千恵が帰ったあと、資本金が調ったことを、耀子は由香里に連絡する。電話の向こうから力強い声がした。

「やった！　こうなったら何もかも超特急でやろうじゃない。本家の説得はまかせたわよ」

「ええ、しっかり説明します」

その足で二階の照子の私室に行き、資本金が集まったことを耀子は報告する。

何も言わずに、照子が電話に手を伸ばした。

「あの、どちらへ？」

「東京へ。龍治を呼びましょう。立海さんにはもう一泊、ここに泊まるように私から伝えます。今の話を二人にできる？」

「もちろんです。お話しさせてください」

照子が龍治に電話をしている。いつものたおやかな口調だが、すぐに峰生に帰ってくるようにという言葉は、なかば命令だ。

震えが身体に走った。耀子は軽くこぶしを握る。

臆してはいない。これは武者震いだ。

龍治が耀子に替わってくれと頼んだようだ。照子が受話器を渡した。

本気かい？　と龍治にたずねられて、「本気です」と耀子は答える。

「私たち、会社を作ります」

第九章

ねえ、お母ちゃま、という小さな声が耳をくすぐった。可愛らしい女の子の声だ。

「ドライブしない？　私、もう少し、この車に乗っていたい」

「お祖母ちゃまがお休みになっているからね。早くおうちに帰りましょ」

「そう？　そっか……そうだね」

少女の声が沈んでいく。その声を聞きながら、照子は薄目を開ける。

車の窓が目に入ってきた。その向こうには墨一色の風景が広がっている。真っ暗だと思って顔を上げると、金銀の粉を散らしたような星空が見えた。

完全に目が覚め、照子は身を起こす。

今日は午後から瀬里を名古屋のハープ教室に連れていき、さきほど浜松駅まで戻ってきた。いつもならバスかタクシーで常夏荘に帰るのだが、名古屋を出る前に耀子に連絡をすると、浜松駅までお迎えにいきますと言った。浜松の工場へメンテナンスを頼んでおいたワーゲンバスが仕上がってきたので、今、取りに来ているのだという。

浜松駅で待っていると、クリーム色のワーゲンバスがロータリーに入ってきた。道行く人々がころんとした小さなバスに目を留めている。

やっぱり、かわいい！　と、瀬里が目を輝かせた。購入して三十年近くたっても現役で動き、しかも孫をここまで喜ばせるとは、亡き夫も喜んでいるに違いない。

バスのドアが開くと、瀬里は助手席に座った。仲良く並ぶ母子を見ながら、後部座席に座ったところまでは覚えている――。

それからすぐに眠ってしまったようだ。

ドライブね……。

軽くしわぶくと、助手席から瀬里が振り返った。

「おばあちゃま、起きたの？」

ごめんなさい、と耀子の声がした。

「起こしてしまいましたか」

「星明かりに目が覚めたのですよ」

星？　と言って瀬里が窓の外を見上げた。

「ホントだ、星がきれい。すごく光ってる」

そうなの？　と運転席から耀子の声がした。その声に照子は答える。

「春の空は霞むことが多いのに、今夜は秋のように澄んでます」

そうですか、とあらたまった返事ののち、耀子がおずおずと聞いた。

「大奥様、お疲れですよね」

「それほどでも。あなたのほうこそ疲れたのと違う？」

大丈夫です、と耀子が答えた。

「だいたい準備は整いました。あとは再来週の月曜から、工房をフル稼働させるだけです」

「月曜？　会社を始めるのは四月一日からと違た？」

「一日は木曜日で、会社や工場へのラッキーのお弁当の契約はその前の週で終わるので、配達は三月終わりの月曜から開始です」

「忙しくなるわね」

「でも引き続き、ご契約をいただけたのは、とてもありがたいです」

時間が過ぎるのは早い。照子は目を閉じる。

去年の年末、常夏荘の百畳敷を拠点にして、菓子と総菜、弁当を製造・販売する会社を耀子たちが起ち上げようとした。その話を受け、もしその資本金三百万円を耀子たちが自力で調達できたのなら、常夏荘の売却は再検討をしようという流れになった。

しかし公園墓地の計画は、かなり進んでおり、龍治所有の庭や建物に関しては年明けすぐに重機を入れ、造成を進める動きもあると、遠藤林業の人々からも聞いていた。

そこで開発に釘を刺す思惑もあり、資本金が集まった時点ですぐに龍治と立海、そして耀子を加えて再度、話し合いの場を持った。そして年明けに常夏荘の売却話は白紙に戻った。

耀子は先月の二月末日にラッキー峰前店を辞め、百畳敷で新会社の準備を進めている。由香里や千恵、そして一緒に働いている仲間たちも頻繁に訪れ、百畳敷には厨房だけではなく、事務所のような部屋も整い始めていた。

あのう、と耀子がちらりとバックミラーを見た。

「大奥様、もしよかったら、この車で奥峰生へドライブをしませんか？　きれいな夜景が見える場所があるんです。由香里さんに教えてもらったところが」

「いいわね。瀬里はどう？」

「もちろん、行きたいよ！」

「それではドライブをしましょうか」

「では、峰生を通過しますね」

車は奥峰生へ進んでいき、遠藤林業の建物が現れた。その脇の道で、耀子が車を停める。

「少し、待っていてくださいね」

「どうしたの？　お母ちゃま」

「秘密の道路があるの。門を開けてくる。暗いから瀬里は車で待ってて」

遠藤林業の私道に入るつもりだ。照子は再び夜空を見上げる。

車はしばらく山道を登っていき、やがて平坦な場所に出た。木製の電信柱に取り付けられた照明があたりを照らしている。

耀子が車を停めて、振り返った。

「ここから素敵な夜景が見えるんです」

「お母ちゃま、どこに夜景があるの?」

「外へ出てのお楽しみ」

耀子が運転席のドアを開けた。

どうぞ降りてみてください、とうながされて、照子も車外に出る。

見上げると一面に星空が広がっていた。星の瞬きが強く、近くに見える。

思わず息を呑むと、「きれい」と瀬里の声が聞こえた。

「きれいだね。おばあちゃま。きらきらしてる。ものすごい星の数」

「こちらもすごいのよ。あの先から下を見て」

耀子が前方を指差し、黒いフェンスに向かって、原っぱを歩いていく。瀬里のあとに続いて、フェンスに近づき、照子は息を呑む。

足元、はるか下方に常夏荘が一望できた。その向こうには峰生の集落のあかりが瞬いている。まるで地上に輝く星々のようだ。

耀子と瀬里が手をつないで、眼下に広がる光を眺めている。

二人の背中を見ていると、瀬里の二人の祖父、遠藤龍一郎と間宮裕一を思い出した。

この集落に産業を興したいと、彼らは言っていた。時代も顔ぶれも変わったが、その夢は今も続いている。

いや、耀子がつなげたのだ。

忘れさられた男たちの夢を、それと気付かぬうちにこの子が継いだのだ。

父親たちが熾した火は、長い歳月を経て、再び燃えあがろうとしている。

これでよかった。常夏荘を売らないという選択が、この先、将来にどんな影響を及ぼすのか想像はつかない。ただ、光を放ち始めたこの火を、今度は守りたい。

「おばあちゃま」

瀬里が振り返ると、手を差し出した。いきいきとした大きな瞳は父親ゆずり。遠藤家の男たちが継いできた力のある目だ。

星の天女が恋した瞳を継ぐ娘――。その隣に立つ母親は、二十年近く前、七夕の大祭の日にこの集落に現れた。思えばあれは、この地に降りた、小さな星の天女のようだった。

差し出された瀬里の手を握ると、頭越しに耀子と目が合った。

自分たち二人の血が、瀬里のなかで一つに溶けあっている。

耀子が小声で礼を言った。

ハープ教室への送り迎えなら、気にしなくてもよいと照子は答える。

お教室のこともそうなんですけど、と耀子が常夏荘に目を移した。

「他にもいろいろ……。百畳敷を貸してくださって、ありがとうございます。なによりも私たちのことをあと押ししてくださって、なんてお礼を言ったらいいのか」

「常夏荘の主人はおあんさん。気にすることあらしません」

耀子がうつむき、目をぬぐった。

瀬里が空を見上げた。

「星は天の花、花は地の星、だっけ。お母ちゃま」

「そうよ……昔の偉い詩人がそう歌ったの。そして」

耀子がうしろを向く。その方向に照子も目をやった。

電信柱の下に小さなバスが停まっている。ボディに描かれた撫子は、遠藤家の家紋の外枠を取ったミネオ楽器、そして耀子たちが作った会社のシンボルマークだ。

耀子の声がした。

「星にも似た花のご紋は、天女のご加護の証、でしたね」

「そして山の人々、子どもたちの魔除けの印でもある」

耀子がこちらを見つめた。潤んだその瞳もまた星のようだ。握った手を瀬里が揺すぶった。

「ねえ、流れ星が見えたよ、おばあちゃま」

耀子が顔を上げた。続いて照子も星を見上げる。

天に昇った人々から見れば、見上げる者たちの瞳は地の星のように映るだろう。

天の花よ。

願いをこめて、照子は瞬く光を見つめる。

導いてほしい、地の星を。

この地で生きる者たちが、どうか佳き方向に進めますように——。

エピローグ

四月一日、仕込みが一段落した午前九時、耀子は百畳敷にある事務所で、商品の包装紙を手に取る。

ミネロールやミネシュー、ミネパンといった菓子と総菜は、浜松の繁華街に来週から一坪ほどのスペースを借り、『ミネの花』という名前の販売所を設けて売る予定だ。そこで多くの支持を得られたら、他の場所にも販売所を開くのが当面のみんなの夢だ。

店名は『ミネの花』だが、会社の名前はたくさんの候補のなかから『有限会社ミネの森』に決めた。本当は撫子印にちなんで、『なでしこ』にしたかったのだが、同じ集落に、ほぼ同じ業種の撫子屋があるので、似た名前は付けられないそうだ。

社名が決まってすぐ、その報告と、ミネオ楽器のシンボルマークの撫子を『ミネの森』のマークとして使用させてほしいと電話で龍治に頼んだ。

承知した、と返事が戻ってきたあと、少し黙ってから、龍治がぽつりと言った。

この家は大きくなりすぎて沈んでいく船だ、と。我々にできるのは、いかに多くの荷物を持ち出して逃げ切るか、ということだ。だから使えるものは何だって使えばいい――。

初めて聞いた弱音に、金とは力であり、武器であると、龍治が語っていたことを思い出した。身内を心安く生活させるために、この人はどれほど多くの傷を負ってきたのだろう。

しかし自分だけ安全な場所にいるのはいやだ。できることなら、少しでもその負担を軽くしたい。そう思ったが、うまく伝えられなかった。もしかしたら常夏荘の売却を白紙に戻したことは、これ以上ないほどに、龍治を傷つけたのかもしれない。

包装紙の撫子のマークに耀子はそっと触れる。

龍治に続き、立海にも会社設立の報告をしようとしたが、電話を手にするたびにためらった。結局、事務的な手紙をワープロで打って送った。

おはよう、と声がした。

長い髪を結い上げた由香里が事務所に入ってくる。黒のパンツスーツが颯爽として格好いい。

「由香里さん……こんな所にいていいの？」

「こんな所とは、ご挨拶じゃないの」

「今のは言葉のあや……。だって、東京の異動先に挨拶に行くって、昨日おっしゃってたじゃないですか」

午後からよ、と由香里が事務室のソファに座った。

「あとでサクッと行ってくる。だって昨日で店を閉めたばかりだから、後始末がすむまで、あと少しこっちにいなきゃならないのよ。来週には東京に移るけどね」

「そうですか、来週から……」

寂しさが心に広がっていく。親友が転校するときは、こんな気持ちを味わうのだろうか。

由香里がポケットからガムを出した。

「ああ、煙草を吸いたい。でも禁煙しなきゃ。私も、もろもろ立て直さなきゃね。でも万が一、東京でしくじったら、雇ってよ」

「もちろん……でも、しくじらないでしょう」

当たり前よ、と由香里が長い足を組む。

「下屋敷は曾祖父、祖父、父。男三代続けて家を傾けてるんだから、私が下手打つわけにはいかないわ。私の代で失地回復よ。今回の出資はその第一歩ね」

「ありがとう、由香里さん。本当に、本当にありがとう」

由香里がいなかったら、こんなに早く会社を興すことはできなかった。心をこめて頭を下げると、「やめてよ」と由香里が顔をしかめた。

「照れて煙草吸いたくなっちゃう。うちの母親が言ってたわ。下屋敷はいつだって本家の味方だって。どうやら昔からそうなっているらしいのよ」

由香里がガムを差し出したので、耀子は一枚を抜き取る。銀紙をむいていると、由香里に聞きたくなった。

「本家だから、助けてくれたの？」

まあね、と由香里がさらりと言った。

「峰生育ちのおあんさんを手伝わないなんて、峰生っ子の恥よ」

「でも私、子どもの頃によく、よそ者って言われて……」

何十年前の話、と由香里が笑う。

「そんなこと言い出したら、私なんて東京でもＬ.Ａ.でも、よそ者よ。もういい。あんただからよ。間宮耀子とは昔からちょっと、つるんでみたかったの。どう？満足した？」

なんて顔するの、と由香里があきれた表情になった。

どんな顔をしているのかわからないが、「すみません」と耀子はつぶやく。

「私、ずっと……友だちがいなかったから」

友だちじゃないわよ、と由香里が肩をすくめた。

「親戚よ。冠婚葬祭、お互いに世話になるんだから、友だちより濃い仲よ。たとえ龍治さんと別れたって、瀬里ちゃんがいる。立海さんにしたって、照子おばさまにしたって、うちの小うるさい母だって、もう好き嫌いでくっついたり切れたりする仲じゃない。一生、付き合うのよ」

由香里が立ち上がり、軽く耀子の肩を叩いた。

「あんたはずっと学校の一匹狼だったけど、好むと好まざるとにかかわらず、もう一人には戻れないのよ。ましてや、こうして事業を始めたんだから」

「それでいいです、もちろん」

自分で望み、選んで、こうすることにしたのだ。

「いい度胸してるじゃない」

由香里が笑う。この人に度胸をほめられたら、怖いものはない。

「ああ、煙草吸いたい……。あっ、千恵さん、おはよう」

おはようございます、と千恵が笑顔で挨拶をした。

「耀子ちゃん、じゃなくて、おあんさん。そろそろ第一陣の配達を始めますよ。記念すべき第一回だから、配達前にみんなで乾杯しましょうよ」

行きましょう、と由香里が力強く言う。

厨房に向かうと、みんなが待っていた。千恵お手製のジンジャーエールをチョコと桜井、天香が配っている。

ビールじゃないのが残念だけどね、とチョコが言っている。奥から声がした。

(でも見た目は、ビールっぽいし)

ジンジャーエールもいいですよ、と桜井が軽くグラスを掲げた。

「生姜で身体が温まります」

グラスを配り終えた天香が、ホワイトボードの前に逆さにした木箱を置いた。

「どうぞ……おあんさん、乗って」

人々の目が一斉に集まり、挨拶を求められていることに耀子は気付く。緊張するが、そんなことは言っていられない。息を吸い、皆の前に出て、木箱に乗る。

高い所に乗ったら、スタッフ全員の顔が見渡せた。

もう一人には戻れないと由香里は言った。

望むところだ。

みんなで智恵と力を集めれば、きっと良い商品が生まれる。その品物は買い手と働き手の生活を豊かに潤し、大きな喜びを生む。そう信じている。

皆さん、と言ったら声が裏返った。構わず、耀子は大きな声を出す。

「ミネの森、いよいよ今日から始まります。皆さんがくださったご祝儀の四万円、ありがとうございました。そのお金は、会社登記の費用にあてました」

拍手が起きた。ラッキー峰前店の人々は、出資は無理だが、ご祝儀なら出せると、少しずつお金を集めて贈ってくれた。その気持ちがとてもうれしい。

「私たちの会社は小さくて、まだフルタイムで皆さんにお仕事をお願いできません。だけど、これからみんなで働けるように、おいしいものを作って、お客様を増やし、会社を育てて、みんなで栄えましょう。会社のシンボルマークの由来は、ご存じのとおり、この家の紋ですが、私には、ここで働く一人ひとりの姿のように思えます。私たちは、小さな撫子の集まり。だけど、この花は強いんです。どこでも咲くし、風に揺れても決して折れない」

由香里が拍手をした。つられて大きな拍手が再び巻き起こった。

あと押しされるような心地で、言葉が唇からこぼれでた。

「いつか、この集落の子どもたちが大人になったとき、『ミネの森』で働きたい、いいえ、集落の人以外にも、この会社で働きたいと思ってくれる人が出るぐらいに。おいしい、かわいい、たのしいの撫子印。お母さんが子どもに作ってあげるような心と身体にやさしい食べ物を、お客様に届けましょう。では、皆さん……」

乾杯という言葉がそぐわない気がして、耀子は皆を見渡す。

「やらまいか！」

「やらまい！」

細いがしっかりとした声が戻ってきた。天香の声だ。

「やらまい、やらまい」

千恵の陽気な声が厨房に響く。

(やったろうじゃん！)

(やらいでか、ですよ)

それぞれのタイミングで皆がグラスを掲げ、ジンジャーエールを飲んだ。

(さあ、配達に行かまい)

(出発だよ！)

ビッとしていこうぜ、とチョコが言うと、みんなが楽しそうに笑った。

常夏荘の通用門の前に立ち、配達の車が出ていくのを耀子は見送る。

乾いた空気に潤いが満ち、日差しがうららかになってきた。峰生の里のあちこちに菜の花が咲き始めている。

そのなかを撫子のマークが描かれたワゴン車とミニバン、ワーゲンバスが進んでいく。

配達の車を見送ったあと、耀子は百畳敷の工房に向かう。皆に呼びかけた言葉が胸に熱くよみがえってきた。

〝私たちは小さな撫子〟。星の形に似たこの花は、風に揺れても折れない、うつむかない。つつましくとも凜と咲き、地の星のごとく光を放つ。

大きく深呼吸をして、耀子は天を見上げる。

やらまいか。

この地で、力いっぱい生きるんだ。

本書は二〇一七年九月にポプラ社より刊行された作品に加筆・修正を加え文庫化したものです。

地の星　なでし子物語

伊吹有喜

2022年8月5日　第1刷発行

発行者　千葉 均
発行所　株式会社ポプラ社
〒102-8519　東京都千代田区麹町4-2-6
ホームページ　www.poplar.co.jp
フォーマットデザイン　bookwall
組版・校正　株式会社鷗来堂
印刷・製本　中央精版印刷株式会社

N.D.C.913/358p/15cm　ISBN978-4-591-17379-4

P8101451